Alexa McNight

LebensLust

Erotischer Roman

www.blue-panther-books.de

blue panther books Taschenbuch
Band 2199
1. Auflage: Mai 2014

Vollständige Taschenbuchausgabe
Originalausgabe

Umschlaggestaltung: www.heubach-media.de
gesetzt in der Trajan Pro und Adobe Garamond Pro
Printed in Germany
ISBN 978-3-86277-414-2
www.blue-panther-books.de

EPILOG

Ob ein Ort schön ist oder hässlich, das hängt nicht von seiner Kulisse ab, nicht vom Kontrast oder der Sättigung seiner Farben, nicht von Kunst oder Natur. Die bunteste Metropole kann in Einsamkeit vor sich hin lärmen, wohingegen der tristeste Hinterhof wie ein blühendes Atrium erscheinen mag. Es sind Stimmungen, Emotionen, Träume und Erinnerungen, die Orten ihre Eigenschaften verleihen. Und es sind Menschen, die Stimmungen beeinflussen.

Ohne Zweifel ist dieser eine Ort idyllisch. Die Terrasse, deren Planken aus so dunklem Holz sind wie die Tische und Klappstühle für die Gäste des kleinen Restaurants. Der Wind spielt mit den hellen Tischdecken und lässt die Windlichter trotz ihres gläsernen Schutzes flackern. Lampions schaukeln über dem Steg, der ein Stückweit in den Fluss ragt. Das Wasser fließt still im Licht des Abends.

Zur selben Minute, am selben Tag, zur selben Jahreszeit, bei gleichem Wetter wäre dieses Bild vielleicht ein ganz anderes. Die Stimmung eine andere. Da wäre nicht das Kribbeln unter der Haut, nicht das Flattern im Bauch, nicht die Hitze ums Herz, nicht die in jeder zehnten Sekunde verrücktspielende Fantasie. Bei den Gedanken, die sie entstehen lässt, mochte man meinen, dass Sex das Thema ist oder dass zumindest entsprechende Intentionen angedeutet werden, dabei könnte das, worüber die beiden sprechen, kaum unerotischer sein.

Ob er an Gott glaubt, hat sie von ihm wissen wollen. Er hat ihr geantwortet, dass er das tut, dass er Gott aber nicht in einer Kirche erwartet und findet. Ob er an Himmel und Hölle glaube, hat sie ihn weiter gefragt, oder an Wiedergeburt. Das mit der Wiedergeburt, stellt er ganz sachlich infrage. Wenn eine Seele einen Körper verlässt und in einen neuen einkehrt, wie erklärt sich dann die ständig zunehmende Weltbevölkerung? Natürlich hat sie eine logische Erklärung dafür, wie für so vieles vermeintlich Kuriose. Die Seele sei Energie, behauptet sie, und Energie kann sich teilen.

»Geteilte Seelen!«, sagt er und zieht eine Braue hoch. Das halbe Lächeln, mit dem er sie bisher angesehen hat, wird nun beinahe ein ganzes.

»Nicht doch, geteilte Seelen«, verteidigt sie sich, aber muss ebenfalls lächeln. »Von Energie rede ich.«

Das mit der Energie ist auch so eine Sache, die ihn amüsiert. Er sieht das Leben lieber realistisch, aber er mag ihre Sicht auf die Dinge, und ihre Gespräche. Überhaupt gibt es ziemlich wenig an ihr, das ihm nicht gefällt. Dass sie manchmal so fern ist, zum Beispiel, gehört zu den Dingen, die ihm missfallen. Dass sie gewissermaßen rastlos ist, nicht so geduldig wie er, und immer etwas zu tun braucht, das findet er wiederum sehr anziehend. Auch jetzt hat sie scheinbar schon viel zu lange gesessen und kann es nicht abwarten, dass die Bedienung mit der Rechnung kommt. Kaum ist es soweit, steht sie auf, streicht sich die vom Wind verwirbelten Haarsträhnen hinter die Ohren und streckt die Hand nach seiner aus.

»Lass uns spazieren gehen«, schlägt sie vor und liefert damit wieder einmal eine Vorlage, die er nun in Ruhe ausmalen kann. Auf dem Spaziergang, dessen Ziel ihm bei ihren Worten eingefallen ist. Aber dazu schweigt er noch, weil er es mag, sie vor vollendete Tatsachen zu stellen. Wie er es mag, sie neugierig zu machen und ihr zu zeigen, dass er mit ihrer Fantasie und Kreativität ohne Weiteres mithalten kann.

Sein Arm liegt an ihrem Rücken, ihrer an seinem. Ihr Daumen ist in einer seiner Gürtelschlaufen eingehakt, seine Hand steckt in ihrer Potasche. Noch schlummert die Hand, doch beim Gefühl der Rundungen kribbelt es so manches Mal darin.

So gelangen sie vom Flussufer zu einem Pfad, der sich durch ein Wäldchen schlängelt, dessen Bäume lange Schatten werfen. Weiter geht es über eine Wiese, deren Halme unter ihren Schritten surren und deren Blumen von den letzten, müden Hummeln besucht werden. Vor einer Hecke bleiben sie stehen.

»Lass uns ein Spiel spielen«, schlägt er vor, und beim Anblick des Funkelns in ihren Augen und wie sie sich scheinbar grüblerisch auf die Lippe beißt, regt sich etwas unterhalb seiner Gürtellinie.

Sie mag seine Spiele, weiß, wie er spielt und dass es keine Verlierer gibt. Sieht man davon ab, dass es für Außenstehende vielleicht den Anschein hat, als sei sie der Verlierer. Sie liebt es, auf diese Weise »zu verlieren«. Abermals sieht sie zur Hecke. Das warme, dunkle Licht spielt im Grün der Blätter und verleiht einigen von ihnen eine goldene Farbe.

»Kenne ich dieses Spiel schon? Wie heißt es? Verstecken?«

Er kommt ihr so nahe, dass sein Atem über ihre Wange streicht. »Siehst du den Eingang in der Hecke?«

»Ja.« Ihre Stimme ist ein Flüstern. Sie ist in seinem Blick gefangen, allzu freiwillig. Sie mag diese Augenblicke so sehr, die Sekunden, in denen ihr Herz so laut schlägt.

»Auf der anderen Seite gibt es einen Ausgang.«

»Das dachte ich mir. Und du willst, dass ich ihn finde?«

Er haucht einen Kuss auf ihren Mund. Ganz sachte, wie um ihre Sehnsucht nach mehr zu wecken. »Finde ihn«, murmelt er an ihre Lippen und macht einen Schritt zurück. »Ich warte auf der anderen Seite. Wenn du in zehn Minuten nicht dort bist ...«, bei diesen Worten schmunzelt er, »dann finde ich dich.«

Eine Gänsehaut kriecht über ihren Nacken, als sie den Eingang der Hecke passiert. Wie erwartet ist da ein Gang, der schon bald um eine weitere Ecke führt und sich daraufhin gabelt. Sie sieht über die Schulter zurück. Ohne Weiteres würde sie jetzt noch zurückfinden. Sie könnte den Spieß umdrehen, sich außerhalb der Hecke zu ihm schleichen, ihm die Hände über die Augen legen ... und das Spiel verderben. Wie schade wäre das.

Die Aufregung treibt ihren Herzschlag weiter an. Die Vorfreude, ihn in spätestens zehn Minuten wiederzusehen, will sie vorantreiben, doch sie bleibt noch einen Moment stehen. Sie legt den Kopf zurück und sieht in den Himmel, dessen Blau sich auf der Seite der untergehenden Sonne orange färbt. Sie atmet ein und meint, noch seinen Duft riechen zu können. Der Duft, der sie seit Stunden umgibt und lockt. Dann blickt sie nach vorn und schlägt den linken Pfad ein. Immer links wird sie gehen, nimmt sie sich vor und landet mit dieser Entscheidung im Zentrum des Irrgartens.

Hier steht ein Brunnen. Wasser sprudelt aus der Spitze der steinernen Säule und sammelt sich im Becken. Ein paar Blätter treiben darauf. Auf dem breiten Brunnenrand balancierend, mustert sie den Gang, aus dem sie gekommen ist, und die drei anderen, die von hier aus anderswohin führen. Mit einer Vermutung, wo der Ausgang liegt, hopst sie vom Brunnenrand und wählt einen neuen Weg.

Ziemlich enttäuscht steht sie wenig später abermals vorm Brunnen und trifft eine neue Entscheidung. Sie ahnt, dass sie nun den richtigen Pfad erwischt hat und beschleunigt ihre Schritte, um den Ausgang vor Ablauf der zehn Minuten zu erreichen, biegt um eine Ecke ... und prallt gegen seine Brust.

Sie lacht, weicht zurück und will ein Argument anbringen, das er mit einem einfachen »Zu spät« löscht. Also dreht sie sich um und läuft in die Richtung, aus der sie gekommen ist.

Er hat sie eingeholt, kaum dass sie einen Fuß auf die Lichtung gesetzt hat. Er umschlingt sie von hinten und presst sie an seinen Körper, schmiegt sein Gesicht an ihre Halsbeuge, um ihren Duft einzuatmen. Sie legt den Kopf gegen seine Schulter und schließt die Hände in seinem Nacken. Seine Hände fahren über sie, kneten ihre Brüste durch die Bluse, öffnen die ersten Knöpfe und gleiten dann tiefer. Als er sie zwischen ihren Beinen berührt, murrt sie genussvoll und greift hinter sich in seinen Schritt.

»Du bist hart.« Sie schmiegt sich wieder dichter an ihn. »Und das fühlt sich so gut an.«

Bevor er ihr antworten kann, macht sie sich von ihm los, springt auf den Brunnenrand und kickt ihre Schuhe von den Füßen. Er macht sich nicht die Mühe, die Sneakers auszuziehen, sondern ist in der nächsten Sekunde im Brunnen, nimmt ihr Hände und zieht sie zu sich ins Wasser. Sie schaudert, als es ihre Füße kühl umspült.

»Hart war ich schon im Restaurant«, sagt er und dirigiert sie zur Säule. Ihren Fluchtweg blockiert er mit seinem Körper.

Schnell öffnet er die letzten Knöpfe ihrer Bluse und auch das Fronthäkchen ihres BHs. Ihren Blick in seinem festhaltend, knetet er ihre Brüste, deren Spitzen hart gegen seine Handflächen reiben. Als sie mit dem Rücken gegen die Säule stößt, küsst er sie. Mit dem Wasser, das über ihre Schultern und Arme rinnt, prickelt ein neuer Schauder über ihre Haut. Sie knabbert an seiner Lippe, lässt seine Zunge in ihren Mund und öffnet den Gürtel seiner Jeans.

Seine Hände wollen unter ihren Rock. »Und was ist mit dir? Bist du feucht?«

Sie greift seine Handgelenke, stoppt ihn. »Meine Füße?«, neckt sie ihn. »Die sind so feucht wie deine.«

Er befreit sich aus ihrem Griff. »Du hast ein loses Mundwerk ... und zu lose Hände ...« Er zieht seinen Gürtel aus den Schlaufen der Jeans und küsst sie, sowohl um sie zum Schweigen zu bringen als auch, um sie noch wehrloser zu machen.

Seine Hände streichen über ihre Seiten nach oben, teasen ihre Nippel ein neues Mal und schieben ihre Arme über ihren Kopf. Sie spürt das Leder seines Gürtels auf ihrer Haut. Es schließt sich um ihre Gelenke, schlingt sich auch um die Säule des Wasserspeiers hinter ihr. Er macht sie daran fest.

»Mund und Hände gezügelt«, murmelt er an ihre Lippen und wirkt noch zufriedener, als sie sich windet, weil er ihre Nippel jetzt ganz unsanft behandelt, sie kneift und daran zieht. Wenig später erreichen seine Hände ihr eigentliches Ziel zwischen ihren Beinen. »Und wie feucht du bist ...«

Er schiebt ihren Rock ein Stück höher und ihren Slip zur Seite, um einen Finger in sie zu stecken. Sie stöhnt und kommt ihm soweit es geht entgegen, damit er sie besser berühren kann.

»Ist das eine Bitte?«, fragt er mit einem leisen Lachen. »Soll ich dich zum Höhepunkt streicheln?«

Um sie zu reizen, schickt er seine Fingerspitze ein paar Mal um ihren Kitzler. Nur so lange, dass ihr Geist ein bisschen weicher wird und loslässt. Dann hebt er sie an, setzt sie auf den schmalen Sims der Säule und schiebt ihre Beine auseinander. Das Wasser rinnt nun auch über ihre Brüste, über ihren Bauch.

»Oder soll ich dich zum Höhepunkt fisten?«

Ohne ihre Antwort abzuwarten, schiebt er drei Finger in sie, dehnt sie und nimmt einen vierten hinzu. Sie winkelt die Beine an, um zuzusehen, wie seine halbe Hand wieder und wieder in sie fährt. Vollkommen geil macht sie dieser Anblick und das Gefühl des heftiger werdenden Ziehens in ihrem Unterleib. Immer lauter wird ihr Stöhnen, das manchmal sein Name ist und manchmal wortlos und schließlich zu einem kleinen, enttäuschten Murren wird, weil er aufhört. Dabei war sie so kurz davor.

Er öffnet die Knöpfe seiner Jeans, holt seinen Schwanz aus der Unterhose und lässt ihn durch ihre Spalte gleiten. Er ist heiß, noch immer hart, und er pulsiert vor Lust auf sie. Wassertropfen rinnen von ihrem Venushügel auf ihn und sitzen darauf wie durchsichtige Perlen.

»Heute kommst du nicht, weil ich dich streichele oder fiste«, sagt er. »Heute ficke ich dich zum Höhepunkt.«

Damit stößt er in sie. Sie schreit und zieht an ihren Fesseln, doch der Gürtel sitzt fest und hält ihre Hände über ihrem Kopf.

»Tiefer«, flüstert sie und sieht ihn an.

Seine Augen waren nie dunkler als in diesem Moment, und in seiner angespannten Miene steht nun das Vorhaben, sie beide um den Verstand zu bringen. Sie schreit ein zweites Mal, als er ihre Hüften packt und ihrem Wunsch folgt, sie tiefer zu ficken.

»Fester«, murmelt sie schon halb benommen und atemlos.

Dann schließt sie die Schenkel um seine Hüften, um ihn darin einzuspannen, ihn sowohl anzutreiben als auch sich austoben zu lassen, bis sie beide für diese Nacht Erlösung finden.

EINS

Brandon Boyd hatte die süßeste Stimme, die Emma kannte. »7 am«, säuselte er in Emmas Ohr, und sie räkelte und streckte sich, drehte sich auf die andere Seite. Tatsächlich war es sieben Uhr am Morgen und Zeit aufzustehen, doch die Vorstellung, dass Brandon Boyd gar nicht für Incubus, seine Band, sang, sondern für sie, ließ sie noch ein wenig dösen. Als er bei »12 pm« angelangt war, warf Emma die Bettdecke zurück, stand auf und ging vor sich hin summend unter die Dusche. Im Anschluss grübelte sie vor ihrem Kleiderschrank darüber nach, welchen Rock sie heute tragen würde. Für andere sah es vielleicht so aus, als sei es ein und derselbe, schließlich war es immer ein schwarzer Bleistiftrock, aber Emma kannte die Unterschiede und Details natürlich. Und sie wusste auch, dass sie genau sechsundzwanzig solcher Röcke besaß. Wann immer sie einen fand, konnte sie einfach nicht widerstehen und musste ihn kaufen.

Sie entschied sich für ein Exemplar und wählte dazu ein leichtes Shirt ohne Ärmel. Es war Juni und brütend heiß in Chicago. Sie wollte nicht schon zerflossen sein, wenn sie aus der Bahn stieg. Das Shirt hatte den exakt gleichen Farbton wie Emmas Haare. Es war nicht nur rot, sondern knallrot. An ihre eigentliche Haarfarbe konnte Emma sich kaum erinnern. Ein Straßenköterblond war es wohl, das sie mit der leuchtenden Farbe aufpeppte, seit sie zwanzig war. Zwanzig – dieses Alter war schon anderthalb Jahrzehnte her und die Zeit gewesen, als sie vom Pummelchen zur Frau geworden war – ohne den

Verlust ihrer Kurven. Einst hatte sie diese Kurven bedauert und verflucht, doch inzwischen waren ihr runder Hintern und die schmale Taille, natürlich verpackt in einem Bleistiftrock, so etwas wie ihr Markenzeichen. Zusammen mit dem leuchtend roten Haar. Mit ein paar geübten Handgriffen steckte sie es zurück, legte ein bisschen Make-up auf und wechselte in die Küche, um einen Bagel zu tosten und ihrem Kaffeeautomaten den ersten leckeren Latte Macchiato des Tages zu entlocken. Frühstück – das fand für Emma grundsätzlich zu Hause statt. Sie mochte es nicht, sich in der Redaktion schnell etwas zwischen die Zähne zu schieben und dabei auf der Tastatur herumzuklimpern. Das war sowas von unentspannt.

Die beiden Bagel-Hälften ploppten kross aus dem Toaster. Emma flippte sie auf einen Teller, nahm Kräuterstreichkäse aus dem Kühlschrank, schnappte sich auch ihren Kaffee und setzte sich an den Tresen, der ihre Küche vom Wohnzimmer trennte.

Während sie aß, dachte sie über die Geschichte nach, die sie am Vorabend gelesen hatte. Sie hatte sie kribbelig und so heiß gemacht, dass sie nicht hatte einschlafen können, ohne sich selbst mit dem Gedanken daran einen Orgasmus zu bescheren. Angetrieben von der verlockenden Vorstellung, an diesen Wasserspeier im Pool des Irrgartens gefesselt zu sein und mal eben aufs Feinste durchgevögelt zu werden.

Nicht irgendeine Porno-Geschichte hatte sie am Vorabend gelesen, sondern *Der Irrgarten.* Die siebenundachtzigste Geschichte, die einerseits nur für sie und andererseits doch für ein großes Publikum verfasst worden war.

Vor ungefähr zwei Jahren war Emma auf einen Chicagoer Blog aufmerksam geworden und dem Blogger, der sich *TiWrites* nannte, bald gefolgt. Seine Geschichten waren so real, so greifbar und keineswegs primitiv, aber dennoch höchst erotisch. Sie hatte ihm gemailt, ein paar komplimentgeladene Zeilen waren es gewesen, aus denen sich eine Konversation entwickelt hatte. In deren Verlauf hatte *TiWrites* sie aufgefordert, ihm drei Stichworte für den nächsten Blogbeitrag zu liefern. Emma hatte das gern getan, und tat es seither. Ihre letzten Stichworte waren »Irrgarten«, »Brunnen« und »Fesseln« gewesen.

Wie jede andere besaß seine letzte Story einen wirklich speziellen Charakter. Dies nicht nur, weil *TiWrites* so gut schrieb, sondern auch, weil seine Story aus ihrer beider Gedanken entstanden war und weil sie beide zu den Akteuren geworden waren, mit denen er immer mehr Menschen begeisterte. Mehr als fünftausend Follower hatte er mit seinen erotischen Bedtime-Stories schon gewonnen. Pro Tag kam mindestens einer hinzu.

In ihren Mails gaben sie nie etwas Privates von sich preis oder erfuhren es vom anderen. Sie sprachen nie über ihren Alltag, nicht über ihre Jobs und tauschten ganz sicher keine Fotos aus. Sie blieben einander unbekannt – aber das eigenartige Vertrauen, das sich mit der Zeit doch entwickelt hatte, war faszinierend. Nicht einmal ihre echten Namen kannten sie, und *TiWrites* hatte nie gefragt. Für ihn war und blieb Emma die Muse, die sich *LebensLust* nannte.

Das zumindest war die offizielle Version. Es war das, was *TiWrites* glaubte und Emma ihn glauben ließ, weil sie die Illusion nicht gegen die Realität austauschen wollte. Noch nicht – kostete das auch Mühe. Nein, sie hatte nicht geschnüffelt oder recherchiert, wie es für jemanden, der in der Journalisten-Branche arbeitete, naheliegend war. Es war eine Äußerung gewesen, die sie hatte aufhorchen lassen, und die Erkenntnis war so prompt gekommen, dass Emma für einen Moment wie vor den Kopf gestoßen gewesen war.

Beinahe einen Monat war es nun her, dass Tom, der Fotograf von *KINGz* eines von Emmas Carbo-loading-Rezepte fotografiert hatte. Die Rezepte waren aufgrund ihres hohen Kohlenhydratgehaltes speziell auf die Bedürfnisse von Sportlern abgestimmt. Die Linguini waren echt lecker gewesen, wie auch Tom festgestellt hatte, als er sich nach dem Fotografieren, wie üblich, darüber hergemacht hatte. Während er aß, erwähnte er seinen Blog, schien das aber in derselben Sekunde für einen Fehler zu halten und wollte davon ablenken. In Emmas Kopf hatte ein Alarm geschrillt, denn zu *TiWrites* jüngstem Beitrag hatte sie die Stichworte »Pasta«, »Restaurant« und »Buffet« geliefert, woraufhin er eine Story geschrieben hatte, in der eine Frau ihren Körper zu einem Buffet dekorieren ließ, damit ein Mann Nudeln von ihr essen konnte. Auf Emmas Nachhaken, hatte Tom ihr zwar mit einem Augenzwinkern, aber sehr bestimmt gesagt, dass er nicht darüber sprechen wollte. Nichtsdestotrotz hatte es Emma immer mehr gedämmert: Tom hatte eine Schwäche für Sex und Frauen. Tom hatte einen Blog, verheimlichte dessen Thema, hatte sich aber wegen der Linguini daran erinnert. *TiWrites* – das konnte nur eine Abkürzung für *Tom schreibt* sein.

Nachdem Emmas Schock, der Tom aufgrund seiner Gaumenfreuden völlig entging, abgeklungen war, musste sie an sich halten, um ihm bloß nicht um den Hals zu fallen und ihn niederzuknutschen. Der Satz »Ich bin *LebensLust*!«, drängte sich unermüdlich auf ihre Zunge, und die Erkenntnis erfüllte sie mit so viel Freude, dass sie beinahe geheult hätte. Denn Tom war ein bisschen mehr als nur Emmas Fotograf; er war außerdem ein begnadet guter und ausdauernder Liebhaber. Bedauerlicherweise nicht nur ihrer. Während sie sich mit jedem Mal ein bisschen mehr an ihn verlor, lebte er seinen Sexualtrieb in vollen Zügen aus und ahnte nicht, wie sehr es sie wurmte, nicht die Einzige und Einzigartige zu sein.

Nun hatte sich herausgestellt, dass Tom *TiWrites* war. Und für den war sie ohne Zweifel die Einzige und Einzigartige, wenn auch auf außergewöhnliche Weise. Emma hatte im Stillen triumphiert und sich ein bisschen ausgelacht, weil sie sich monatelang gegrämt und darauf gewartet hatte, dass Tom verstand, dass sie nicht wie alle anderen war. Sie wollte, dass er sich endlich eingestand, dass er und sie zusammengehörten und dass er alle anderen für immer von seiner Bettkante schubste. Einen Wink mit dem Zaunpfahl brauchte er oder auch einen Wink des Schicksals. An diesem Nachmittag hatte das Schicksal sehr heftig Winke-Winke gemacht, und Emma war klar geworden, dass Tom schon bald begreifen würde, was *TiWrites* längst wusste ...

Zum ersten Mal im Bett gelandet waren sie beide als Kumpels, die sich sexuell anziehend fanden. Es hatte nicht mehr werden sollen – war es prinzipiell auch nicht. Ein Fakt, den bislang nur Emma bedauerte, denn sie war der Macht der Biologie unterlegen. Sex ohne Gefühle? Wieder und wieder? Das funktionierte nicht. Nicht für sie und nicht für die meisten anderen. Was sie an Tom so mochte, mit Ausnahme seiner sexuellen Fähigkeiten? Das konnte sie nicht einmal sagen. Sie hatte ihn einfach echt gern. Ihr Herz schlug schneller, wenn sie ihn sah. Und die Schmetterlinge im Bauch, die waren ein wirklich unmissverständliches Zeichen.

Ohne Zweifel, Tom war gutaussehend. Verdammt gut aussehend. Mit seiner hellbraunen Surfer-Frisur, den beinahe femininen Gesichtszügen und den von dichten Wimpern gerahmten, mandelförmigen Augen hatte er eine gewisse Ähnlichkeit mit Brandon Boyd. Sah Emma Tom tief in die Augen – und das hatte sie öfter getan, in allen möglichen Stellungen – dann las sie darin allerdings eine klare Botschaft: Baby, tu dir einen Gefallen und lass uns bloß Spaß haben!

Anders als Brandon Boyd säuselte er ihr nicht allmorgendlich ein »7 am« ins Ohr. Er wachte nicht einmal mit ihr auf. Weil er gar nicht erst mit ihr einschlief. Das war eine der Sachen, die Emma ändern würde! Sie wollte Tom! Für sich allein! Und sie würde ihn bekommen!

***

In der Redaktion war Emma an jedem Morgen eine der Ersten. Sie lebte im Stadtteil Buena Park, der weit im Norden Chicagos lag. Auch verkehrsbedingte Verzögerungen, deren Wahrscheinlichkeit auf der längeren Strecke höher war, galten bei *KINGs* nicht als Entschuldigung. Hier kam man einfach nicht zu spät. Auf dem Weg durch das Großraumbüro warf sie den schon an den Schreibtischen sitzenden, Kaffee trinkenden Kollegen einen Gruß zu, sprach kurz mit einer Redakteurin aus dem Motorsport-Bereich und ging dann zu ihrem eigenen Arbeitsplatz. Sie fuhr den PC hoch, setzte sich und erschrak, weil Tom mit fröhlich-lautem »Guten Morgen« praktisch aus dem Nichts heraus neben ihr auftauchte. Er hockte sich auf ihren Schreibtisch und trank aus seiner rosaroten Kaffeetasse. Dass ihn alle deshalb neckten, störte ihn nicht. Im Gegenteil, er machte sich seinen eigenen Spaß daraus.

»Habe ich schon erwähnt, dass dir Rot ausgezeichnet steht?«, sagte er.

Emma starrte ihn an. Sein Blick, der macht sie ... grr! Seine dreckigen Gedanken sprangen sie geradezu an und projizierten ihr die Bilder der Story ins Hirn. In ihren Gedanken zog er den Gürtel aus den Schlaufen seiner Jeans, ließ das Leder schnalzen und fesselte sie dann an den Wasserspeier eines Brunnens, um ihr die Klamotten vom Leib zu reißen, seine Hüfte zwischen ihre Beine zu schieben und sie zu ...

»Verdammt ...«, murrte sie, blinzelte und beeilte sich ein: »... oft hast du das erwähnt«, anzufügen.

»Aber das war auf deine Haare bezogen. Heute meine ich dein Shirt. Außerdem mag ich, wie knapp es sitzt. Das lässt viel Raum für ...«

»Apropos Raum ...« Emma warf einen Blick über die Schulter auf die anderen Kollegen. Da sie und Tom häufig zusammenarbeiteten, schenkte ihnen niemand Beachtung. Daran sollte sich erst einmal nichts ändern. »Der ist sehr hellhörig, dieser Raum.«

Tom wiederholte seine Worte im Flüsterton, doch Emma machte eine verscheuchende Handbewegung.

»Hau schon ab! Ich will arbeiten.«

»Du hast noch zwanzig Minuten Zeit. Entspann dich!«

»Ich bin hier, also will ich auch arbeiten.«

»Streber!« Mit einem Zwinkern verdrückte er sich zu seinem eigenen Arbeitsplatz.

Emma schnaubte. Eine Streberin war sie sicher nicht, aber es war ein wichtiger Tag. Donnerstag nämlich. Der Wochentag der Redaktionssitzung bei *KINGz*, und im Unterschied zu anderen Donnerstagen, die sie relaxt anging, barg dieser Tag eine Chance, die sie nicht versemmeln wollte.

Seit Emma bei *KINGz* begonnen hatte, schrieb sie eine Kolumne über gesunde Ernährung und wählte monatlich neue Rezepte, mit denen die Leser des He-Magazins für ihr eigenes Wohl oder das ihrer Liebsten sorgen konnten. Längst war das nicht mehr wirklich interessant, sondern nur noch bequem. Sah man von den Launen des Herausgebers ab, so war es leicht verdientes Geld. Emma tat, was sie gewohnt war und worin sie so gut war, wie kein anderer in der Redaktion. Für die Ewigkeit wollte sie diese Themen aber nicht bedienen und hatte sich schon einige Male auf die bei *KINGz* ausgeschriebenen Stellen beworben. Bislang hatte Leander, der Herausgeber, allerdings immer jemanden Neues eingestellt und Emma weiter die Ernährungstante sein lassen, deren Zuverlässigkeit garantiert war. Völlig überraschend war er jetzt, nach beinahe fünf Jahren, von allein auf sie zugekommen. Eine Kollegin aus dem Lifestyle-Bereich hatte gekündigt und Leander wollte Emma diese Stelle geben, vorausgesetzt, sie meisterte eine Aufgabe, die er ihr gestellt hatte: Für die Ausgaben Juli und August sollte sie die sechs erotischsten Locations in Chicago finden und vorstellen.

In den vergangenen Tagen hatte Emma also recherchiert und sich für sechs Locations entschieden. Da sie in der Redaktionssitzung sagen würde, welche das waren, war es nur logisch, dass ihr der Sinn nicht nach einer Plauderei stand. Tom hatte sie ihre Ideen bereits gezeigt, und er fand sie sehr gut. Er freute sich darauf, mit ihr zu diesen Terminen unterwegs zu sein. Natürlich tat er das, aber Emmas Vorfreude war genauso groß. Sie würde nicht nur schreiben, und er würde nicht nur fotografieren.

Während sie ihre Notizen sichtete, warf sie immer wieder einen Blick auf die Uhr. Aus reiner Gewohnheit fanden sich alle Redakteure fünf Minuten vor neun an ihren Schreibtischen ein und begannen zu arbeiten. Es war nicht auszuschließen, dass Leander pünktlich um eine Minute vor neun eintraf, und dann wollte man sich nicht gleich ein paar harsche Worte einfangen. Aber an diesem Tag ließ er sich Zeit. Erst um Viertel nach neun trudelten er und Muriel, Emmas Freundin und die Lebensgefährtin des Herausgebers, in der Redaktion ein. Wie ein eisiger Wind wehte Leander an den Schreibtischen vorbei, grummelte auf jedem Meter ein »Hey«, statt eines »Guten Morgen« und ließ seine Sekretärin mit einer Geste wissen, dass er sie in seinem Büro, das alle den Glaskasten nannten, sprechen wollte. Einen solchen Auftritt hatte es seit Längerem nicht gegeben, und Emma befürchtete, dass Leander jeden ihrer Vorschläge abschmettern würde.

Sie sah zu Muriel hinüber. Die schien nicht besser gelaunt, fuhr sich immer wieder genervt durch die dunklen Locken und mied ihren Blick. Es hatte offenbar gescheppert zwischen den beiden. Nach einiger Zeit, in der alles Friede-Freude-Eierkuchen gewesen war, hätten sie sich keinen besseren Tag aussuchen können. Emma konzentrierte sich auf ihre Notizen und war froh, als es endlich so weit war. Sie wollte es nur noch hinter sich bringen.

Leander sprach zuerst alle anderen Redakteure auf ihre aktuelle Arbeit an und wandte sich zum Schluss an Emma. Von Muriel, die für den Fall, dass alles nach Wunsch verlief, ihre direkte Kollegin sein würde, hörte sie ein leises: »Schnapp dir den Auftrag, deine Ideen sind super.«

Emma atmete durch und präsentierte ihre Locations.

Den ersten Termin plante sie im LiveAct, einem Fotostudio, das Paare während des Aktes stilvoll fotografierte. Zum Zweiten wäre das Euphoria an der Reihe, bei dem es sich um ein ganz besonderes SM-Appartement handelte. Als Nächstes würde sie das Aquarium vorstellen, eine Art Bordell, das speziell auf die Wünsche von Frauen ausgerichtet war und in dem sie selbst schon gewesen war. Der vierte Termin würde im Fucking Drama stattfinden, einem Theater, das klassische Bühnenstücke um Sex bereicherte. Die vorletzte Location war das Sin City, ein Swingerclub. Zuletzt wollte sie das Sex Come True besuchen, eine Agentur, die Sexträume wahr werden ließ, indem sie die Möglichkeit bot, sie nachzuspielen.

Emma spürte, dass ihre Ohren vor Aufregung rot geworden waren. Sie schob ihre Notizen zusammen und sah auf. Ein paar Sekunden lang betrachtete Leander sie mit regloser Miene und schwang dabei in seinem Stuhl hin und her.

Zerrupfen würde er all ihre Ideen, in der Luft zerreißen und danach würde er sagen …

»Gut.«

Emma kräuselte die Stirn.

»Das klingt spannend«, sagte Leander weiter. »Du hast den ersten Termin für morgen Nachmittag geplant? Ist das noch so?«

»Ja, morgen bin ich im LiveAct. Das Shooting findet auf einer Terrasse …«

»Gut«, hörte sie wieder. Die Einzelheiten schienen Leander nicht zu interessieren. Er setzte sich im Stuhl auf, wodurch er das Schaukeln endlich sein lassen musste. »Ich habe einen

Fotografen kontaktiert, der dich auf deinen Touren begleiten wird.«

Emma nickte, noch immer überrascht, dass er nicht einen Einwand hatte, nicht einen einzigen Vorschlag anmeckerte. Da hatte sie sich sonst was an Argumenten zurechtgelegt, und nun brauchte sie nicht ein einziges? Das war ja absolut ... Mooooment! Aus dem hinteren Teil ihres Hirns zerrte sie eine Information, die ihr beinahe entschlüpft wäre, und warf Tom, der ihr gegenüber saß, einen Blick zu. Er wirkte verwirrt.

»Ich dachte, dass Tom, wie bisher ...«

»Oh nein.« Leander hob die Hände und wandte sich an den Fotografen von *KINGz*. »Das ist absolut nichts gegen dich, Tom, aber ich denke, diese Fotos sind eine Herausforderung, für die wir einen Spezialisten auf dem Gebiet der erotischen Fotografie benötigen. Ich habe mit Tristan Kennedy gesprochen, und er hat sich kurzfristig Zeit genommen.«

Einige Redakteure murmelten oder raunten. Emma begann sich zu ärgern. Sie wollte mit keinem Unbekannten arbeiten. Erst recht nicht bei diesem Auftrag. Sie wollte sich auf das Wesentliche konzentrieren und sich nicht auch noch an irgendeinen Menschen gewöhnen müssen. Und sie hatte sich verdammt noch mal gefreut, mit Tom unterwegs zu sein! Das konnte sie bloß nicht als Argument anbringen.

»Tom und ich sind ein echt gutes Team«, warf sie ein. »Wir sind eingespielt, arbeiten perfekt miteinander. Und er hat Portraits ...«

»Du hast schon mal von Tristan Kennedy gehört?«, unterbrach Leander sie abrupt genervt.

Das hatte Emma verdammt noch mal nicht! Und ausschlaggebend war für sie nicht, dass sie es mit einem offenbar besonderen Namen der Branche zu tun haben sollte. Für *KINGz* hingegen schien es eine Rolle zu spielen.

»Ich bin echt froh, dass er das mit uns durchziehen will«,

erklärte Leander weiter. Sein Ton hatte noch mehr Schärfe gewonnen. »Wenn du meinst, dass er eine Nummer zu groß für dich ist, dann macht das jemand anderes, der mit ihm klarkommt.«

Eine Nummer zu groß für sie? Emmas Ärger schlug in Empörung um. Es ging vorrangig darum, dass sie aus heiterem Himmel mit Fakten konfrontiert wurde. Mit dem neuen Auftrag hatte Leander sie ins kalte Wasser geworfen und von ihr innerhalb kürzester Zeit Vorschläge gefordert. Damit, dass er ihr eine Minute vor dem Start einen Fremden als Partner zur Seite stellte, übertrieb er irgendwie. Emma biss die Zähne aufeinander. Aber wenn Tristan Kennedy der Fotograf dieses Auftrags war, dann war das eben so.

»Ich glaube nicht, dass irgendwer eine Nummer zu groß für mich ist«, antwortete sie.

Leander nickte und stand auf. »Er wird morgen Nachmittag hierher kommen, und dann könnt ihr im LiveAct durchstarten.«

Nachdem er die Tür des Konferenzraumes hinter sich zugezogen hatte, hörte Emma Muriel neben sich aufatmen.

»Für einen Moment habe ich befürchtet, dass du es vergeigst.«

Emma wartete, dass die anderen Redakteure den Raum verließen. Als Muriel sich dessen bewusst wurde, blieb sie ebenfalls, wechselte noch ein paar Worte mit einem Kollegen, schloss dann die Tür und lehnte sich dagegen.

»Wer zur Hölle ist Tristan Kennedy?« Emma feuerte ihren Stift auf den Tisch. »Und wieso muss ich mit ihm arbeiten, statt wie gewohnt mit Tom? Seit wann engagieren wir Externe, wenn wir eigene Fotografen haben? Soll meine Arbeit durch seinen Namen aufgewertet werden oder was ist hier los?«

Muriel runzelte die Stirn. »Mit den meisten Fragen adressierst du die falsche Person. Aber ich glaube, dass Leander nur an die Fotos dachte, als er Tristan Kennedy kontaktierte. Wieso regst du dich so auf?«

»Es ärgert mich, dass ich erst jetzt davon erfahre und schon morgen mit dem Typen losziehe. Ich habe das geplant, in der Annahme, dass Tom fotografiert.«

»Wo ist der Unterschied? Mal ehrlich, Tom ist grandios, wenn es darum geht, *Zucchini & Co.* zu knipsen, aber Menschen, die vögeln? Und wieso willst du ihn unbedingt dabei haben? Ich frage mich ja schon eine Weile, ob da was zwischen euch läuft. Falls ja, sei bloß vorsichtig! Tom ist kein Unschuldslamm und ...«

»Da läuft nichts«, knurrte Emma und war froh, dass sie Muriel nie etwas erzählt hatte. Ein paar Mal war sie kurz davor gewesen, hatte sich aber immer, wie sich nun herausstellte glücklicherweise, zum Schweigen verdonnert.

»Besser ist das.« Muriel schlenderte zu einem der Fenster. »Was genau ist also dein Problem? Hätte Leander dich um Erlaubnis bitten sollen? Hätte er fragen sollen, ob du was gegen die Zusammenarbeit mit einem der bekanntesten Erotik-Fotografen bei einem für deine Karriere enorm wichtigen Projekt hast?«

Emma stand auf und brachte ihre Nase direkt vor Muriels. »Ich habe ein Problem damit, so kurzfristig mit Fakten abgespeist zu werden ... Bei einem für meine Karriere enorm wichtigen Projekt.« Letzteres fügte sie besonders betont an. »Und außerdem nervt es, dass du ständig in ein Horn mit Leander bläst.«

Emma bereute den Satz, kaum dass er ihren Mund verlassen hatte. Erst recht, als sie Muriels kühle Miene sah.

»Du weißt, dass das nicht so ist. Genau genommen haben wir uns heute Morgen gestritten, weil ich meine Bedenken wegen Tristan Kennedy geäußert habe. Nicht wegen seiner Arbeit, sondern wegen seines Charakters.« Ein Lächeln, das keins war, verzerrte ihren Mund. »Es ist toll, sich zu Hause wegen des Jobs zu zoffen und jetzt sowas von der besten Freundin zu hören.«

Muriel ging zur Tür, riss sie auf und donnerte sie hinter sich zu.

Emma fühlte sich wie geohrfeigt ... und wie ein dummes Schaf. Ein feines Fettnäpfchen hatte sie sich da wieder ausgesucht! Mit ihren letzten Worten hatte sie prinzipiell nichts anderes bekundet, als gar nicht mal vorhandenen Neid auf Leander und Muriel.

Interessant wäre außerdem gewesen, warum Tristan Kennedys Charakter so bedenklich war, aber diese Frage würde sie heute nicht mehr beantwortet bekommen.

ZWEI

»7 am«, säuselte Brandon Boyd in Emmas Ohr. Sie streckte sich, gähnte und blinzelte ins Sonnenlicht, das außergewöhnlich hell war ... für sieben Uhr morgens. Mit einem Ruck setzte sie sich im Bett auf und checkte die Uhrzeit auf ihrem Mobiltelefon. Verdammte 10 am war es bereits!

Emma fluchte und sprang aus dem Bett. An nicht einem Tag bei *KINGz* war sie seither zu spät gekommen. Mit einem Chef wie Leander verschlief man einfach nicht. Das war ein NoGo. Das war eine Katastrophe!

Sie war schon im Bad und halb unter der Dusche, da klingelte ihr Telefon. Es war eine Nummer aus der Redaktion. Muriels Apparat. Muriel redete los, kaum dass Emma das Gespräch angenommen hatte: »Ich habe ihn daran erinnert, dass du einen Arzttermin hast. Das muss er vergessen haben.«

»Oh, danke! Ich hab's verpennt. Ich kann es nicht fassen. In einer Stunde bin ich da.«

Emma legte auf und sprintete wieder ins Bad.

Während sie duschte, hörte sie Wortfetzen der Jokes, die der Moderator im Radio riss. Als sie aus der Dusche trat, verstand sie, was sein aktuelles Thema war: Es war Freitag, der 13. Juni, und der Typ kramte die absurdesten Freitag-der-13.-Geschichten aus seinem Repertoire. Emma war nicht abergläubisch, aber bei dem Tagesstart wollte sie davon lieber nichts mehr hören und schaltete das Radio aus.

Eine knappe Stunde später hetzte sie von der Bahn, die man in Chicago nur El für Elevated nannte, zu dem Hochhaus im

Loop, dem Business-District der Metropole, in dessen siebter Etage *KINGz* zu Hause war. Sie sah kaum nach links und rechts, passierte die letzte Straße und schließlich die Einfahrt zur Tiefgarage. Der Haupteingang lag hinter der nächsten Ecke. Nur noch eine paar Minuten und dann säße sie an ihrem Platz. In Gedanken legte sie sich die Worte für Leander zurecht, da quietschte es. Sehr laut und sehr nahe. Emma fuhr herum und machte einen Satz zurück, als sich ein Motorrad direkt vor ihr zur Seite drehte. Es hätte nicht viel gefehlt und sie wäre über den Haufen gefahren worden. Sie stolperte weiter rückwärts, fing sich jedoch und fluchte zum zweiten Mal an diesem Morgen.

»Hast du 'ne Macke?«, schrie sie dann und hörte ihre eigene Stimme wie durch einen Filter, gedämpft vom Adrenalin, das in ihrer Blutbahn wummerte.

Der Fahrer der schwarzen Rennmaschine trug eine ebenfalls schwarze Lederkombi und einen Helm. Sein Motorrad aus der Schräglage hochziehend, was offenbar einige Kraft kostete, wandte er den Kopf und fixierte Emma durch das dunkle Visier.

»Halt die Klappe, blöde Kuh! Beinahe wärst du platt gewesen wie eine Flunder, verdammt.«

Blöde Kuh? Blöde Kuh! Emma war außer sich. »Ich zeig dir eine blöde Kuh!« Sie ging zu ihm hin, holte mit der Handtasche aus und ließ sie gegen seinen Helm klatschen. »Wo hast du deinen Führerschein gemacht? Am Südpol oder wo?«

»Das hier ist eine Einfahrt«, brüllte er nun auch. »Eine Straße also. Und jetzt beweg deinen Arsch zur Seite, bevor ich es mir anders überlege!« Wie um seine Drohung wahrzumachen, startete er das Motorrad und drehte den Motor hoch.

Emma erschrak zwar, doch sie ging absichtlich langsam weiter. Als die Maschine mit einem Kreischen in die Tiefgarage einfuhr, schickte sie dem Typen eine letzte stille Beleidigung hinterher und versuchte dann, den Schreck abzuschütteln.

In der Lobby des Geschäftshauses rief sie den nächsten Fahrstuhl und wartete. Die Türen öffneten sich, Emma wollte einsteigen und erstarrte. Der Motorradfahrer lehnte an der Rückwand, hielt seinen Helm unter dem Arm und musterte sie. Beim Anblick seines Gesichtes rann ein Schauder, ein echtes Gruseln, von ihrem Nacken bis zu ihren Fußsohlen. Sie war nicht voreingenommen gegenüber Leuten, die besonderen Körperschmuck trugen, fand das zumeist sogar interessant, doch er war geradezu entstellt.

Dass sie verunsichert war, mochte sie allerdings nicht zeigen, also betrat sie den Fahrstuhl. Sie wollte die Taste für die siebte Etage drücken, doch das *KINGz*-Logo hinter dem Kunststoff, die schiefe Krone über dem Schriftzug, leuchtete bereits. Was auch immer das zu bedeuten hatte ... Emma konnte für den Moment nicht darüber nachdenken und sah auf der scheinbar ewig langen Fahrt immer wieder verstohlen zu dem Typen hin.

Kleine, breite Kreolen aus Silber klammerten mehrere lange Narben, die sich über seine Wangen zogen. Zwei größere Klemmen saßen unterhalb seiner Stirn auf dem Nasenbein. Damit nicht genug; da waren noch die Tätowierungen: schwarze, dürre Äste ragten von seinem Hals in sein Gesicht, wuchsen auf sein Kinn und die Wangen bis hinauf zu den Schläfen. Sein Mund war schroff und für den Moment in zusätzlicher Verachtung für sie verzogen. Seine Augen waren dunkel, beinahe schwarz und schmal. Einen irritierenden Kontrast dazu und zu allem anderen lieferten seine blonden Haare, die in seine Stirn und um sein Gesicht fielen.

Endlich ertönte der Signalton für das erreichte Stockwerk und die Türen öffneten sich. Emma preschte aus dem Fahrstuhl, eilte an der Rezeption vorbei und warf den beiden hinter dem Tresen sitzenden Kolleginnen nur einen knappen Gruß zu. Die Redaktion war vom üblichen Lärm erfüllt. Es wurde telefoniert und diskutiert, und nur wenige sahen auf, als Emma vorbeispurtete. Sie wollte auf ihren Stuhl plumpsen, da kam Leander aus dem Glaskasten. Bei seinem Blick setzte sie sich gar nicht erst, sondern straffte die Schultern.

»Wird Zeit, dass du auftauchst. Hättest du deinen Termin nicht auf einen günstigeren Tag legen können?«, knurrte er und war schon halb vorbei. »Ins Besprechungszimmer!«, hörte Emma ihn sagen und folgte ihm mit einem überaus miesen Gefühl und absolut keiner Ahnung, warum zur Hölle er sie ins Besprechungszimmer orderte, wo alle anderen Redakteure an ihren Plätze blieben.

Über die Schulter warf sie Muriel einen fragenden Blick zu und bekam eine beschwichtigende Geste zur Antwort.

Leander öffnete die Tür und forderte sie auf, einzutreten. Emma machte einer Kollegin Platz, die Kaffee und Snacks gebracht hatte und nun mit einem leeren Tablett nach draußen wollte. Dies, wie ihr Gesicht verriet, so schnell wie möglich. Sobald sie aus dem Sichtfeld war, fiel Emmas Blick auf den Motorradfahrer. Er legte seinen Helm auf einem Tisch ab und öffnete den Reißverschluss seiner Jacke. Auch darunter trug er Schwarz. Dann wandte er den Kopf. Für die Braue, die er hochzog, hätte Emma ihre Schimpftirade am liebsten fortgesetzt; ungeachtet seiner furchterregenden Miene und der Ahnung, die sie beschlich.

Leanders Stimme drang in das Wirrwarr ihrer Gedanken.

»Emma Roosevelt. Tristan Kennedy.« Halbwegs amüsiert fügte er hinzu: »Mit euren Präsidenten-Nachnamen habt ihr schon einmal eine Gemeinsamkeit. Ist doch toll!«

Ha ha!, grummelte Emma im Stillen und sah, dass auch ihr zukünftiger Partner die Lippen zusammenkniff. Eine gute Kinderstube zeigend, hielt er die Klappe, wenn es nichts Gutes zu sagen gab, und streckte ihr die Hand hin.

Um sie zu schütteln, kam ihm Emma so nahe, dass sie den Kopf heben und zu ihm aufschauen musste. Er war sogar noch größer als Leander. Ohne Zweifel stand er ihm auch in puncto Liebenswürdigkeit in nichts nach, wie sein fester Händedruck verriet. Emma drückte ebenso fest zu. Es war kein Wunder, dass Leander ihn kannte und ausgesucht hatte. Die beiden waren glatte Sympathie-Teufel. Was für eine Freude!

»Hey«, murmelte Tristan Kennedy statt des obligatorischen »Nett, Sie kennen zu lernen.« Das *Sie* wäre unangebracht gewesen, schließlich hatten sie sich das *Du* Minuten zuvor an den Kopf geschleudert.

»Hey«, gab Emma zurück, befreite ihre Hand und entkrampfte sie hinter ihrem Rücken.

Sie folgte Leander, als der sich setzte. Tristan Kennedy nahm ihr gegenüber Platz und musterte sie nun ganz offen.

Und wenn schon, brummelte Emma in sich hinein, und starrte zurück. An seine Visage musste sie sich wohl gewöhnen und konnte damit auch gleich anfangen. Dachte sie jedoch an ihren ersten Termin am Nachmittag, dann wurde ihr schlecht.

»Ich war so frei, Tristan deine Notizen zu den einzelnen Locations zu mailen«, sagte Leander.

»Natürlich«, entgegnete Emma versucht locker, ohne den Kerl aus den Augen zu lassen. »Ein bisschen Vorbereitung braucht er ja sicherlich.«

Sein Mund verzog sich zu einem zynischen Grinsen. In etwa besagte es, dass er auch gut ohne Vorbereitung auskam.

»Bei der Gelegenheit hielt ich es für angebracht, dass ihr beide euch vor dem ersten Termin kennenlernt.« Leander faltete seine Hände wie zum Gebet auf dem Tisch. »Hier sind wir nun.«

Zwar ließ Emma die Hände relaxt, doch sie schickte ein Stoßgebet gen Himmel. Ja, da waren sie nun. Mit Spannung blieb zu erwarten, wohin sie geraten würden ...

***

Das LiveAct befand sich in einem Loft. Es war riesig, verfügte über die verschiedensten Kulissen und hatte eine Dachterrasse. Hier sollte das Shooting stattfinden.

Emma war zwanzig Minuten vor der vereinbarten Zeit vor Ort. Sie begrüßte die Fotografin, die sie bereits am Telefon kennengelernt hatte, und ließ sich von ihr das Loft zeigen, um auch über die anderen Settings schreiben zu können. Danach sprach sie mit Janis und deren Lebensgefährtin Maja, die schon auf dem Dach waren. Als sie Janis von ihrer Idee erzählt hatte, hatte diese prompt erklärt, dass sie und Maja als Models zur Verfügung stehen würden. Dass Janis begeistert sein würde, hatte Emma nicht überrascht, dass Maja, die Zahnärztin war, auch Lust darauf hatte, allerdings schon.

Zehn Minuten vor vier stand Emma schließlich wieder vorm Haus und wartete auf Tristan Kennedy. Unter Pünktlichkeit zu einem Geschäftstermin verstand sie etwas anderes, als auf die Minute genau zu erscheinen, doch der Fotograf sah das offenbar anders und brauste tatsächlich erst zur vollen Stunde auf seinem Motorrad an.

Emma beschwor sich, ruhig zu bleiben, kein Wort dazu zu verlieren, und am Ende war es auch eine ganz andere Sache, die sie einfach kommentieren musste: Sie wunderte sich, wo der fabelhafte Tristan Kennedy seine Ausrüstung hatte.

»Roosevelt«, brummte er darauf. »Kümmere dich um deine eigenen Angelegenheiten. Alles, was ich brauche, habe ich dabei.«

»Kennedy«, konterte Emma, nun auch grantig, weil er sie mit ihrem Nachnamen ansprach. »Das hier *ist* meine eigene Angelegenheit.«

Er blieb stehen und wandte sich ihr zu. Beim Blick in seine Miene schauderte Emma einmal mehr. Sie fragte sich, ob er sich die Narben zugefügt hatte, um die Piercings einzusetzen, und ob er die schwarzen Tattoos davor hatte stechen lassen oder danach.

»In meinem Rucksack befinden sich meine Kamera und eine Softbox. Weniger ist mehr. Zumindest bei meiner Arbeit.«

Er ging weiter, voran zum Eingang, zog die Tür auf und besaß nicht den Anstand, sie für Emma aufzuhalten. Schweigend stiegen sie die vielen Treppen hinauf bis zur Dachterrasse.

Oben angelangt, stellte Emma Tristan vor. Die Einzige, die nicht von seinem Aussehen erschrocken schien, war Janis. Sie selbst besaß ein Tattoostudio und sah Typen wie ihn tagtäglich. Sowohl Maja als auch die Fotografin des LiveAct zeigten ein wenig Unbehagen, das er mit einer lockeren Konversation jedoch beiseite wischte. Während er seine wenigen Accessoires auspackte und das Licht maß, drehte sich das Gespräch bald um Tätowierungen, denn auch Janis hatte einige zu zeigen. Sie zögerte nicht, sondern wandte sich an ihre Partnerin und forderte sie mit nur einem Blick auf, sie auszuziehen.

Maja trat hinter sie und streichelte über ihren Körper, knöpfte ihre Hose auf und fuhr unter ihr T-Shirt. Wenig später war Janis beide Kleidungsstücke los und trug nicht mehr als einen Hipster. Auf einen BH verzichtete sie am liebsten, da es ihre Oberweite nicht unbedingt erforderte, dass sie einen trug. Emma konnte sich das gewiss nicht erlauben.

Sowohl die Fotografin des LiveAct als auch Tristan Kennedy hatten zu fotografieren begonnen. Während der Fokus der Frau natürlich auf dem Paar lag, auf Janis' spektakulären und wirklich schönen Tattoos, auf Majas Berührungen sowie auf dem Kontrast zwischen Brünett und Blond, ließ er auch seine Kollegin bei ihrer Arbeit Teil des Bildes sein. Emma ging ein paar Schritte, um seine Perspektive zu sehen. Vor der Kulisse der Skyline von Chicago war dies ein Motiv, das eigentlich nur großartig sein konnte. Vorausgesetzt natürlich, man verstand sein Handwerk.

Emma sah wieder zu den beiden, ineinander verschlungenen Frauen. Maja barg ihr Gesicht an Janis' Hals und wollte ihr den Hipster von den Hüften streifen. Janis ließ sie aber nicht, sondern wandte sich um, schloss Majas Kinn in eine Hand und küsste sie. Ihre freie Hand nutzte sie, um ihre Partnerin auszuziehen. Dies wenig geduldig. Außerdem drängte sie sie Schritt für Schritt in Richtung einer mit hellgrünem Stoff bezogenen Chaiselongue, die unweit von ihnen stand. Beide Fotografen bewegten sich mit und knipsten weiter. Möglicherweise gab die Fotografin manchmal Anregungen. Bei diesen beiden Frauen war es jedoch nicht nötig, denn sie hatten Augen nur füreinander und blendeten ihre Umgebung völlig aus.

Bei der Chaiselongue angelangt, war Maja nackt. Janis löste sich von ihr, lächelte und gab ihr einen Schubs, der sie auf dem Sitzmöbel platzierte. Wer bis jetzt noch Zweifel hatte, verstand, dass es Janis war, die in dieser Beziehung die Hosen trug. Sie schob sich zwischen die Schenkel ihrer Partnerin und glitt an ihr hoch, rieb sich an ihr und brachte ihre Beine schließlich über ihre eigenen Schultern. Während sie Maja küsste, ließ sie ihr Becken kreisen, presste sich an den anderen Körper. Maja genoss ihre Rolle so sehr wie Janis die ihre. Sie knetete den Hintern ihrer Partnerin durch das Höschen und streifte es endlich hinunter, wollte sie weiter berühren, doch Janis hob ihre Hände über den Kopf und legte sie auf der Lehne der Chaiselongue ab. Ohne ein Widerwort ließ Maja sie dort und beobachtete, wie Janis an ihr hinabging, um ihre Brüste zu liebkosen. Mit den Händen zuerst, und als sie tief genug war, mit dem Mund. Lippen und Zähne spürend, gab sie einen genießerischen Laut von sich. Janis legte die Hände fest auf Maja, strich an ihren Seiten entlang und ließ sie auf ihrer Taille ruhen. Um ihren Mund weiterwandern zu lassen, kniete sie sich vor die Chaiselongue und säte Küsse auf Majas Bauch aus, küsste sich dann um den Bauchnabel herum zu den Innenseiten der Schenkel. Maja öffnete die Beine weiter, und Janis nahm die Einladung an. Sie leckte über die dargebotene

Scham, das Schnurren ihrer Freundin abwartend, dann ein weiteres, intensiveres Mal. Maja schloss die Augen und vergrub die Finger in Janis' dunklem, kurzem Haar, wie, um sie nicht mehr gehen zu lassen.

Als Janis ihren Mund in die Scham der anderen schob und ihre Zunge spielen ließ, richteten sich Majas Nippel auf. Sie bog den Rücken durch und begann leise zu stöhnen.

Es war anregend zu beobachten, wie Janis Maja bis kurz vor den Höhepunkt trieb. Beinahe vergaß Emma, dass da noch zwei Fotografen bei der Arbeit waren, und sie wagte es nicht, sich zu bewegen, obwohl sie die beiden Frauen doch nicht abgelenkt hätte. Nichts und niemand konnte sie ablenken.

Janis kroch bald wieder an Maja hoch. Sie griff nach einem Spielzeug, das bereitlag, und reichte es der anderen. Maja schob sich die Spitze des Spezialdildos in den Mund und lutschte ihn, veränderte dann ihre Position unter Janis, sodass sie lag und brachte den Dildo zum Einsatz. Sie umkreiste Janis kleine Brüste damit, strich über ihren Bauch und zwischen ihre Beine. Janis stöhnte, als das Ding in sie glitt, und abermals wurde das Biest in ihr geweckt. Sie kam weiter über Maja, legte eine Hand um ihren Hals, schob ihre Schenkel auseinander und platzierte die andere Spitze des Doppeldildos an der Spalte ihrer Freundin. Nur ein paar Sekunden lang ließ sie ihn dort, wartete ab, blickte Maja herausfordernd an, und als Maja ihren Hintern packte, drang sie in sie ein, was sie beide gleichermaßen heiß machte.

Janis sonnengebräunte, tätowierte Haut schimmerte im Sonnenlicht, während sie Maja vögelte. Beide stöhnten und keuchten, und wurden bei jedem Stoß lauter. Janis legte den Kopf in den Nacken und Maja unter ihr tat das Gleiche, womit sie ein wunderbar konträres Spiegelbild vor noch immer grandioser Kulisse abgaben. Dann kamen sie. In derselben Sekunde.

Emma sah zu den Fotografen. Beide schienen diesen Moment im Kasten zu haben.

***

Beinahe, beinahe nur hätte Emma einen freundlichen Satz zu Tristan Kennedy gesagt, als sie das Setting verließen. Bedauerlicherweise machte er den Mund zuerst auf.

»Echt schade, dass es Lesben sind. Die Dunkelhaarige war ja heißer als die Hölle.«

Emma stoppte auf der Mitte der letzten Treppe und fuhr herum. »Die Lesbe, von der du sprichst, ist eine meiner besten Freundinnen«, wies sie ihn zurecht. »Und gerade eben hast du dein unprofessionelles Arbeiten bestätigt. Nicht nur tauchst du hier mit absolut spärlicher Ausrüstung auf, nein, du redest auch noch in diesem Ton von den Menschen, die du fotografierst.«

Sie würde mit Leander sprechen, beschloss sie, und wandte sich ab. Der Typ packte sie jedoch beim Arm und drehte sie zu sich rum.

»Wag es nicht noch einmal, mich als unprofessionell zu bezeichnen!« Er wirkte so wütend, dass sie echt Angst bekam. »Du hast keine Ahnung von meiner Arbeit, Roosevelt, aber wo du schon mal so frei warst, dir eine Einschätzung zu erlauben, wirst du mir sicher auch eine zugestehen.«

»Aber klar doch.« Emma zwang sich zu einem Lächeln, obwohl ihr so gar nicht danach war. »Versüß mir den Tag!«

»Ich denke, dass du nicht die Richtige für diesen Job bist. Auf mich wirkst du irgendwie prüde ... und wenn ich mir unsere Locations so anschaue, glaube ich, dass du spätestens im Aquarium die Nerven verlierst.« Er war noch nicht fertig, sondern setzte noch einen oben drauf. »Schreib lieber wieder über Gemüse.«

Emma riss sich los. »Zu deiner Information: Ich *war* bereits im Aquarium. Und weil es dort so unvergesslich gut war, ist es auf meiner Liste gelandet.« Sie musste so an sich halten, hatte das Gefühl, gleich zu platzen und zischte ihn durch zusammengebissene Zähne an: »Wie das Aquarium würde ich jede andere Location für mich selbst buchen.«

Sie drehte sich um und ließ ihn stehen. Wahrscheinlich hatte sie ihn mit ihrer letzten Behauptung überrascht. Verdammt noch mal! Sie hatte sich selbst überrascht. Einen Teufel würde sie tun!

Aber sie würde jetzt mit Leander sprechen.

***

In der Redaktion angekommen, stürmte sie den Mittelgang entlang zum Glaskasten.

Auf halber Höhe stellte sich ihr Tom in den Weg. »Hey, wo willst du denn mit dieser Miene hin? Doch nicht etwa zum Boss?«

Emma wollte sich an ihm vorbeischieben, doch er griff nach ihrem Arm, sanfter als es dieser Kennedy getan hatte, und führte sie den Gang zurück in Richtung Küche.

»Das überlegen wir uns doch noch mal«, sagte er in beschwichtigendem Tonfall, »und erzählen erst mal dem guten alten Tom, welche Laus uns über die Leber gelaufen ist. Die Kennedy-Laus etwa?«

»Dieser Kerl ist furchtbar«, spie Emma aus und holte sich aus dem Automaten einen Espresso. »Ich kann nicht mit ihm arbeiten. Leander muss das einsehen.«

»Wird er aber nicht«, hörte sie von Tom und bedauerte, dass er recht hatte.

»Dieser Kerl ist ein Monster.«

»So schlimm?« Tom umschlang sie von hinten und legte das Kinn auf ihre Schulter.

»Schlimmer noch«, murmelte sie. »Und das nicht wegen seines Aussehens ... Ist es auch eine Art Ankündigung seines Wesens.«

Tom machte einen grüblerischen Laut. »Ich habe ja schon gehört, dass er ein bisschen schwierig ist …«

»Ein bisschen? Er ist absolut …« Emma suchte nach dem richtigen Wort. Es fiel ihr nicht ein. Tristan Kennedy war absolut irgendwas.

»Tja. Dann heißt es wohl: Augen zu und durch, Süße. Nur noch fünf Mal, dann hast du es geschafft und bist vielleicht die neue Lifestyle-Redakteurin an Muriels Seite.«

Tom gab sie frei und ihrem Hintern einen Klaps. Emma wünschte, er hätte sich das erspart.

DREI

Ein ganz und gar gruseliger Traum war das:

Der Gong des Fahrstuhls hallte durch die Redaktion, und wenig später spazierte Tristan Kennedy den Gang zwischen den Schreibtischen entlang. Seine dunklen Augen blickten grimmig um sich, und seine Tätowierungen schienen sich zu bewegen, sich auf seiner Haut auszubreiten. Ein paar Redakteure stießen ängstliche Laute aus, andere verkrochen sich unter ihren Tischen.

Mit einem Satz sprang Kennedy auf Emmas Schreibtisch. Erschrocken rollte sie auf ihrem Stuhl zurück, knallte gegen die hinter ihrem Platz aufgestellte Trennwand. Ihr Stuhl bockte und warf sie ab. Auf dem Boden sitzend, starrte sie von Kennedys Stiefeln über seine langen Beine und den in der Lederjacke steckenden Oberkörper. Ein Grollen stieg aus seiner Kehle auf, und sein Mund verzerrte sich, als er zu Emma hinabsah. Wie ein Racheengel stand er da – das blonde Haar ein ihn Lügen strafender Heiligenschein – und er fragte nach Leander.

Emma wagte es, den Zeigefinger zu bewegen, um auf den Glaskasten zu deuten, aus dem der Herausgeber von *KINGz* in diesem Moment trat.

»Du hast eines meiner Bilder ohne meine Einwilligung für dein letztes Cover verwendet«, knurrte Kennedy und Leander wurde weiß im Gesicht. »Dafür wirst du mich entschädigen oder ich sorge für deinen Ruin.«

Leander wurde noch blasser und nickte. »Was verlangst du?«

»Eine Fotoreportage in deinem Magazin. Und sie …« Kennedy deutete auf Emma, die noch immer am Boden kauerte. »... wird mich begleiten.«

Wenn auch unerhört kleinlaut, so wagte Leander doch ein Widerwort: »Das geht nicht. Ich brauche Emma hier.«

Kennedy sprang vom Tisch, packte Emma beim Kragen und zog sie hoch. »Sie kommt mit mir oder du wirst in deinem Leben nicht ein Wort mehr drucken lassen.«

Leander ließ die Schultern sinken, murmelte ein »Sie gehört dir« und trottete zurück zum Glaskasten.

Kennedy lachte triumphierend und zerrte Emma unter den Blicken ihrer entsetzten Kollegen den Gang entlang zu den Fahrstühlen. Bei dem Versuch, sich zu befreien, verlor sie einen ihrer Pumps. Muriel eilte herbei, hob den Schuh auf und wollte ihn ihr geben, doch Emma bekam ihn einfach nicht zu fassen.

»Ich will nicht! Ich brauche meinen Schuh!«, rief sie, doch wurde weitergezerrt. Sie schlug um sich, doch konnte nichts gegen das Scheusal ausrichten. »Mein Schuh, mein Schuh!«, jammerte sie noch im Halbschlaf in ihr Kissen, strampelte die Bettdecke weg, drehte sich auf den Rücken und riss die Augen auf. Ihr Herz galoppierte in ihrer Brust, wie eine Stute auf der Flucht vor einem Wespenschwarm.

»Bloß ein Traum!«, murmelte sie vor sich hin. »Alles nur geträumt zum Glück ...« Dass die Realität aber gar nicht so anders aussah und sie Kennedy tatsächlich an der Backe hatte, ließ sie verstummen und den Samstag mit ganz schlechter Laune beginnen.

Der Latte Macchiato schmeckte irgendwie fad. Die anderntags so leckeren Bagels waren trocken, und weil das Frühstück ohnehin nicht genossen werden konnte, fuhr Emma nebenbei den Laptop hoch und hämmerte den Namen Tristan Kennedy ins Google-Suchfeld. Da ihn offenbar jeder kannte, wollte sie nun auch erfahren, mit wem sie es hier zu tun hatte.

Auf einer Webseite, die düster, aber alles andere als unprofessionell erstellt war, fand sie einen mageren Willkommensgruß und einige Themenordner.

In den ersten hatte er Fotos von Frauen einsortiert, die Emma, so ungern sie es tat, als hocherotisch bezeichnen musste. Nie hatte sie solche Bilder gesehen. Keine der Frauen räkelte sich gekünstelt lasziv vor Kennedys Kamera. Es waren vielmehr Momentaufnahmen, auf denen ihre Körper nur einen Teil der Erotik ausmachten. Viel erotischer waren ihre Mienen: mal eine Aufforderung, mal ein herablassendes Lächeln, mal ein überraschter oder schüchterner oder nachdenklicher Blick. Die meisten waren in einem Studio aufgenommen – und ohne Zweifel mit ausgezeichneter Technik. Mit Erstaunen erkannte Emma die Gesichter bekannter Schauspielerinnen und Sängerinnen.

Im nächsten Ordner befanden sich Detailaufnahmen von Körpern: harte Nippel, runde Schenkel, von Gänsehaut überzogene Pos, nach mehr verlangende Münder, ja sogar Mösen – und nicht einmal letztere Bilder waren obszön, denn Kennedy hielt nicht einfach drauf, sondern ließ bei diesen Bildern eine Handlung die Grundlage sein.

Auch unter den fotografierten Männern entdeckte Emma einige Celebrities. Sie versteckten ihr bestes Stück in einer kräftigen Hand. Sie schwammen nackt im Pool. Sie waren bei einem Seitensprung ertappt und wandten sich um, um dem Störenfried einen vernichtenden Blick zuzuwerfen. Sie ließen die Muskeln spielen, testeten die Matratze und einige von ihnen waren augenscheinlich fickbereit.

Emma blinzelte, um ihrer Fantasie Einhalt zu gebieten, schloss die Seite und stand auf, um ihren verschmähten Bagel in den Müll zu befördern. Den inzwischen kalten Kaffee tauschte sie gegen einen Orangensaft aus und lud ihre aktuellen Rezepte auf den Bildschirm. Dass sie den Auftrag hatte, Chicagos erotischste Locations zu finden, bedeutete nämlich nicht, dass

KINGz in den beiden nächsten Ausgaben auf Ernährungstipps und gesunde Rezepte verzichten würde. Leander wollte erst dann jemanden Neues für die Position finden, wenn er von Emma als Lifestyle-Redakteurin überzeugt war.

Emma hingegen war so von ihrer neuen Aufgabe gefangen, dass sie die Rezepte mit Langeweile anging und ihre Gedanken immer wieder abdrifteten: Zu Tom alias *TiWrites* und zu der Überlegung, wie sie ihn aus seinem Schneckenhaus locken konnte. Vor vollendete Tatsachen musste er gestellt werden, und dies konnte nur auf eine Weise geschehen: Indem er erfuhr, dass Emma die Frau war, die er seit langem als *LebensLust* kannte und schätzte.

Vielleicht war es plump, vielleicht ein kühnes Vorhaben. Vielleicht würde es *TiWrites* überraschen. Vielleicht würde er es ablehnen, aber wenn er auch nur ein bisschen neugierig auf sie war, würde er darüber nachdenken und einwilligen.

Emma rief ihren Mail-Account auf und schrieb *TiWrites* eine Nachricht, in der sie ihn aufforderte, sie zu treffen. In ihrer Vorstellung malte sie sich das Weitere herrlich bunt aus: Tadaaa, so eine Überraschung! »Duuu, Tom, bist *TiWrites*!«, würde sie sagen. »Duuu, Emma, bist *LebensLust*!«, würde er feststellen und so etwas wie eine Erleuchtung haben, die ihn infrage stellen ließ, dass er noch irgendwen anders in seinem Bett brauchte, wo er doch Emma hatte, seine Muse, seine *LebensLust*.

Nachdem sie die Mail gesendet hatte, konnte sich Emma endlich auf ihre Rezepte konzentrieren – vom zwischenzeitlichen Aktualisieren des Posteingangs abgesehen.

Erst am frühen Abend blinkte eine Nachricht von *TiWrites* im Posteingang. Mit klopfendem Herzen öffnete Emma sie und las:

»Wie lauten deine neuen Stichworte?«

Verwundert scrollte sie nach unten und stellte fest, dass er tatsächlich auf ihre letzte Mail antwortete. In die Grübelei, was sie davon halten sollte, klingelte ihr Telefon mit Toms Namen auf dem Display. Emmas Verwirrung wurde größer. Er sendete diese Mail und rief sie gleich darauf an? Ahnte er etwa auch etwas? Das konnte er nicht. Es hatte nie einen Anlass gegeben.

Emma wappnete sich und nahm das Gespräch entgegen.

Tom verlor kein Wort darüber, sondern lud sie zum Abendessen in ein Restaurant ein. Emma widerstand der Versuchung, ihr Telefon zu schütteln und ihn die Frage wiederholen zu lassen. Tom wollte mit ihr in ein Restaurant? Nicht in einen Club und dann in die Kiste? Oder gleich in die Kiste? Es geschahen noch Wunder auf diesem Planeten! Offenbar auch ohne, dass sie den Zaunpfahl schwang.

Sie verabredeten sich für zwanzig Uhr, beendeten das Gespräch, indem sie ihre Vorfreude ausdrückten. Ganz brav. Ganz erwachsen. Ganz ohne dreckige Gedanken.

Kaum hatte Emma aufgelegt, da rief Muriel an.

»Wir müssen reden«, sagte sie. »Lust auf einen Drink?«

Muriel hatte so recht, und zudem war es ihr anzurechnen, dass sie sich dafür am Samstagabend Zeit nehmen wollte. Emma wollte sich bei ihr entschuldigen, für diese dämliche Äußerung vom Donnerstag. Aber nicht an diesem Abend.

»Ich bin morgen eine Stunde eher beim Brunch, okay?«, schlug sie deshalb vor. »Heute Abend bin ich zum Essen verabredet.«

Muriels Neugier war geweckt. »Zum Essen? Mit wem?«

»Das erzähle ich dir auch morgen«, versprach Emma. Wo die Sache mit ihr und Tom nun endlich in die richtige Richtung ging, war es wirklich Zeit, Muriel einzuweihen.

***

Tom sah umwerfend aus. In der Redaktion oder wenn sie in einen Club gingen, trug er meist T-Shirts mit blöden Sprüchen drauf, die wohl eine Rebellion gegen seine Anfang Dreißig sein sollten. Heute trug er ein schmal geschnittenes hellblaues Hemd, eine ebenfalls schmale dunkle Stoffhose, schicke Schuhe – und das gewohnte verführerische Grinsen auf den Lippen. Seine dunklen Haare schienen noch feucht von der Dusche.

Er machte ihr ein Kompliment zu ihrem Kleid. Es war neu. Sein Muster bestand aus verzerrten roten-schwarzen Karos.

»Ist es neu? Ich habe es noch nie an dir gesehen«, sagte er dazu.

Das war ungewöhnlich aufmerksam. Nichtsdestotrotz wollte Emma nicht zugeben, dass sie für den Abend mit ihm ein neues Kleid ausgesucht und sogar das Etikett abgeschnitten hatte.

»Nein. Hab ich schon ein paar Monate«, behauptete sie also. »Ich ziehe das nur nicht in der Redaktion an.«

Tom grinste. Der Kerl war sowas von attraktiv, sowas von heiß und sich dessen sowas von bewusst. So bewusst, wie Emma sich war, dass sie verdammt noch mal wieder in seinem Bett landen würde. Freiwillig unfreiwillig. Ungeachtet aller guten Vorsätze, es diesmal, wo sie schon essen gingen, beim Essengehen zu belassen. Das Leben war eine Schlampe!

***

Auf die Kellnerin im Restaurant traf das auch zu. Scheißfreundlich hatte sie sich Tom als Pery Lynn vorgestellt, wohingegen sie Emma offenbar gern den Hals umgedreht hätte. Emma wollte Tom schon fragen, ob es sich um eine Verflossene oder einen One-Night-Stand handelte, da fiel ihr auf, dass die Frau sich an den umliegenden Tischen nicht anders verhielt. Den weiblichen Gästen knallte sie ihre Teller so garstig hin, dass die Pasta auf den Tisch rutschte, während sie den Männern am liebsten die Serviette auf dem Schoß glattgestrichen hätte. Die eine oder andere Szene hatte das zur Folge. Eine Frau schüttete ihrem Begleiter Wein ins Gesicht und konnte nur mit Mühe vom Gehen abgehalten werden.

Mit heimlichem Vergnügen verfolgten Emma und Tom,

was um sie herum geschah, und sie mussten sich einige Male auf die Lippen beißen, um nicht zu lachen.

»Ist diese Pery Lynn Schauspielerin?«, flüsterte Emma. »Passiert hier noch irgendwas? Ein Mord vielleicht? Ist es ein Criminal Dinner?«

Tom zuckte die Schultern und behauptete, keine Ahnung zu haben. Emma glaubte ihm nicht. Er wusste irgendwas.

»Eine der Ladies hier bringt die Tussi jedenfalls gleich um die Ecke, wenn sie keiner aufhält«, murmelte Emma weiter und beobachtete, wie Pery Lynn an einem Tisch das Weinglas des Mannes auffüllte, während sie das leere Glas der Frau beflissentlich ignorierte. Deren Griff um das Essbesteck festigte sich so sehr, dass die Fingerknöchel weiß hervortraten.

»Wenn es sein muss, mit der Gabel.«

Emma und Tom hatten das Gleiche bestellt: Steak, eine Folienkartoffel und Gemüse. Emma bekam ihren Teller hingedeppert, Toms Teller wurde mit einem freundlichen Spruch vor ihm abgestellt. Pery Lynn hatte sich schon umgewandt, da fiel ihr etwas ein und sie drehte sich zurück, warf einen prüfenden Blick auf Emmas Steak, dann auf das von Tom. Kurzerhand tauschte sie die Teller aus. Mit einem Augenzwinkern ließ sie Tom wissen, dass er nun das größere Steak hatte. Er bedankte sich verwundert und bot Emma an, das rückgängig zu machen, sobald das Biest verschwunden war. Emma prustete los und bekam sich während des ganzen Essens kaum noch ein.

Es wurde noch besser, als Pery Lynn die Teller abräumte. Sie beugte sich zu Tom, und zwar so, dass er unweigerlich eine herrliche Aussicht in ihr Dekolleté genießen konnte. Mit gesenkter Stimme erkundigte sie sich, ob er Dessert wollte. Tom wollte Dessert. Sie fand das schön und wandte sich, ohne Emma gefragt zu haben, dem nächsten Tisch zu, um dort die gleiche Show abzuziehen. Ein neuer Kommentar blieb Emma im Hals stecken, denn die Frau, die ihrem Begleiter eben den Wein ins Gesicht geschüttet hatte, stand jetzt auf und schnappte sich Pery Lynn. Statt sie, wie befürchtet, mit der Gabel abzumurksen, riss sie ihre Bluse auf und drückte sie auf einen nicht besetzten Nachbartisch. Pery Lynn wehrte sich nicht, als die Frau ihre Hände über dem Kopf zurückhielt und deren Begleiter ihren Rock hochschob.

Emma sah zu Tom. Er beobachtete sie.

»Du wusstest, dass das passieren würde?«

Abermals zucke er die Schultern. Wie um zu fragen, ob das denn eine Rolle spielte. Für Emma tat es das. Sie hatte sich mit ihm zum Dinner verabredet. Die Erkenntnis, dass es doch nur um Sex gegangen war, traf sie. Er hätte sich zumindest erkundigen sollen, ob sie so etwas reizvoll finden würde.

Der Mann am Nachbartisch knetete Pery Lynns Brüste, zerrte ihr dann den Slip von den Hüften, öffnete seine Hose und schob ihre Beine auseinander. Die Kellnerin ließ ein neuerliches lustvolles Murren hören und forderte ihn auf, sie für ihr Verhalten zu bestrafen, bis die Frau, die sie festhielt, ihren Mund mit einem Kuss verschloss. Der Typ, der ohnehin nichts anderes vorgehabt hatte, kam ihrer Aufforderung nur zu gern nach und rammte seine Erektion in ihre Möse. Sein Becken klatschte gegen ihren runden Arsch, und bei jedem neuen Stoß keuchte Pery Lynn in den Mund der anderen. Die Gäste der anderen Tische gesellten sich hinzu, um das Geschehen aus nächster Nähe zu beobachten und den Typen anzufeuern, die von ihnen bezeichnete Schlampe noch derber zu ficken. Einige andere Männer hatten den Hosenstall geöffnet und rieben sich die prallen Schwänze.

»Dessert, so so!«, stellte Emma fest und warf Tom einen weiteren Blick zu. Das Kinn in die Hand gestützt, war er inzwischen auf die Szene konzentriert.

»Wann bist du an der Reihe?«, fragte Emma.

Er sah zu ihr, von ihrem Ton irritiert und um eine Antwort verlegen.

»Ich frage mich auch, wie meine Rolle aussieht«, fuhr Emma immer wütender fort. »Soll ich mich auf den Tisch setzen, die Beine breitmachen, damit du dich aufwärmen kannst. Und soll ich dann abwarten, wer hier noch so alles Bock auf eine willige, anonyme Möse hat?«

Nur zu gut konnte sie sich vorstellen, was in ein paar Minuten in diesem Restaurant los sein würde. Und sie hatte keinen Bock darauf. Also nahm sie ihre Tasche, stand auf und ging ohne ein weiteres Wort. Einen Arsch, schimpfte sie ihn im Stillen auf dem Weg nach draußen, einen vor Geilheit total blinden Arsch. Dass sie außer ihren Qualitäten noch andere hatte, das sah er offenbar nicht oder es interessierte ihn schlichtweg nicht. Denn NEIN, natürlich verabredete er sich nicht zu einem gewöhnlichen Essen, sondern dachte auch hier bloß ans verdammte Vögeln! Wäre es ein Pizza-Imbiss gewesen, wäre ihm das vielleicht noch lieber gewesen. Wieso sich lange aufhalten ... mit ewigen Gesprächen und einem teuren Essen, wenn man doch nur ficken wollte?!

Wenn er sie jetzt nicht als die Emma sah, die sie war, überlegte sie, als sie auf die Straße trat, würde es da tatsächlich einen Unterschied machen, wenn er feststellte, dass sie *LebensLust* war? Vielleicht wäre das für ihn nur ein Argument für noch mehr Sex, richtig hemmungslosen Sex, wie sie und er ihn in seinen Storys hatten.

Emma knurrte, weil ihr die Überlegung Tränen in die Augen trieb. Sie wollte nicht heulen, sondern nur verärgert sein – völlig zu recht – also blinzelte sie ein paar Mal und konzentrierte sich wieder auf ihren Ärger. Auch auf sich selbst war sie sauer.

Wie naiv verhielt sie sich denn bitte mit diesem Kerl? Wartete seit Monaten darauf, dass er den richtigen Schritt tat, um am Ende immer wieder in sein Bett geschubst zu werden! Aber sie würde ihn schon lehren, so mit ihr umzuspringen. Sie würde ...

»Emma!«, hallte es durch die Straße.

Toms Schritte erklangen hinter ihr. Emma ging schneller. Die El-Station war bereits in Sicht. Vielleicht hatte sie Glück und die nächste Bahn war gleich da.

Taub für Toms weitere Rufe und seine schon klägliche Bitte, zu warten, stieg Emma die Stufen zur Station hinauf. Auf der Hälfte hatte Tom sie eingeholt und schnaufte an ihrer Seite.

»Emma, verdammt, was ist denn auf einmal los?«

Was verdammt noch mal los war? Das fragte er noch? »Erwartest du darauf etwa eine Antwort?«

»Ach, Süße, bitte! Sei nicht sauer!«

Sie hasste es, wenn er sie Süße nannte. Das war so allgemein. Jede konnte Süße sein.

Emma blieb stehen und konfrontierte ihn. »Ich bin davon ausgegangen, dass wir in einem Restaurant essen. Du bist davon ausgegangen, dass wir in einem Restaurant ficken.« So wenige Worte es auch waren, sie redete sich in Rage. »Wenn du schon nicht auf die Idee kommst, ganz normal mit mir essen zu gehen, wieso besitzt du dann nicht mal den Anstand, mich zu fragen, ob ich Lust auf so etwas habe?«

»Es sollte eine Überraschung sein.«

Emma drehte sich um und nahm die letzten Stufen bis zum menschenleeren Bahnsteig. »Na, die ist dir gelungen!«

Tom blieb neben ihr und rechtfertigte sich weiter. »Ich dachte, das sei eine Inspiration für deine Artikel.«

»Die Locations stehen längst fest.« Emma warf einen Blick auf die Anzeige. Die nächste El würde in zwei Minuten hier sein. Das war viel zu lange.

»Ich bin müde«, murmelte sie. »Ich fahre jetzt nach Hause und wünsche dir noch viel Vergnügen.«

»Ach Emma! Ich finde es schade, dass der Abend so endet.«

Prinzipiell konnte sie ihm da nur zustimmen. Schade war das, wie vieles andere auch.

»Klar«, frotzelte sie weiter und blickte in die Richtung,

aus der die Bahn kommen würde. »Viel lustiger wäre es doch gewesen, hätten wir noch das Dessert verspeist.«

Es war ein Samstagabend. Noch nicht mal dunkel. Und sie fuhr nun nach Hause. Tolle Sache!

»Vergiss das alles, okay?« Er klang verzweifelt. »Lass mich dich wenigstens nach Hause bringen.«

Emma vermied es, Tom anzusehen. Sie würde nicht nachgeben. Nein, das würde sie nicht! Sie konnte sich denken, wo eine Heimfahrt mit ihm enden würde. »Nein, danke. Ich fahre gern mit der El.«

Um Distanz zwischen sie beide zu bringen, schlenderte sie zu dem Glasstand, in dem die Fahrpläne ausgehängt waren. Sie starrte auf die Uhrzeiten, ohne sie zu lesen. Dann hörte sie die El kommen, drehte sich um und hatte Toms Gesicht genau vor ihrer Nase.

»Ich lasse dich so nicht gehen«, stellte er klar und stützte einen Arm neben ihr ab, um sie daran zu hindern, zur Bahn zu gehen. Seine Stimme, die sich verändert hatte, löste einen wohligen Schauder auf Emmas Rücken aus.

Sie würde nicht nachgeben!

»Ich will nicht, dass du sauer auf mich bist«, fügte er an und brachte sein Gesicht noch näher zu ihrem. Die einfahrende Bahn war ihm egal. Emma bemerkte wohl, dass der Zug hielt, doch sie war in seinem Blick, in den in diesem Moment so unwiderstehlich grünen Augen, gefangen.

Toms Nasenspitze strich über die von Emma. Seine Lippen streichelten ihre, wie eine Bitte, sie küssen zu dürfen.

Küss ihn doch!, jubelte ihr Herz.

Du wirst nicht nachgeben!, beharrte ihr Verstand.

Ungeachtet der wartenden El fuhr Toms freie Hand unter Emmas Kleid und schob ihren Slip beiseite. Sein Finger legte sich auf ihren Kitzler, drückte ihn kurz so fest, dass sie leise stöhnte, dann umkreiste er ihn. Abermals strichen seine Lippen über ihre, und diesmal antwortete Emma ihm, nahm seinen Mund, küsste ihn.

Die El fuhr mit Getöse ab, und der Lärm, mit dem sie sich entfernte, wurde vor allem deshalb so schnell leise, weil das Blut in Emmas Ohren rauschte. Toms Kuss und seine Berührung machten sie taub für alle Geräusche, und sie ließen auch ihren Verstand verstummen. Sie keuchte gegen seine Lippen, denn sein Finger trieb ihre Lust höher und höher. Ein Murren entschlüpfte ihr, als er seinen Mund zurückzog. Sie wollte ihn weiterküssen, doch er schien andere Pläne zu haben. Ohne seine Hand von ihrer Mitte zu nehmen, ging er an ihr herunter und verschwendete nicht viel Zeit. Er schob ihr Kleid nach oben, drängte sich zwischen ihre Beine und ließ seine Zunge übernehmen, was sein Finger begonnen hatte.

Emma vergrub die Hände in Toms Haaren und stöhnte, weil er an ihrer Klit saugte und dies ein so grandioses Gefühl in ihr freimachte. Seine Zunge umrundete die längst geschwollene Perle, fuhr zwischen ihren Schamlippen entlang und tauchte in sie ein, leckte sie aus. Sie wollte mehr von ihm, sie wollte ihn tiefer, also stellte sie einen Fuß auf seine Schulter und presste seinen Kopf fester an sich. Bald war sie so nass, dass ihre Lust in feinen Spuren ihre Schenkel hinablief und in der Spitze ihrer halterlosen Strümpfe versickerte. Ein Zittern setzte in ihrem Unterleib ein. Der Atem verließ ihren Mund in Stößen. Lauter und lauter wurde ihr Stöhnen und echote über den verlassenen Bahnsteig. Von Toms Zunge auf den Gipfel ihrer Begierde getrieben, löste sich ihr Geist für den Moment der völligen Ekstase aus ihrem Körper. Wie von allein spannten sich alle Muskeln an, Emma legte den Kopf zurück und schrie, als sie kam, schnappte nach Luft und legte die Hände an Toms Wangen, um seine Zunge zu stoppen.

Wenige Sekunden ließ er seinen Mund noch da, wo er war und fing die Tropfen ihrer Lust auf, dann löste er sich von ihr und stand auf. Er küsste sie und ließ sie seine nassen Lippen kosten.

Nur langsam kehrte Emmas Bewusstsein zurück. Befriedigt und beseelt lehnte sie an der gläsernen Wand. Mit halbem Ohr vernahm sie das Klimpern von Toms Gürtel, das Surren seines sich öffnenden Hosenstalls, das Knistern der Kondompackung. Sie stieß einen überraschten Laut aus, als er sie packte, ihre Beine spreizte und um seine Hüfte legte, sie gegen die Glaswand presste und seine Eichel durch ihre nasse Mitte schickte.

Emma schloss die Hände in seinem Nacken, um sich festzuhalten und ihn näher zu ziehen. Toms Blick war das Aphrodisiakum, das ihre Gier prompt wieder weckte. Mit der bekannten vehementen Dringlichkeit pulsierte sie in ihrem Bauch, provozierte ein verlangendes Ziehen.

»Tief?«, fragte er mit einer Stimme wie Samt und Seide.

»Tiefer!«, raunte Emma an sein Ohr, schmiegte ihre Wange an seine, schloss die Augen und murrte, weil die Spitze seines Schwanzes über ihre Klit strich.

»Fest?«, hörte sie Tom fragen.

Sie nickte und flüsterte. »Fester!«

Mit einem Stoß war er in ihr, versenkte seinen Schaft bis zum Anschlag und knurrte. »Ich liebe es, wenn du so lüstern und so feucht bist. Dich zu ficken ist der Hammer.«

Emma sah ihn wieder an. Ein neuer Schrei steckte in ihrem Hals und stieg aus ihrer Kehle in die frischer werdende Nachtluft, als Tom ein zweites Mal zustieß.

»Und ich liebe es, wenn du schreist, wenn du dich vergisst«, murmelte er und schwieg dann, um wieder in sie zu pumpen, scheinbar immer ein bisschen tiefer. Fester ohne Zweifel. Zu gern hätte Emma seine Eier gepackt und sie massiert, denn sie wusste, dass er darauf stand, doch er besorgte es ihnen beiden so hart, dass sie ihre Hände in seinem Nacken nicht zu lösen wagte.

Vom eben erlebten Orgasmus war Emmas Empfindsamkeit noch auf einem so hohen Level, dass der Weg zum Höhepunkt diesmal noch kürzer war. Sie grub die Finger in Toms Schultern, schlang die Beine um ihn, verkrampfte sich und spürte, dass das Pulsieren seines Schwanzes in die Zuckungen ihres Unterleibs einstimmte. Er kam mit einem Ächzen und sie folgte ihm nur wenige Sekunden später, erschlaffte in seinen Armen. Die Stirn auf seine Schulter gelegt, atmete sie auf. Tom streichelte ihren Rücken und setzte sie vorsichtig ab, um sich das Gummi abzuziehen und im Mülleimer zu entsorgen.

Emma richtete ihren Slip, die Strümpfe und zog das Kleid über ihre Hüften. Ihr Blick streifte den von Tom, der seine Hose schloss und sie angrinste.

»Darf ich dich jetzt nach Hause fahren?«

Emma hatte das Ja schon auf den Lippen, doch sie verbannte es. Warum auch immer, es erschien ihr richtig, trotzdem mit der El zu fahren, deren Lichter in der Ferne auch schon zu sehen waren.

Sie schüttelte den Kopf, schulterte ihre Tasche und ließ sich von Tom einen Kuss auf die Stirn geben.

»Dann bis Montag!«, sagte er.

»Bis Montag«, entgegnete sie und hielt das Seufzen zurück, bis sie in der Bahn war.

Das eigenartige Gefühl, das sie nach dem Sex gepackt hatte, verstärkte sich während der Fahrt. Eine Unruhe war es, eine Unzufriedenheit. So ganz andere Erwartungen hatte sie an diesen Abend gehabt. Zu Hause angelangt, lud sie die letzte Mail von *TiWrites* auf den Bildschirm und antwortete darauf, indem sie ihm drei neue Stichworte gab. Ohne echte Freude schrieb sie:

»Shopping, Reiz und Heimlichkeit.«

VIER

Wie sie es am Vortag versprochen hatte, war Emma am Sonntag bereits um zehn und nicht erst um elf Uhr zur offiziellen Brunch-Zeit bei Muriel, die diesmal die Gastgeberin war. Es war eine seit Jahren gepflegte Tradition, dass sich Emma, Muriel, Janis und Anne, die vierte im Bunde, an jedem dritten Sonntag im Monat zum ausgedehnten Schlemmen trafen.

Ein ungewöhnlich bunt gekleideter Leander öffnete ihr. Er hatte eine Strandtasche in der einen, den Autoschlüssel in der anderen Hand. Eine Sonnenbrille steckte in seinen Haaren. Seine Tochter Lina, die gerade zwölf geworden war, saß hinter ihm auf dem Fußboden, schnürte sich die Schuhe und kam ihm mit dem Gruß zuvor.

»Hi Emma«, sagte sie und klang wenig begeistert.

»Hey«, grüßte Emma zurück. »Wo wollt ihr denn hin?«

Leander schien antworten zu wollen, doch seine Tochter war abermals schneller. »Zum Strand. Ich würde viel lieber hier bleiben, aber Dad sagt, ich muss an die frische Luft.«

Emma schmunzelte. »Ja, wo er recht hat ...«

»Aber ich glaube, bei euch ist es viel lustiger!« Sie warf ihrem Vater einen bösen Blick zu, weil er geschnaubt hatte und sich abwartend zu ihr umwandte. »Worüber redet ihr denn so?«

»Lina! Bekommst du deine Schuhe heute wohl noch geschnürt?«, kam es nun von Leander.

Emma beschloss, ihm zu helfen. Sie winkte ab. »Ach, nur über die Arbeit. Am Strand hast du garantiert mehr Spaß.«

Lina zog die Brauen hoch. »Wer's glaubt ...«

»Lina, jetzt komm endlich!«, tönte Leander ungeduldig.

Die Kleine stöhnte, rappelte sich auf, zerrte ihren Rucksack von einer Bank und schleifte ihn zum Ausgang.

Leander machte ihr Platz, trat selbst in das Foyer, wo der Fahrstuhl, den Emma genommen hatte, noch wartete. Er wendete sich zu ihr um. »Wie war es eigentlich am Freitag? Bist du klargekommen mit Tristan?«

Augenblicklich schlug Emmas Stimmung um. *Tristan,* äffte sie Leander im Stillen nach und schickte ein *Pff* hinterher. Eine Bestätigung brachte sie einfach nicht über die Lippen. Sie war so schlecht im Lügen, dass Leander es sofort merken würde.

»Können wir nächste Woche darüber reden? In Ruhe?«, schlug sie also vor.

Eine Furche zeigte sich zwischen Leanders Brauen.

Indes blockierte Lina die Fahrstuhltür. »Komm schon, Dad!«, nöhlte sie. »Mir ist langweilig!«

Leander nickte. »Am Montag bin ich unterwegs, aber sei am Dienstag um zehn in meinem Büro.« Er ging zum Fahrstuhl.

Emma schloss die Tür des Appartements und gesellte sich zu Muriel, die in der Küche beschäftigt war, stellte den mitgebrachten Obstsalat ab. Bei der Begrüßung beließ sie es nicht beim obligatorischen Bussi links und rechts, sondern zog die Freundin in eine Umarmung und entschuldigte sich für die Bemerkung zum in-ein-Horn-mit-Leander-blasen. Muriel nahm es easy, wie es nicht anders zu erwarten gewesen war. Wenn jemand nicht nachtragend war, dann sie. Sie feixte und strich sich die dunklen Locken hinter die Ohren.

»Schwamm drüber«, sagte sie und linste in Richtung Schüssel. »Was hast du diesmal wieder gezaubert?«

»Da gerade Erdbeer-Saison ist«, entgegnete Emma, »habe ich mir einen Erdbeersalat ausgedacht. Wie gewünscht mit viel Kalorien.«

Muriel öffnete den Deckel, um einen Blick auf Emmas Kreation zu werfen, und ließ einen schmatzenden Laut hören.

»Das sieht aber lecker aus! Ach, ihr werdet alle fett nach Hause rollen, während ich bloß auf die Couch zu fallen brauche.«

Für den Brunch hatte Emma ursprünglich ein paar kalorienarme Brotaufstriche vorbereiten wollen. Nicht überraschend hatte Muriel dies abgelehnt. Sie hielt nichts von Diäten, und auch Janis hatte darauf bestanden, an diesem Sonntag so richtig ungesund zu schlemmen. Lediglich Anne war ein wenig unglücklich mit Aussicht auf das englische Frühstück mit Rührei und Speck, Würstchen und gebackenen Bohnen, gebratenen Champignons und Kartoffel-Röstis, doch sie war überstimmt worden.

Der Speck und die Champignons waren bereits in den Pfannen. Muriel goss die Ei-Mischung in eine dritte Pfanne.

»Mit wem warst du nun gestern zum Essen verabredet?«

Emma haderte mit sich, denn eigentlich wollte sie gar nicht mehr darüber reden. Nicht mit der Retrospektive auf den Abend. Da sie Muriel aber nichts vorzumachen brauchte und die Sache ja einmal erwähnt war, verzichtete sie auf Floskeln.

»Mit Tom ... «

Muriel stellte die geleerte Schüssel ab und warf ihr einen entgeisterten Blick zu. »Nicht dein Ernst!« Sie nahm einen Rührlöffel aus einer Schublade, doch statt das Ei zu rühren, klopfte sie sich damit gegen die Wange. »Ich ahnte es ja.«

»Es ist nicht, wie du denkst. Es ist nur ...«

»Sex?«

Emma verkniff die Lippen. So hatte sie es nicht formulieren wollen, aber das traf es wohl. Leider.

Muriel hörte nicht auf, sich mit dem Löffel gegen die Wange zu klopfen, und Emma spürte Ungeduld in sich aufsteigen. Was auch immer Muriel dazu zu sagen hatte, sollte sie besser gleich und mit möglichst wenigen Worten loswerden. Am allerwenigsten wollte Emma eine Predigt darüber hören, wie blöd Sex-Freundschaften waren, schließlich war Muriel vor ihrer Beziehung zu Leander die Königin der One-Night-Stands gewesen.

»Du willst mehr als Sex und er ahnt das nicht einmal, richtig?«, schlussfolgerte sie sogleich.

Emma weigerte sich, das in dieser Form zu bestätigen. »Ich weiß, dass Tom und ich Potenzial zu sehr viel mehr haben.«

Endlich kümmerte sich Muriel um das Ei. »Ah, und du hoffst, dass er eine Erleuchtung hat?«

Emma verzichtete auf die Antwort. Sie nahm die Röstis aus der Packung und legte sie auf das bereitgestellte Backblech.

»Ich will nicht unsensibel sein«, hörte sie Muriel sagen und hielt den Atem an. »Aber es wäre falsch, jetzt zu lächeln und dir gutes Gelingen zu wünschen.«

Was kam denn nun bitte? Nicht wirklich die Predigt!

»Tom ist ...« Muriel suchte nach den richtigen Worten, fand sie scheinbar nicht, denn sie entschied sich für eine direkte Ansage. »Ach, verdammt Emma, du weißt doch so gut wie ich und jeder bei *KINGz*, dass Tom ein Weiberheld ist. Er braucht noch ein paar Jahre, bis er sich festlegt.«

»Weiß ich«, knurrte Emma und schob das Blech in den Ofen.

»Hat er dich echt zum Dinner eingeladen?«

»Nicht wirklich.«

»Hm!«

Emma lehnte sich an den Tresen und verschränkte die Arme. »Hm? Was denn Hm?«

Abermals wollte sich Muriel mit dem Löffel gegen die Wange klopfen, doch entschied sich dagegen, weil bereits Ei daran klebte. »Weißt du, warum ich glaube, dass Paula so überraschend gekündigt hat?«

Paula, das war Muriels ungeliebte Kollegin im Lifestyle-Department. Die beiden konnten sich nicht ausstehen. Noch weniger, seit Muriel mit Leander zusammen war. Paula hatte sich immer benachteiligt gefühlt, weil Muriels Kolumne so erfolgreich war. Dabei hatte sie die eigenen Möglichkeiten nur nie ausgeschöpft. Das Gefühl, benachteiligt zu sein, hatte Emma für Paulas Kündigungsgrund gehalten.

»Zwischen Paula und Tom lief was«, sagte Muriel. »Ich habe es mitbekommen, und prinzipiell ist es mir schnurzegal, aber wenn ich jetzt erfahre, dass ...«

»Schon gut«, fiel Emma ihr ins Wort. Sie wollte nicht mehr hören. Sie selbst hatte nichts von Tom und Paula gewusst, doch was spielte es schon für eine Rolle, ob eine seiner anderen Affären nun einen Namen hatte oder nicht? »Mir ist schon klar, dass Tom kein Unschuldslamm ist.«

Emma spürte, wie sie sich verkrampfte. Die vor der Brust verschlungenen Arme begannen zu schmerzen. Die Schultern taten ihr weh. Muriel legte den Löffel auf dem Pfannenrand ab, trat vor sie und musterte sie. Ihr Mund zuckte, als wollte sie etwas sagen. Sie schluckte den Kommentar und öffnete stattdessen einen Sekt. Der Korken ploppte mit einem Knall gegen die Küchendecke. Muriel schenkte die sprudelnde Flüssigkeit in zwei Gläser und reichte Emma eines, ließ ihr eigenes dagegen klingen.

»Pass auf dich auf! Okay?«, sagte sie dazu.

Emma gab ein knappes: »Ja doch. Keine Sorge« zurück.

Muriel zog eine Braue hoch. »Versprochen? Nicht mehr als Sex mit Tom?«

Emma versprach es, trank einen Schluck und fühlte sich elend. Für einen Augenblick hatte sie das Bedürfnis, abzuhauen. Sie wollte ihr Fahrrad zum Ufer des Lake Michigan treten, als sei jeder Tritt in die Pedale ein Tritt in Toms Arsch.

Es klingelte und wenig später war die Wohnung von Janis' und Annes Lachen erfüllt. Der Tisch auf der Terrasse wurde gedeckt, zwei weitere Sektgläser wurden gefüllt und die Kalorienbomben aufgetischt. Vor der Kulisse von Chicago und mit dem Blick auf den Lake Michigan luden sich die vier Frauen die Teller voll.

Natürlich erzählte Janis vom Fotoshooting. Anne, die ebenfalls Fotografin war, wurde zwar gelegentlich für Aktaufnahmen gebucht, doch dieses Shooting erschien ihr jenseits von allem, was sie für ästhetisch hielt. Sie erzählte, dass sie Kennedy einmal kurz kennengelernt hatte, und die wenigen Worte, mit denen sie dieses Kennenlernen beschrieb, ließen vermuten, dass sie ihn nicht sonderlich mochte. Emma konnte sich denken, dass er ihr mit einer gewissen Herablassung begegnet war. Dieselbe Herablassung, die sie gespürt hatte. Janis' Begeisterung war hingegen ungebrochen. Sie fand den Typen toll und beschrieb seinen abartigen Körperschmuck noch im Nachhinein fasziniert.

Emma knirschte mit den Zähnen. Den Kommentar zu Janis' Homosexualität, den Kennedy nachher für sie übrig gehabt hatte, behielt sie für sich. Sie wollte Janis die Illusion nicht nehmen, und als sie wissen wollte, wie der Mann sonst so war, zuckte Emma die Schultern und löste die Arme, die sie, wie ihr jetzt auffiel, schon wieder zu fest vor der Brust verschränkt hatte.

»Er ist anstrengend.« Das war die freundlichste Formulierung, die ihr einfiel. »Und wir harmonieren nicht gerade. Ich sammele halt die Infos für die Texte, er macht die Fotos und am Ende schmeiße ich beides zu einem Artikel zusammen, in der Hoffnung, dass es das ist, was Leander sich vorstellt.«

»Hm. Mist!«, kam es von Janis.

»Wundert mich nicht, dass ein Fotograf wie er nicht ganz leicht ist. Mit wem der alles schon gearbeitet hat ...«, sagte Anne und schenkte allen Sekt nach. Mit dem Blick auf das Label wechselte sie das Thema und kam auf ihre geplante Hochzeit zu sprechen, für die sie gerade einen guten Champagner suchte.

Sie und ihr langjähriger Lebensgefährte, den Emma, Muriel und Janis nur *den Physiker* nannten, weil das sein Beruf war und die Freundinnen ihn so langweilig fanden, würden im Spätsommer heiraten. Janis, die, seit sie mit ihrer Maja zusammen war, einen Hang zur Romantik entwickelt hatte, erzählte von einem Weingut, dass sie und die Zahnärztin vor einer Weile besucht hatten. Muriel überlegte, ob es nicht eine gute Idee wäre, wenn sie alle hinfuhren ... Anne und *der Physiker,* Janis und Maja, Muriel und Leander, Emma und ...

Drei Augenpaare beäugten sie. Emma hatte kaum zugehört.

»Na, was denn?«, fragte Muriel. »Du kommst doch mit, oder?«

Die Momente, in denen sich Emma als siebtes Rad am Wagen fühlte, waren selten, doch wenn sie sich einstellten, waren sie äußerst unangenehm. Sie hatte sich nie beschwert, dass die freitäglichen Nachttouren zu viert zu einer Rarität geworden waren. Sie war allein ausgegangen oder eben zu Hause geblieben ... oder sie hatte Tom zum Vögeln getroffen. Ob der wohl Lust auf einen Ausflug zum Weingut hatte?

»Ich weiß noch nicht«, antwortete sie. »Kommt drauf an, wann ihr fahren wollt.«

Das war eine Lüge. Das Wann war völlig egal. Emma würde für jeden Termin eine Entschuldigung finden. Das war zwar ein bisschen gemein, aber sie hatte nun einmal keine Lust, drei verliebten Paaren hinterherzueiern.

Während die anderen über die Hochzeit sprachen, driftete Emmas Geist weiter ab. Der Sekt machte sie gefühlsduselig. Plötzlich vermisste sie Tom ganz schrecklich. Und sie vermisste, dass Tom sie vermisste. Und das mit Paula ... nun ja, sie konnte ihm deshalb wohl kaum eine Szene machen.

Keinen Sekt mehr!, beschloss sie, trank noch einen Schluck und musterte die Frauen am Tisch. Die selig Verliebten, frotzelte sie im Stillen und ärgerte sich gleichzeitig über ihren Anflug von Missgunst. Aber weiter ging es im Text: Die Glückskekse, die über die Liebe gestolpert waren. Keine der drei hatte nach der Liebe Ausschau gehalten, sich bemüht und gehofft, wie Emma es tat.

Anne hatte ihren Physiker im Supermarkt kennengelernt, als sie beide nach der letzten Packung Klopapier im Sonderangebot gegriffen und sich kurz darum gestritten hatten. Janis hatte Majas vorherigem Lebensgefährten ein Tattoo mit ihrem Namen auf den Oberarm gestochen und dem Mann die Frau danach versehentlich ausgespannt. Muriel war das beste Beispiel dafür, dass man die Liebe dort fand, wo man sie am wenigsten erwartete, schließlich hatten sie und Leander sich, bis sie endlich im Bett landeten, zwei Jahre lang wie Hund und Katz angebellt und angefaucht.

»Klopapier brauche ich sowieso noch ...«, murmelte Emma vor sich hin, sah dann in die Runde und hielt sich die Hand vor den Mund.

»Sorry!«, fügte sie an. »Ich war gedanklich woanders.«

Janis und Muriel prusteten los.

»Wie kommst du denn auf Klopapier?«, kicherte Janis.

In Anbetracht von Annes fragender Miene, musste auch Emma lachen. Sie hielt ihr Glas hoch. »Vergesst es und lasst uns den Toast des Monats ausbringen!«

Die drei nahmen ihre Gläser.

»Worauf trinken wir?«, fragte Muriel.

Oft tranken sie auf irgendetwas Verrücktes, aber ebenso häufig auf Dinge, die gerade in die Zeit passten.

An Anne und deren Hochzeit und das Klopapier und den langweiligen Physiker denkend, hatte Emma eine gute Idee. »Trinken wir auf die Liebe, die sich nicht bitten lässt, sondern tut, was sie will, wo sie will!«

»Das hast du schön gesagt.« Anne stieß mit Emma an.

»Weise Worte«, lautete Janis' Kommentar.

Muriel wollte auch etwas sagen, doch sie vergaß es, als Emmas Telefon klingelte. »Hey, zum Brunch ist Handyverbot!«

Eine Entschuldigung murmelnd, fummelte Emma ihr Telefon aus der Tasche, um es auszuschalten und erschrak beim Blick auf das Display.

»Kennedy!« Sie stand auf. »Sorry, da muss ich rangehen.«

Sie verließ die Terrasse, schob die Tür zu und nahm das Gespräch entgegen. Der Klang seiner Stimme schickte einen Schauder des Gruselns über ihren Rücken. Emma legte die Hand auf die Stirn und kniff die Augen zusammen, um ihre Konzentration zu sammeln und ihre vom Alkohol gelöste Zunge unter Kontrolle zu halten.

Seine Frage, ob sie gerade Zeit habe, verneinte Emma mit einem Blick auf ihre Freundinnen. Darauf meinte er, dass es gut wäre, wenn sie sich ein paar Minuten Zeit nehmen und zu ihm kommen würde, um die Fotos vom LiveAct anzuschauen. Vor dem am nächsten Tag stattfindenden nächsten Termin wollte er ihr gern das Gefühl nehmen, dass er unprofessionell arbeite.

Emma traute ihren Ohren nicht. Zudem spürte sie einen Unwillen in sich aufsteigen, denn sie wollte ihren freien Sonntag nicht an Kennedy vergeuden, der ihr morgen noch genug auf den Nerv gehen würde. Allerdings ließ sich dieses Angebot schlecht ausschlagen – insbesondere nicht, da sie einen Termin mit Leander hatte, bei dem sie sich gegen eine weitere Zusammenarbeit mit dem Fotografen aussprechen wollte.

Ihr war speiübel, als sie Kennedy wissen ließ, dass sie am späten Nachmittag vorbeikommen würde und seine Adresse notierte.

***

Vom zentral gelegenen South Loop District fuhr Emma mit der El in den Norden von Chicago, nach Lincoln Park, einem Stadtteil, der seinen Namen dem berühmten Park verdankte. Für den Rest des Brunchs hatte sie Wasser getrunken und war froh, dass ihr Schwips etwas abgeklungen war.

Eine Viertelstunde nachdem sie aus der Bahn gestiegen war, stand sie vor dem Gebäude, in dem Tristan Kennedy wohnte. Die Musik, die über Ohrstecker in ihren Gehörgang rieselte, wechselte von einem hektischen Stück zu sanften Tönen.

»We are like oil and water«, sang Brandon Boyd und Emma bekam schon wieder eine Gänsehaut, denn dass ausgerechnet jetzt dieser Titel spielte, wertete sie als ein Omen: Wie Öl und Wasser waren sie und Kennedy; sie würden niemals miteinander können. Das wollte sie jetzt nicht hören, also schaltete sie die Musik aus, zog die Stecker aus den Ohren und ging durch ein schmiedeeisernes Tor, von dem aus ein Weg durch einen wildbegrünten Garten führte, den das in U-Form gebaute Haus einrahmte. Emma sah am roten Backstein hinauf. Vier Etagen gab es. Feuertreppen und Balkone zierten die Fassade. Sie vermutete, dass die meisten der Appartements Lofts waren. Sie liebte solche Wohnungen und verspürte doch gar keine Neugier. So froh würde sie sein, wenn sie erst wieder in der El säße und nach Hause fahren konnte.

In der Nähe des Eingangs parkte Kennedys Motorrad. Emma schickte einen stillen Fluch an das Teil und suchte dann das Klingelschild ab. Hinter nur wenigen Schildern waren Namen. Er wohnte in der dritten Etage. Sie klingelte. Der Summer ertönte. Emma ging hinauf.

Der Fotograf lehnte in der Eingangstür. Seine kräftigen Arme hatte er vor der Brust verschränkt. Auch heute trug er schwarze Klamotten. Sein helles Haar war im Nacken zu einem winzigen Zopf gebunden, aus dem sich widerspenstige Strähnen gelöst hatten. Sein Blick war wie gewohnt herablassend. Emma versuchte, sich auf seine Augen zu konzentrieren, nicht auf seine Piercings und Tattoos, doch die befanden sich nun mal in seinem Gesicht. Sie konnte nicht anders und starrte kurz auf einen der kleinen Metallringe, die die langen Narben zusammenzuhalten schienen. Nie würde sie sich an den Anblick gewöhnen.

Er nickte ihr zum Gruß zu. »Roosevelt«, brummte er.

»Kennedy«, gab Emma ebenso schlecht gelaunt zurück und ging auf seine Geste hin an ihm vorbei in die Wohnung.

Tatsächlich war es ein Loft, und es war riesig, lichtdurchflutet von den vielen, hohen Fenstern. Das Wohnzimmer und die Küche waren praktisch eins und im gleichen Stil eingerichtet: viel Metall, viel High Technology. Nicht Emmas Geschmack. Auf einem Podest weiter hinten im Raum stand ein rundes Bett. Statt eines Kleiderschrankes benutzte Kennedy Kleiderstangen und Truhen. Auch nicht Emmas Geschmack. Aus den riesigen Boxen, die in den Ecken des Raumes standen, drang leise Musik. Sie war angenehm, überraschend beruhigend. Emma wusste nicht, wer da sang, mit so sanfter Stimme, von getrennten Wegen. Ihr Blick fiel auf eine große gerahmte Fotografie von einem Jungen. Er war nicht älter als fünf, blond, und sein Grinsen war wegen der Milchzähne besonders charmant.

»Komm mit!«, forderte Kennedy sie auf, und so folgte sie dem Fotografen durch das Loft zu einem Schreibtisch, auf dem Bilder ausgebreitet lagen. Emma betrachtete sie lange, und je mehr Details sie wahrnahm, desto beeindruckter war sie. Der Fokus von Kennedys Bildern lag kaum auf Janis' und Majas Akt. Zwar waren die Frauen immer auf dem Bild und in wirklich sinnlichen Posen fotografiert, doch Kennedy hatte die Gesamtheit erfasst: die Arbeit der LiveAct-Fotografin, die das Geschehen auf der Couch vor der Kulisse Chicagos festhielt, und dies aus so guten Perspektiven, dass sich die Details perfekt ergänzten und zu einer Einheit wurden.

Das alles mit nur einer Kamera und einer auffaltbaren Softbox.

»Die sind großartig«, sagte Emma und sah ihn an.

Konzentrier dich auf seine Augen!, befahl sie sich erneut. Diesmal gelang es ihr.

»Beruhigt?«, fragte er.

Ob sie beruhigt war? Emma lauschte in sich hinein. Nein, beruhigt war sie nicht. »Vielen Dank, dass ich die Fotos sehen durfte.«

»Kein Ding.«

Emma wandte sich zum Gehen. »Wir sehen uns morgen im Euphoria.«

Er begleitete sie, hielt ihr am Eingang angekommen die Tür auf. »So ist es. Es wird ein einfaches Shooting. Ohne Menschen, nur Zimmer und ... Accessoires.« Ein Anflug von Belustigung flackerte in seinen Augen. »Außer du beschließt, die Möglichkeiten gleich morgen für dich auszuprobieren.«

Emma verkniff sich einen verächtlichen Laut. Er spielte auf ihre Behauptung an, dass sie jede Location auch für sich selbst buchen würde.

»Das war ein Scherz!«

»Weiß ich doch.« Er grinste. Ein hämisches Grinsen war es.

Bleib ruhig, Emmalein! Er will dich provozieren. »Ich würde es tun, hätte ich Lust dazu. Warum auch nicht?«

»Klar. Warum auch nicht!«

Nein! Das klappte einfach nicht mit dem Ruhigbleiben. »Hör mal, wenn wir miteinander klarkommen wollen auf den fünf noch verbleibenden Terminen ...«

Er fiel ihr ins Wort. »Du hast gescherzt und gut. Jetzt scherze ich eben. Lass mir doch den Spaß!«

Emma hatte genug. Sie trat nahe zu ihm, fixierte seinen Blick in ihrem. »Ich werde die letzten drei Termine selbst durchziehen«, knurrte sie. »Mach dir also schon mal einen Kopf darüber, wie du mich fotografierst, ohne dass Leander nachher sieht, dass ich es bin!«

Er blieb unbeeindruckt. »Wieso nur die letzten drei?«

»Drei reichen ja wohl oder nicht?«

»Aber warum gerade die letzten drei?«

Emma schnaubte. »Im Aquarium war ich, wie ich dir sagte, schon. Und im Euphoria geht es nur um das Ambiente.«

»Soviel ich gesehen habe, gibt es da aber so einige Spielzeuge, die ...«

Emma rückte ihr Gesicht noch näher vor seins. Er wich nicht zurück. »Dann eben *fünf* Locations, aber du wirst nicht einen Finger an mich legen! Zu keinem einzigen Zeitpunkt!«

Er hob die Hände. »Nicht einen Finger. Niemals! Ich wette jedoch, dass du an irgendeinem Punkt kneifst.«

»Die Wette verlierst du!«

»Vielleicht. Worum wetten wir überhaupt?«

»Mir egal. Such dir was aus!« Sie brauchte nicht zu überlegen. Sie wusste schließlich, dass sie nicht prüde war.

Er grübelte. »Wenn du nicht durchhältst, lässt du dich tätowieren. Ein Motiv, das ich aussuche, an einer Stelle, die ich aussuche.«

»Meinetwegen. Wenn du verlierst, lässt du dich ebenfalls tätowieren. Das Motiv ist mein Name: EMMA. Quer über die linke Arschbacke!«

»In Ordnung, ROOSEVELT.«

Er reichte ihr die Hand. Emma nahm sie.

So gingen sie den seltsamen Deal ein, der ihr schon jetzt weiche Knie bescherte. Mit einem Handschlag zwischen Tür und Angel.

FÜNF

Am Montagvormittag fand ein intensiver Mailverkehr zwischen Emma und Tom statt. Sie hatte ihm von ihrem Kurzbesuch bei Tristan Kennedy erzählt, die Wette natürlich nicht erwähnt, doch allein, dass sie in der Privatwohnung des Fotografen gewesen war, schien Tom zu wurmen. Offenbar sorgte er sich, dass sie Sex mit diesem Mann gehabt hatte – wie absolut ausgeschlossen dies war, sagte Emma nicht. Vielmehr sonnte sie sich in seiner Eifersucht und hatte Spaß, ihn mit vagen Äußerungen ein bisschen um den Verstand zu bringen. Es war eine kleine Rache dafür, dass er mit Paula gevögelt hatte.

Am Ende bat Tom Emma, die Mittagspause mit ihm zu verbringen, doch sie war schon mit Muriel verabredet und hütete sich, das für Tom zu canceln. Er schien endlich aufzuwachen, und Emma wollte ihn auch einmal zappeln lassen. Nichtsdestotrotz gewann ihre Neugier die Überhand, und so rief sie ihre privaten Mails ab, um zu schauen, ob er, alias *TiWrites*, sich doch auf ein Treffen mit *LebensLust* einlassen wollte.

Das wollte er noch immer nicht. Aber er hatte eine neue Story geschickt und veröffentlicht und sendete ihr, wie gewohnt, den Link auf seinen Blog.

Fünf Minuten später rutschte Emma nervös auf ihrem Stuhl herum – und bemerkte das nicht einmal. Ihr Unterleib pochte, als trüge sie das Ding, das der *Er* der Story der *Sie* der Story geschickt hatte. Auf den Innenseiten ihrer Schenkel beginnend, zog sich die Lust in ihre Mitte und forderte nach einer Befriedigung, vehementer mit jedem Wort, das Emma las.

Eine Art Dildo hatte er ihr in der Story per Post zukommen lassen und sie aufgefordert, ihn einzuführen und ihn dann zu treffen. In einem Schokoladengeschäft in der Madison Street. Bis dahin hatte sie nicht geahnt, wozu dieses Ding fähig war, doch als sie die Konfiserie betrat und ihn dort sah, vor einem Buffet mit süßen Köstlichkeiten, stockte ihr der Atem und sie blieb abrupt stehen, denn das Ding in ihrer Pussy vibrierte. Nur ganz leicht zuerst, doch es kam so überraschend, dass sie ungeachtet anderer Kunden, die Hände in den Schoß legte. Er grinste, das Vibrieren wurde stärker, und ihr Blick fiel auf seine Hände, die in seinen Jackentaschen steckten. Eine davon steuerte den Dildo.

Über zwei Seiten tat er das und fütterte sie nebenbei mit Schokolade, kostete die auf ihren Lippen hängen gebliebene Süße und ließ sie seine weiteren Pläne in einem von Küssen unterbrochenen Murmeln wissen. Als er die Vibration besonders schnell auf ein hohes Level stellte und sie in seine Arme sackte, bezahlte er, was sie verzehrt hatten, schnappte sie sich und dirigierte sie, ohne den Dildo abzustellen, über die Madison Street. Die nächstgelegene Boutique führte ausschließlich Übergrößen im Angebot, doch er ging mit ihr hinein, zerrte irgendein schrecklich gemustertes Kleid von einem Ständer und drückte es ihr in die Hand. Wortlos gingen die beiden an der erstaunten Verkäuferin vorbei, verneinten die Frage, ob sie weiterhelfen könne und verschwanden in der Umkleide. Kaum war die Tür geschlossen und verriegelt, da drängte er sie gegen den Spiegel und schaltete den Dildo auf die Höchststufe. Ihr Stöhnen fing er mit dem Mund auf, schob ihr den Rock hoch, zog den Slip beiseite und den Dildo aus Ihrer Pussy. In einer raschen Bewegung drehte er sie um und traf ihren Blick, der vor Geilheit glühte, im Spiegel. Eine Hand lag auf ihrem Bauch, die andere vor ihrem Mund, als er in sie eindrang. Ihren Blick nicht gehen lassend, fickte er sie hart, bis er kam, blieb dann in ihr und rieb ihre Klit, bis auch sie sich unter ihrem Orgasmus und dem Versuch, nicht laut zu sein, krümmte.

Emma bedauerte es, mit dem Lesen nicht bis zum Abend gewartet zu haben und überkreuzte die Beine, um dem Pochen Einhalt zu gebieten. Verstohlen sah sie sich um. Niemand schien etwas bemerkt zu haben, niemand – außer Muriel. Die beobachtete sie mit hochgezogener Braue, grinste und konzentrierte sich wieder auf ihren aktuellen Artikel. Emma nahm einen Ausdruck, wedelte sich damit Luft zu und schloss die Mail.

»Emma, also weißt du ...«, hörte sie Tom plötzlich sagen und fuhr erschrocken herum.

Er stand neben ihrem Schreibtisch und schien irritiert. Vielleicht wegen Kennedy. Vielleicht auch, weil er die Mail auf ihrem Desktop gesehen hatte. Trotz aller Dusseligkeit dachte Emma darüber nach, dass die *Sie* in der Geschichte einen Rock getragen hatte. Vielleicht, weil das so praktisch war. Vielleicht auch, weil *TiWrites* Emma beim Schreiben vor sich gesehen hatte. War es möglich, dass sich Tom zwar von der vermeintlich unbekannten *LebensLust* Inspiration holte, diese aber auf die echte Emma übertrug?

Emma wischte den Gedanken beiseite! Sie würde noch bekloppt werden, wenn sie nicht bald Licht ins Dunkel brachte, aber für den Moment galt es, sicherzustellen, dass Tom ihr Geheimnis nicht durch einen dummen Umstand erfahren hatte.

»Was ist los?«, fragte sie.

Er runzelte die Stirn und wich ihrem Blick aus. »Also wegen Mittag. Hast du nicht doch Zeit?«

Emma atmete auf. Die Ursache seiner Irritation war noch immer Kennedy. Glück gehabt.

»Nein, ich gehe mit Muriel zum Essen.«

»Und wie ist es heute nach Feierabend?«

»Heute Nachmittag bin ich mit Kennedy im Euphoria.

Keine Ahnung, wann wir da fertig werden.«

»Ach ja?« Er wurde argwöhnisch. Was für ein Spaß! »Und was soll an diesem Termin so lange dauern? Du guckst dir die Räume an und er fotografiert sie. Wollt ihr etwa testen, ob der Sklavenstuhl oder das Kreuz auch robust genug sind?«

Emma verkniff sich ein Grinsen. »Ich weiß nicht, wie lange er für seine Arbeit braucht, das ist alles. Und danach bin ich vielleicht müde.«

Tom nickte. »Ah, na dann ...« Er zog ab.

Emma fuhr ihren PC herunter und erinnerte Muriel daran, dass Mittagspause war.

***

Emma hatte das Euphoria ausgewählt, weil es mit keinem anderen SM-Studio zu vergleichen war. Die Bilder, die sie im Netz gesehen hatte, versprachen ein luxuriöses und im Wortsinn euphorisches, sexuelles Vergnügen.

Die Besitzerin war eine Frau in den Vierzigern, die ganz entgeistert darüber war, dass ihr Studio von Emma und *KINGz* ausgewählt worden war. Ob sie auch ganz sicher keine Anzeigengebühr bezahlen müsse, wollte sie wissen und schien vor Freude einen Luftsprung machen zu wollen, als Emma ihr mehr Details zum geplanten Zweiteiler gab. Sie bot an, Emma das Studio zu zeigen, doch Emma wollte die Räume – vor Kennedys Eintreffen – lieber allein erkunden und das Ambiente auf ihre Sinne wirken lassen. Also nahm sie den Schlüssel und versprach der Besitzerin, sich im Anschluss an das Shooting mit einem Vorab-Feedback zu melden.

Das Studio befand sich im Keller des Wohnhauses der Besitzerin. Als Emma das Foyer des Euphoria betrat, fühlte sie sich umgehend von einer sanften Musik eingelullt. Es war Chill-Out, sphärische Klänge, weiche Bässe. Zudem schlug ihr ein intensiver Duft entgegen, den sie als den von Magnolien erkannte, weil ihre Eltern einen solchen Strauch im Garten gehabt hatten. Die Blüten dufteten exotisch mit einer feinen Honignote.

Eine kluge Wahl, fand sie, schließlich war dies einer der Düfte, die als luststeigernd und die Fantasie stimulierend bekannt waren.

Der Anblick des Foyers war ihr bereits von den auf der Webseite veröffentlichten Bildern bekannt: Der flauschige rote Fußbodenbelag hatte den exakt selben Farbton wie die Tapete. Die Wanddekoration bestand aus modernen, weißen Leuchten und unterschiedlich großen Spiegeln, die in breite weiße Rahmen gefasst waren. Das Besondere an diesen Rahmen war, dass sie abgerundet, also nicht, wie üblich, eckig waren. Der Verzicht auf Ecken und Kanten war ein Design-Konzept, das in allen Räumen fortgesetzt wurde und eines der Merkmale war, die dieses Studio von anderen unterschied. Ein anderes war die ebenfalls konsequente Farbgebung: Die Kombination des warmen, starken, erotisierenden Rot mit dem beruhigenden, reinen, selbstsicheren Weiß.

In Gedanken formulierte Emma das Intro zu diesem Artikel, betrat das erste Zimmer, in dem ein Bett stand. Mehr nicht. Doch das genügte auch – zum Schlafen nach einer durchvögelten Nacht, zum Erholen, Träumen oder Weitervögeln. Anreiz gab ein weiterer, riesiger Spiegel, der an der Decke angebracht war. Der Purismus kam hier besonders gut zur Geltung.

Mit einer sinnlichen Interpretation der hier gegebenen Farben, Formen und Düfte würde sie beginnen, beschloss Emma, und schmunzelte über die vielen guten Sätze, die ihr einfielen. Ihren Laptop hatte sie dabei, und so würde sie nachher, während Kennedy fotografierte, zu schreiben beginnen – die direkte Inspiration nutzen.

Beim Betreten des nächsten Zimmers fiel ihr allerdings die Wette ein. Den Gedanken daran hatte sie bisher erfolgreich verdrängt. Beim Blick auf die Einrichtung fragte sie sich, welches dieser Teile sie ausprobieren würde. Alle waren hochwertige Sonderanfertigungen aus weißem Material, das die vom Boden bis zur Decke rote, fensterlose Umgebung stimmungsvoll kontrastierte. Das Andreaskreuz war aus Kunststoff gefertigt. Die ledernen weißen Manschetten waren mit roten Ketten daran befestigt. Daneben hing eine Auswahl an roten Peitschen, Klemmen, Nadelrädern und anderen Toys, die der Luststeigerung durch Schmerzen dienten. Das Gerüst des Strafbocks war aus weiß beschichtetem Metallrohr gefertigt, wie auch die für die Fuß- und Handgelenke sowie den Hals vorgesehenen Halterungsringe. Rote Lederpolster würden die Schienbeine, Knie und Ellenbogen vor Schrammen und Prellungen bewahren.

Das Kribbeln setzte ein. Zum zweiten Mal an diesem Tag. Die Musik und der Duft taten ihre Wirkung und beflügelten Emmas Fantasie, in der sie sich auf dem Strafbock knien sah … nackt, die Hände durch die Manschetten zum Stillhalten verdammt, die Beine durch die Fixierungen an den Fußgelenken gespreizt, der Hals im stählernen Band, die ganze Pose eine Aufforderung, sie zu benutzen, ihr eine Peitsche über den Rücken zu ziehen, ihre Nippel mit Klemmen zu teasen, Wachs auf ihre Haut zu tropfen und sie mit Eiswürfeln zu kühlen.

Sie hatte dieses Spielzeug bereits ausprobiert und wusste daher, wie lustvoll dieser Akt sein konnte, diese ganz besondere Art von Hingabe. Doch das war schon ein paar Jahre her. Und es würde heute keine Wiederholung erfahren. So etwas tat man nicht mit irgendwem. Diese Erlaubnis konnte man nur jemandem geben, dem man vertraute, den man respektierte und liebte.

Auch in den Sklavenstuhl, der in einer anderen Ecke des Raumes stand, würde sie sich heute nicht setzen – so verführerisch das Gerät auch aussah. Es machte außerdem keinen Sinn, da es einerseits darum ging, hier etwas auszuprobieren, und da Kennedy sie andererseits, wenn er sich an sein Versprechen hielt, nicht anfassen würde. Natürlich konnte sie einfach nur ein Model für diese Möbel sein, aber darauf hatte sie keine Lust.

»Na, kannst du dich nicht entscheiden?«, ertönte hinter ihr eine Stimme.

Emma atmete durch. Sprach man vom Teufel, dann kam er!

Sie drehte sich um. Kennedy stand im Foyer, ein paar Teile seiner Ausrüstung tragend, und beobachtete sie. Emma überlegte, wie lange schon. Sie ging aus dem Zimmer, noch ganz wuschig vom anhaltenden Kribbeln, und zwängte einen Gruß über ihre Lippen. Er stellte seine Sachen ab und rief ihr eine Frage nach. Ob ihr eine Laus über die Leber gelaufen sei, wunderte er sich.

Emma antwortete nicht. Ihr war keine verdammte Laus über die Leber gelaufen, sie wollte gerade einfach nur vögeln und es stand niemand zur Verfügung.

Kennedy verschwand, um mehr von seinem Equipment zu holen und Emma öffnete die nächste Tür. Die roten Wände dieses maximal fünf Quadratmeter großen Raumes waren mit weißen Vorhängen dekoriert, die wie vor Fenstern drapiert waren. Auf dem Boden lagen Kissen, die meisten rot, der Rest weiß. Die Enden zweier Seile lugten aus dem kuscheligen Arrangement hervor, und an einer Seite stand – Emma wollte ihren Augen nicht trauen – eine Fickmaschine. Nirgends auf der Webseite war dieses Teil angekündigt worden. Das Kribbeln wurde stärker. Das lustvolle Ziehen setzte zwischen ihren Schenkeln ein.

Sie hörte Kennedy zurückkommen, spannte sich unweigerlich an, doch machte sich gleich wieder locker. Sie hatte gefunden, womit sie die Herausforderung des Tages meistern würde. Nicht nur war sie neugierig auf die Maschine, sondern hielt sie auch perfekt für ihr Vorhaben.

»Oh«, sagte Kennedy. »Das macht die Entscheidung natürlich nicht leichter.«

Nichts erwidernd, schlüpfte Emma aus den Pumps und ging über die Kissen ins Zimmer. Sie drehte sich um und schob ihren Rock ein Stück nach oben, um ihren Slip fassen zu können. Kennedy nicht aus den Augen lassend, zog sie das kleine Stück Stoff von ihren Hüften, ließ es ihre Beine hinabrutschen und stieg raus. Dann wandte sie sich der Maschine zu, drückte auf den Knopf und schauderte, weil sich der an einer Stange befestigte Dildo in Bewegung setzte. Noch etwas zu langsam für ihren Geschmack. Wenn man schon einmal in das Vergnügen kam, dann bitte gleich ein paar mehr Stöße. Sie erhöhte auf 160 pro Minute, setzte sich vor die Maschine, stützte die Hände hinter sich auf und sah Kennedy abermals an.

Er wirkte überrascht, und das machte Emma beinahe ein wenig schadenfroh. Sie zog ihren Rock noch ein Stück höher, aber nur soweit, dass sie die Beine auseinanderstellen konnte, rutschte näher an den pumpenden Dildo, ließ ihn unter ihren Rock und biss sich auf die Lippen, als er die ersten Zentimeter in sie eindrang.

Tiefer brauchte sie das Ding, also bewegte sie sich weiter zur Maschine hin und legte sich mit einem Stöhnen zurück, als der Dildo tief und hart in sie pumpte. Sie beobachtete, wie sich Kennedy die Stiefel auszog, doch kam nicht wirklich dazu, darüber nachzudenken, was er vorhatte, denn die Maschine verrichtete ihre Arbeit zu gut, trieb ihren Geist mit jedem Stoß ein bisschen weiter aus ihrem Körper.

Kennedy kam an ihre Seite.

»Leg deine Arme nach oben«, sagte er und fügte ein: »Keine Sorge, ich behalte meine Finger bei mir« an.

Emma tat, worum er sie gebeten hatte, und ließ ihn zuerst die eine, dann die andere Hand in das bereitliegende Seil schlingen. Als er fertig war, stand er auf und ging zur Maschine. Ohne eine Vorwarnung erhöhte er die Geschwindigkeit des Dildos. Emma schrie auf, hielt dann die Luft an, ließ sie mit einem weiteren Schrei gehen und hob ihr Becken ein bisschen an. Sie legte den Kopf zur Seite, presste ihn in eines der Kissen und kniff die Augen zu.

»Ja, verdammt«, murmelte sie zwischen zwei Atemstößen und wollte ihre Hände bewegen, um zumindest eine davon vor ihren Mund zu bringen und ihre Schreie zu dämpfen. Das Spannen der Seile, das Reiben auf ihrer Haut erinnerte sie daran, was Kennedy getan hatte. Kennedy, der verflixte Bastard, der ... Emma öffnete die Augen nur halb und sah ihn durch die Wimpern ins Zimmer zurückkehren. Dass er zwischenzeitlich gegangen war, hatte sie nicht bemerkt. Er hatte etwas dabei, und Emma erkannte es sofort.

»Untersteh dich!«, knurrte sie zwischen Keuchen und Stöhnen.

»Wie gesagt«, erwiderte er und schickte ihr einen Blick, der alles andere als beruhigend war. »Ich werde dich nicht anfassen.« In das Brummen der Maschine tönte ein Surren. »Nicht direkt zumindest.«

Mit diesen Worten schob er das Ding unter ihren Rock und ließ es von ihrem Venushügel so lange abwärts gleiten, bis Emmas neuer, höherer Schrei verriet, dass er die richtige Stelle gefunden hatte. Die kleinen Noppen, die auf dem Kopf des sich drehenden Vibrators saßen, gaben Emma den Rest und ergänzten die Leistung des inzwischen auf geschätzter Höchstgeschwindigkeit fickenden Dildos perfekt.

Emma wand sich, ihr Unterleib zuckte als untrügliches Zeichen dafür, dass sie gleich kommen würde, ihre Spalte zog sich um den Dildo zusammen. Sie starrte in Kennedys Gesicht, das so nahe vor ihrem war, wie nie zuvor. Kälte stand in seinen Augen. Die Piercings blitzten im Schummerlicht des Raumes, wohingegen die Tattoos noch schwärzer schienen. Sein Mund zeigte ein schiefes Grinsen.

»Na komm schon, Roosevelt«, sagte er. »Zeig mir, wie dein Orgasmus aussieht!«

Sie wollte etwas erwidern, ihn zum Teufel schicken und fluchen, doch sie brachte kein Wort hervor, nur mehr Keuchen und Stöhnen und dann war es soweit. Von der höchsten Welle der Lust erfasst, bäumte sie sich auf, kam mit einem erstickten, gurgelnden Schrei und sackte dann zusammen. Der Dildo rutschte aus ihr raus, doch Kennedy drückte den Vibrator weiter auf ihren Kitzler.

»Zeig's mir noch einmal. Es war zu geil«, murmelte er mit heiserer Stimme.

»Nein«, presste Emma hervor und versuchte, ihm zu entkommen, doch er blieb bei ihr, ließ das Ding seine Stimulation fortsetzen, und es dauerte nicht lange, da ließ die Empfindlichkeit nach und das Verlangen nach mehr setzte wieder ein, zehrend, ihre Sinne vereinnahmend. Emma griff nach den Seilen und ballte die Fäuste darum. Diesmal eilte der Orgasmus ihrem Geist voraus und überrumpelte sie mit einer Heftigkeit, der ihr das Bewusstsein raubte. Als es zu ihr zurückkam, lag sie erschöpft auf den Kissen. Kennedy stand auf, schaltete den Vibrator aus und auch die Maschine. Nachdem er ihre Fesseln gelöst hatte, ging er aus dem Zimmer, um sein Equipment auszupacken.

Emma setzte sich auf und orderte ihren Verstand zurück. Sie angelte sich ihren Slip und zog ihn an. Dann mühte sie sich in die Senkrechte und ging auf wackeligen Beinen über die Kissen ins Foyer, wo ihre Schuhe standen. Sie verzichtete darauf, sie anzuziehen. Sie würde ohnehin noch nicht darin laufen können, also schnappte sie beide, nahm auch ihre Tasche und ging zur letzten Tür, die sie noch nicht geöffnet hatte. Sie wusste, was sich dahinter befand, und sie sehnte sich nach der Ruhe, die dieser Raum auf den Bildern im Web versprochen hatte.

Der in den vertrauten Farben gehaltene Raum war zur Hälfte mit Wasser gefüllt. Von der Mitte aus fiel der Boden zur Wand hin ab, wie das Ufer eines Sees. Der Boden war nicht gefliest sondern mit einer Folie ausgelegt, unter der sich Sand befinden musste. Der Teil, der nicht vom Wasser berührt wurde, war mit weißem Kunstgras ausgelegt, auf dem zwei Liegestühle standen. Emma rückte einen näher ans Wasser und nahm darin Platz. Sie ließ die Schuhe fallen, zog sich die Strümpfe aus und hielt die Füße ins lauwarme Wasser.

Nach zehn Minuten der Beruhigung und Besinnung zog sie ihren Laptop aus der Tasche und startete ihn, um ihre Gedanken zu sortieren und das geplante Intro zum Artikel zu schreiben.

***

Kennedy störte erst zwei Stunden später, indem er die Tür aufriss, um auch diesen Raum zu fotografieren. Emma wollte aufstehen, doch er bat sie, sitzen zu bleiben. Er würde die Bilder von hinter ihr machen, sodass von ihr, da sie im Liegestuhl saß, lediglich die Beine zu sehen sein würden. Geschäftig räumte er ihre Tasche und Strümpfe aus dem Weg und hob ihre Pumps auf. Er dachte nach und ließ sie wieder fallen, da er meinte, sie würden dem Foto noch mehr Lebendigkeit geben.

Nach dreißig Minuten war er fertig, packte seine Ausrüstung zusammen und plumpste in den zweiten Liegestuhl.

»Das ist eine Hammer-Location, Roosevelt«, sagte er.

Emma schickte ihm einen Blick und dachte daran, dass er sie hatte kommen sehen, dass er ihren Orgasmus mit diesem Vibrator angetrieben hatte, ihr beim Kommen ins Gesicht geschaut und sie tatsächlich nicht angerührt hatte. Sie fühlte sich merkwürdig bei diesen Gedanken. Nicht unwohl, aber auch nicht wohl.

Sich wieder auf ihren Text konzentrierend sagte sie: »Ich dachte, nichts könnte dich beeindrucken.«

Er gab einen verdrießlichen Laut von sich und legte sich im Stuhl zurück. »Du denkst einiges von mir, Roosevelt, mit dem du im Irrtum bist, aber das macht nichts. Vielleicht durchschaust du mich ja noch.«

Du mich auch!, dachte Emma.

SECHS

Der Dienstag sollte ein Tag zum Durchschnaufen werden. So hatte Emma es sich zumindest vorgenommen. Keine Termine. Keine erotischen Herausforderungen. Keine provozierenden Fotografen. Mit der Freude auf das Schreiben, machte sie sich an die Texte über das LiveAct und das Euphoria und wollte nicht einmal ans Telefon gehen, als es klingelte. Ohne auf die Nummer zu blicken, nahm sie ab und fuhr zusammen, als sie Leanders Knurren hörte. Ob sie sich wohl endlich bequemen wollte, fragte er.

Emma schielte zur Uhrzeit, entschuldigte sich hastig und war schon auf dem Weg zum Glaskasten. Auf den wenigen Schritten dorthin schimpfte sie mit sich. Sie hatte den Termin mit Leander vergessen. Warum? Weil sie so dämlich gewesen war, ihn nicht einzutragen. Und weil das Thema prinzipiell nicht mehr diskutiert werden musste. Sie würde mit Kennedy arbeiten und gut. So schlimm war er nicht, wenn man einmal herausgefunden hatte, wie in ungefähr er tickte.

Beim Anblick von Leanders Miene wünschte sie sich noch mehr, am Sonntag vorm Brunch einfach gesagt zu haben, dass alles okay gewesen war. Das versuchte sie jetzt nachzuholen, doch Leander ließ sich nicht mit ein paar im Stehen hervorgebrachten Worten von wegen »Alles gut. Kein Problem« abspeisen, sondern bat sie, sich zu setzen.

»Also? Rück raus mit der Sprache!«

Emma zwang sich zu einem Lächeln und schüttelte den Kopf. »Wirklich. Es hat sich schon erledigt.«

»Das hättest du mir doch heute früh gleich sagen können. Stattdessen tust du so, als hätten wir den Termin nicht gehabt und lässt mich hier warten? Was auch immer sich erledigt hat, muss eine größere Sache gewesen sein, wenn du dich darum drückst, mit mir darüber zu reden.«

Emmas Lächeln verschwand. »Tut mir leid, ich habe unseren Termin vergessen, weil ich so mit den Texten beschäftigt war. Über das, was mir am Sonntag auf der Seele lag, möchte ich jetzt nicht mehr reden. Es ist Kinderkram.«

Leanders Schweigen zog sich in die Länge. Emmas Unbehagen wuchs.

»Weißt du, was ich getan hätte, wäre ich du. Ich hätte mit mir selbst ausgemacht, was auch immer mich nervt, hätte mich damit arrangiert, insbesondere, da diese Zusammenarbeit vorübergehend ist. Nur wenige Wochen mit Tristan Kennedy und dann ab ins Lifestyle-Department.« Er verengte die Augen und Emma meinte, kleiner und kleiner zu werden. »Ich habe das halbe Wochenende darüber nachgedacht und hätte dich heute vom Auftrag abgezogen, hättest du mir irgendwelchen, wie du es schon treffend bezeichnet hast, Kinderkram erzählt.«

Emmas Kehle schnürte sich zu. Sie brachte kein Wort heraus. Sie war erschrocken, aber auch verärgert.

Leander nickte in Richtung Tür. »Ich habe jetzt zu tun.«

Auf dem Weg aus dem Büro stolperte Emma und knickte um, fing sich jedoch und ging leise fluchend zu ihrem Arbeitsplatz. Sie spürte, dass ihre Wangen gerötet waren und wie ihr Herz in der Brust donnerte. Muriel erkundigte sich, was los gewesen sei, doch Emma hob abwehrend die Hände und nahm hinter ihrem Schreibtisch Platz. Sie wollte jetzt nicht darüber reden. Sie wollte gar nicht reden.

Muriel rollte mit dem Stuhl heran. »Ist alles okay?«

Emma nickte, legte ihre Finger auf die Tastatur, starrte auf ihren letzten Satz, ohne ihn zu lesen und tippte los, ohne darüber nachzudenken.

Wütend war sie gar nicht mal so sehr auf Leander, sondern vielmehr auf sich selbst. Wieso hatte sie die Klappe nicht gehalten? Jetzt musste sie sowas von punkten mit dieser Serie, denn Leander würde jedes Wort noch kritischer lesen als ohnehin. Und falls er je von ihrer Wette mit Kennedy erfuhr, würde sie wahrscheinlich einen fetten, roten Haken hinter ihre Karriere machen müssen. Erotische Eskapaden während der Arbeitszeit und Sexwetten waren ganz sicher nicht das, was der Boss von *KINGz* von seinen Redakteuren erwartete. Schon gar nicht von denen, denen er eine solche Chance gab.

»Ich komme heute Abend mal bei dir vorbei, okay?«, hörte sie Muriel sagen.

Emma nickte abermals und blieb stumm.

***

Das erste, was Emma tat, als sie nach Hause kam, war, eine Flasche Rotwein zu öffnen. Der Tag war einfach schrecklich gewesen. Zwar war nach dem Gespräch mit Leander nichts mehr passiert, doch das hatte jede weitere Minute versaut und ihr auch die Lust genommen, an den Texten zu arbeiten.

Nach wie vor war sie sauer auf sich selbst und weil sie sich auf die Wette mit Kennedy eingelassen hatte. Sauer auf Leander, weil er mal wieder den Boss hatte raushängen lassen. Sauer auf Kennedy, weil er ihre Arbeit kompliziert machte. Sauer auf Tom, weil er Paula gevögelt hatte. Sauer auf Tom alias *TiWrites*, weil er keinen Bock hatte, seine *LebensLust* kennenzulernen. Sauer auf ihre Freundinnen, die alle scheiß-glücklich verliebt waren. Sauer auf das Leben ... und überhaupt.

Mit dem Rotwein setzte sie sich an ihren Laptop, fuhr ihn hoch und fand eine Mail von *TiWrites* in ihrem Postfach. Ihr Sauersein auf ihn verdoppelte sich glatt, weil sie vermutete, dass er drei neue Stichworte von ihr verlangte, über die sie gerade überhaupt nicht nachdenken wollte. Sie trank, während sie die Mail las und spuckte den Rotwein beinahe gegen den Bildschirm, würgte ihn im letzten Moment hinunter und hustete.

Meine liebe *LebensLust*, du hast mich mit deiner Frage ganz schön zum Grübeln gebracht, und ich konnte nicht gleich darauf antworten. Ich wollte nicht ohne Weiteres mit dem klaren Nein antworten, das mir auf der Zunge lag. Ich hatte nie wirklich darüber nachgedacht, dich im echten Leben kennenzulernen. Ich mag diese außergewöhnliche Beziehung, die wir seit langer Zeit haben, so wie sie ist. Aber nun, da du mich gefragt hast, ist meine Neugier größer als die Sorge, dass wir damit etwas zerstören. Jetzt will ich wissen, wie die *LebensLust* in Fleisch und Blut ist. Lass uns also treffen - unter der Voraussetzung, dass wir nichts erwarten. Ich möchte nicht, dass sich irgendetwas anderes zwischen uns entwickelt, und ich hoffe, dass du mich nicht mit dieser Hoffnung treffen möchtest. Falls du unser Kennenlernen mit der gleichen Leichtigkeit angehen willst, wie ich, sag mir einen Ort und eine Zeit und ich werde da sein.

TiWrites

Emma las die Mail ein zweites Mal. Das war sowas von typisch Tom! Nichts Festes, keine Beziehung und die Angst, dass eine Frau ihn fest binden wollen würde. Nun ausgerechnet seine Muse. Mit einem Grinsen auf den Lippen schlug Emma ihm den kommenden Donnerstag in einer bekannten Bar im Loop vor und malte sich seine Überraschung aus, wenn er sich ihr gegenüber sah. Sie schrieb ihm auch, dass er sie an einem blauen Tuch mit weißen Punkten erkennen könne, das sie tragen würde. Das hatte sie spontan beschlossen.

Warum auch immer es ihr gerade jetzt einfiel, war Emma schleierhaft, doch sie erinnerte sich an das Lied, das in Kennedys Wohnung gelaufen war, als sie ihn wegen der Fotos besucht hatte. »Seperate ways« waren die Worte, die in ihrem Gedächtnis hängengeblieben waren und die sie nun bei Google auf der Suche nach den Lyrics und dem Interpreten eingab. Sie wurde sofort fündig. Der Sänger war Teddy Thompson und der Song hieß tatsächlich *Seperate Ways.*

Der Text ging tief, er drang bis zu Emmas Seele vor, und sie fragte sich, was in Kennedy vorging, wenn er dieses Lied hörte.

»Du rollst in die Stadt, bist dir nicht bewusst, welche Macht du über mich hast. Was soll ich bitte mit einem ›Hallo, wie geht's dir?‹ anfangen? Nichts, das hätte gesagt werden sollen, wurde gesagt. Und du bist mir egal, wenn ich dir egal bin. Wir können getrennte Wege gehen, wenn du das willst. Die Bänder der Liebe sind stark, aber sie können gelöst werden. Wir können getrennte Wege gehen, wenn du das willst.«

Was sie in diesem Song hörte, rührte Emma auch um ihrer selbst Willen. Es ermahnte sie, sich treu zu bleiben und nicht ständig nachzugeben, die eigenen Wünsche zu verwirklichen. Emma dachte an all die Nächte, die sie in Bars zugebracht hatte und in denen sie mit ihren Gedanken allein gewesen war. In diesen Nächten hatte Tom sich sicher nicht gefragt, wo sie war – im Gegensatz dazu, war sie von dem Bewusstsein erfüllt gewesen, dass er mit einer anderen zusammen war. Sie stellte sich die Frage, ob ihre Wünsche tatsächlich unmittelbar mit Tom verbunden waren, und schreckte aus ihren Gedanken auf. Sie hatte Muriel total vergessen. Die klingelte jetzt und kam ihr gerade recht!

Muriel gab sich Mühe, ernst zu bleiben. »Also um das mal zusammenzufassen«, sagte sie hinter vorgehaltener Hand. »Tom hat einen Blog, auf dem er Pornos schreibt ...«

Schon musste Emma sie unterbrechen. »Nein, keine Pornos. Wirklich stilvolle, erotische Geschichten.«

Muriel schüttelte den Kopf. »Stilvolle Erotik ... na gut, das will zwar nicht so recht zu dem Bild passen, das ich von Tom habe, aber okay: Tom hat einen Blog, auf dem er stilvolle Erotik schreibt.« Nun lachte sie doch. »Seit einer kleinen Ewigkeit lieferst du ihm dazu die Stichpunkte, und er hat keine Ahnung, dass du es bist.« Sie stellte ihr Glas Wein auf dem Tisch ab, um auf die Couch zu plumpsen. »Emma, das ist der Hammer! Gut möglich, dass er einen Schock erleidet. Ach, er tut mir ja fast schon ein wenig leid.«

Emma blieb ernst. »Ich hoffe eher, dass ihm ein Licht aufgeht.«

Muriels Amüsement verebbte. Sie runzelte die Brauen. »Mal ganz ehrlich, Emma, du bist nicht so blauäugig zu glauben, dass diese Tatsache seine Einstellung ändert? Ohne dir den Wind aus den Segeln nehmen zu wollen, aber er hat sich zu einem Date bereit erklärt – ganz unverbindlich, bloß keine falschen Hoffnungen. Vielleicht glaubt er, ein paar von den Stories, die ihr zusammen geschrieben habt, in die Wirklichkeit umsetzen zu können. Solltest du da nicht eigentlich ...« Sie suchte nach dem passenden Wort, fand es scheinbar nicht. »Ich weiß nicht genau, aber ich glaube, ich wäre an deiner Stelle sogar eifersüchtig auf *LebensLust* ... Ein wenig schizophren mag das sein, aber er glaubt ja, eine andere als dich zu daten.«

Von diesem Standpunkt aus hatte Emma es noch nicht betrachtet. Blöderweise. Und sie drängte das prompt aufkeimende Unwohlsein beiseite. »Er hat keinerlei Andeutungen gemacht, dass er mit mir alias *LebensLust* in die Kiste will. Wir trinken was, quatschen ein bisschen und gut.«

»Klar, und morgen regnet es rosa Herzen.«

Emma knuffte sie. »Jetzt sei doch nicht so unromantisch!

Denk an dich und Leander. Dann regnet es morgen bestimmt rosa Herzen.«

Ob Muriel es nun bedachte oder nicht, romantischer wurde sie nicht. Im Gegenteil, sie fand noch weiter in die Realität. »Was war das eigentlich für ein seltsames Gespräch, das du und Leander heute Vormittag hattet? Du warst ja komplett durch den Wind.«

Emma wollte das Thema als längst nicht mehr wichtig abtun, doch sie benutzte viel zu viele Worte und gab zu, verstanden zu haben, was Muriel an Tristan Kennedys Charakter besorgniserregend gefunden hatte, doch sie betonte auch, dass sie alles unter Kontrolle hatte. Plapper, Plapper ... hier hatte sie endgültig zu viel geplappert und Muriel wurde hellhörig.

»Was hast du unter Kontrolle?«

»Na unsere ... Zusammenarbeit.«

Muriel war nicht zufrieden. »Ich bin nicht doof! Du verschweigst mir doch was. Weshalb hast du mit Leander gesprochen? Ist Kennedy dir irgendwie zu nahe gekommen?«

Verdammt nahe war Kennedy ihr gekommen, er hatte sie in einem wahnsinnig intimen Moment erlebt, sie sogar dorthin gebracht, aber er hatte sie dennoch, wie versprochen, mit keinem Finger angerührt. Muriels Vermutung hatte allerdings eine ganz andere Tendenz, und die konnte Emma so nicht stehen lassen.

»Kennedy fasst mich nicht an, und ich ihn auch nicht. Wir mögen uns einfach nicht, und deshalb wollte ich mit Leander sprechen. Den Termin mit ihm hatte ich allerdings gemacht, bevor ich nach unserem Brunch bei Kennedy war, um die Fotos vom ersten Shooting zu sichten.«

»Aha! Und bei diesem Besuch ...«

Emma stöhnte genervt. »Ich sagte doch, ich fasse ihn nicht an und er mich auch nicht. Wir akzeptieren jetzt einfach, dass wir ziemlich verschieden sind und so weiter ...«

»Und so weiter ...« Muriel legte heute jedes Wort auf die Goldwaage. »Warum warst du dann so aufgelöst, als du aus Leanders Büro gekommen bist?«

Weil ich Panik hatte, dachte Emma und biss sich auf die Lippe, um das bloß nicht zu sagen. Ihr beharrliches Schweigen ließ Muriel näher rutschen. Sie verschränkte die Hände über dem Schoß und setzte einen todernsten Blick auf, der Emmas Blick suchte.

»Emmalein, wenn du nicht sofort redest, würge ich es aus dir raus. Du weißt, ich bin kein sehr geduldiger Mensch, und früher oder später erfahre ich es sowieso.«

Emma straffte die Schultern. »Schwör, dass du die Klappe hältst, vor allem gegenüber Leander. So sehr ihr ein Herz und eine Seele sein mögt – für die meiste Zeit zumindest – Leander darf das niemals erfahren, sonst kann ich meinen Job vielleicht an den Nagel hängen.«

Hoch und heilig schwor Muriel zu schweigen wie ein Grab. Also erzählte Emma, wie es zwischen ihr und Tristan Kennedy zur Wette gekommen war, wie der Termin im Euphoria verlaufen war und wie sehr sie es inzwischen bedauerte.

Für das Bedauern hatte Muriel zuerst kein Ohr. Sie amüsierte sich lediglich. Mehr noch, als über die Sache mit Tom und dem Blog. »Emmalein, wüsste Leander davon, würde er dich wahrscheinlich für dein Engagement loben, aber dich ganz sicher nicht feuern.« Sie überlegte kurz. »Ein bisschen merkwürdig fände er es allerdings schon.« Wieder warf sie sich auf die Couch und lachte weiter. »Meine Güte, in was für Sachen gerätst du denn bitte? Eine solche Wette mit einem Typen wie Tristan Kennedy? Hallo? Was hat dich geritten, dich darauf einzulassen?«

Emma begann, sich zu sorgen. »Ich will kein Risiko, also verquatsch dich bloß nicht bei Leander!«

Muriel wurde ernst. Endlich. »Werde ich nicht. Aber stell

du dir die Frage, ob du das wirklich willst. Diese Wette aufrechtzuerhalten, meine ich.« Sie zuckte die Schultern. »Wenn's dir nicht behagt, dann sag Kennedy einfach, dass die Termine wie ursprünglich geplant stattfinden – ohne dass du dich tätowieren lässt. Er hat einen Vertrag mit *KINGz*, und der besagt, dass er auf den Events fotografiert. Mehr nicht. Er wird ganz sicher nicht zu Leander rennen und den Deal canceln, wenn du dein Ding durchziehst. Und was er von dir denkt, kann dir doch eigentlich egal sein. Er macht seine Sache und du deine. Ihr seid beide brillant, in dem was ihr tut. Ihr müsst euch dazu nicht gern haben.«

Einerseits war es Emma völlig egal, was Kennedy von ihr dachte. Aber an irgendeinem Punkt fühlte sie sich gereizt, ihn davon zu überzeugen, dass das Bild, das er von ihr hatte, falsch war. Zu dieser Erkenntnis hatte sie ihn vermutlich bereits im Euphoria gebracht. Sicher konnte sie hier und jetzt einen Schlussstrich ziehen, aber aus irgendeinem Grund wollte sie es durchziehen. Zu ihrem Vergnügen ... und um Kennedy eins auszuwischen, ihn ebenfalls zu reizen und in die Schranken zu verweisen. Und es gab eine weitere Motivation. Eine, die nach dem Euphoria entstanden war, und für die Emma momentan noch keinen Namen hatte.

Sie schüttelte den Kopf. »Ich habe schon Spaß daran, das durchzuziehen. Ich mache mir nur Sorgen wegen Leander ...«

Muriel legte eine Hand in Emmas Nacken, massierte sie leicht und zog sie dann in eine Umarmung. »Mach dir keine Sorgen wegen Leander. Ich wünsche mir, dass du einen guten Job machst und bald meine Partnerin im Lifestyle bist.« Ein Kuss auf die Wange folgte. »Wenn es dir Spaß macht, dann tu es einfach. Vergnüg dich und vergiss alles andere! Ich habe das Gefühl, dass auf diese Weise sogar noch genialere Texte rausspringen als ohnehin.«

Emma grinste. »Hast du einen Vorschlag für ein gutes Intro

an Tom bei unserem Date alias *TiWrites* und *LebensLust*? Mir wird irgendwie schlecht, wenn ich daran denke.«

Muriel nahm ihr Weinglas wieder in die Hand. »Klar doch, sag ihm: Hey Tom, du solltest mich längst erkannt haben und wahrnehmen. Wenn du es jetzt nicht tust, wirst du es nie tun und dann kannst du zur Hölle fahren.«

Es war nicht ganz das, was Emma sich erhofft hatte, aber es entsprach doch dem, wozu ihr Verstand ihr riet.

SIEBEN

Wie bereits zum Termin im Euphoria erschien Tristan Kennedy auch beim Aquarium mit seinem Lieferwagen, da er für Innenaufnahmen eine umfangreichere Ausrüstung einsetzte. Er parkte am Bordstein vor der Mauer, hinter der sich die Villa versteckte, da klingelte Emmas Handy. Es war die Besitzerin des Aquariums. Sie bat Emma, den Termin um drei Stunden verschieben zu können, da ihre für den Akt eingeplante Mitarbeiterin nicht eher da sein könne. Zehnmal entschuldigte sie sich für die Unannehmlichkeiten, und noch dreimal mehr, als sie hörte, dass Emma und der Fotograf bereits vor dem Tor standen. Sie versprach, dass sie zur Entschädigung grandiose Bilder zu sehen bekämen. Emma nahm das Telefon vom Ohr, um Tristan, der ausstieg und seine Ausrüstung entladen wollte, Bescheid zu sagen und sich zu erkundigen, ob er am Abend überhaupt Zeit hätte. Er nickte, schloss den Kofferraum wieder und lehnte sich dagegen, um Emmas Telefonat mit vor der Brust verschränkten Armen zu lauschen. Nachdem sie das Telefonat beendet hatte, schob er seine Sonnenbrille in die in der grellen Sonne noch viel heller wirkenden Haare.

»Hey, das wäre deine Chance gewesen, dein Erlebnis im Aquarium zu wiederholen.«

Emma beließ es bei einem knappen »Das war so nicht ausgemacht« und wandte sich zum Gehen. »Also sehen wir uns dann in drei Stunden wieder hier.«

»Wohin willst du jetzt?«

»Zur El. Ich fahre in die Redaktion.«

»Und dann erneut hierher? Lohnt das?«

Emma betrachtete ihn misstrauisch. »Hast du einen anderen Vorschlag?«

Er sah sich um. »Weiß nicht. Ich bleibe jedenfalls. Hier gibt's doch bestimmt irgendwo Kaffee. Wieso holen wir uns nicht welchen und laufen ein bisschen durch die Gegend?«

Ein Spaziergang? Mit Kaffee und Kennedy? Bestand da nicht das Risiko, dass sie sich in Rage diskutierten und einander früher oder später den Kaffee ins Gesicht schütteten?

Emma blickte sich ebenfalls um. »Ähm, jepp …« Sie wies in Richtung El-Station. »Ich bin an einem Café vorbeigekommen. Die haben sicher welchen to go.«

Tristan betätigte die Zentralverriegelung und ging los. »Na dann los, Roosevelt. Ich lade dich ein.« Da sie stehen blieb, wandte er sich um und grinste. »Worauf wartest du? Soll ich dich Huckepack nehmen?« Er wies auf ihren Rock, ein dunkelgrauer war es an diesem Tag, den Emma mit einer weißen Bluse und grauen Pumps kombiniert hatte. »Wird schwer, so eng wie der ist. Also beweg deine drallen Beinchen!«

Dralle Beinchen? Das begann ja schon gut. Emma schloss zu ihm auf. »Reiß dich bloß zusammen, Kennedy! Sonst schnall ich dich nachher ans Andreaskreuz und versohl dir deinen drallen Arsch!«

»Das wär doch mal was«, sagte er, und Emma beließ es dabei.

Schweigend gingen sie nebeneinander, wobei er sein Schritttempo zu mäßigen schien, damit sie nicht hetzen musste. Seine Boots klangen dumpf auf dem Beton des Gehwegs und wollten so gar nicht in das Klack Klack von Emmas Pumps einstimmen. Aus dem Augenwinkel maß sie ihren Größenunterschied, stellte fest, dass sie ihm gerademal bis zu den Schultern reichte, trotz der hohen Schuhe … und dass sie auch in allen anderen Punkten optisch total disharmonierten; er in seiner Lederkluft, sie im Business-Outfit.

Die Menschen, die ihnen begegneten, mussten ähnliche Gedanken haben, und im Näherkommen fixierten ausnahmslos alle Kennedy. Sie starrten ihn geradezu an, wirkten erschrocken oder angewidert, was er beflissentlich ignorierte. Er ließ auch die Sonnenbrille in seinen Haaren stecken.

Im Café angelangt, bestellte er zwei Coffee to go, die die Bedienung hinter dem Tresen mit zitternden Händen zubereitete. An einem Tisch saßen zwei Frauen, die leise über ihn zu diskutieren begannen, nachdem sie ihre Sprache wiedergefunden hatten. Kennedy zahlte, reichte Emma einen Kaffee und ging aus dem Café voran. Diesmal hielt er ihr die Tür auf.

In der Nähe fanden sie einen Park und eine Bank im Schatten. Sie setzten sich, als eine Mutter mit zwei Kindern vorbeikam. Das jüngere Mädchen begann bei Tristans Anblick zu heulen und rannte los, während die vielleicht ein Jahr ältere die Hand ihrer Mutter suchte, die die Beine in die Hand nahm, um ihrem verschreckten Kind nachzueilen.

Emma fühlte sich immer unwohler. Nicht, weil sie in der Gesellschaft eines Menschen war, vor dem sich alle gruselten, sondern weil sie sich fragte, wie er das aushielt – und warum er sich das antat.

Tristan bemerkte Emmas Beklommenheit. »Mach dir nichts draus, Roosevelt. Ich mach mir auch nichts draus.« Er trank einen Schluck Kaffee und rutschte tiefer, um seinen Kopf auf die Lehne der Bank legen zu können.

Emma sah ihn an. »Darf ich dazu was fragen?«

Er schloss die Augen. »Klar doch.«

»Diese Narben, hast du dir die zufügen lassen? Um den Piercings einen Sinn zu geben oder um die Tattoos zu unterstreichen?«

»Die Narben waren zuerst da. Dann kamen die Piercings. Dann die Tattoos. Und nein, die Narben sind nicht auf meinen Wunsch entstanden.«

Emma betrachtete ihn. Wie Schnitte sahen diese Narben aus. Zwei zogen sich über die linke Wange, drei über die rechte.

Ohne aufzusehen, erzählte er weiter: »Ich hatte einen Autounfall. Ich war in Rage, zu schnell und nicht angeschnallt. Plötzlich stand der Hirsch auf der Straße. Ich bin durch die Frontscheibe und in den Straßengraben geflogen. Der Hirsch wurde vom Asphalt gefegt und landete neben mir. Mein Auto wirbelte ohne mich noch ein paar Runden über die Straße und sauste den gegenüberliegenden Hang hinunter in ein Gebüsch. Es hat einen Tag gedauert, bis man mich gefunden hat. Für den Hirsch kam jede Hilfe zu spät. Für mich in mancher Hinsicht ebenfalls.«

Emma dachte über das Gehörte nach und zog einen Schluss. »Mit dem Schmuck und den Tattoos lenkst du nicht von den Narben ab, sondern machst darauf aufmerksam.«

Er grummelte zustimmend. »Ich habe beschlossen: Wenn ich schon entstellt bin, dann wie ich es möchte.«

Eine Sache, die er erwähnt hatte, wollte hinterfragt werden. Der Rest war einfach nur traurige Tatsache.

»Was hat dich in Rage gebracht?«

Emma war klar, dass sie noch längst kein Stadium der Vertrautheit erreicht hatten, weshalb sie die Frage ein wenig nervös machte, aber sie war gespannt auf seine Reaktion. Die ließ erst einmal auf sich warten. Tristan öffnete die Augen, drehte den Kopf und sah Emma an, offenbar darüber grübelnd, ob sie die Antwort etwas anginge.

»Ich hatte mich gestritten«, erzählte er schließlich und setzte sich auf. Er stützte die Ellenbogen auf die Oberschenkel, das Kinn auf die Hände und blickte ins Nirgendwo des Parks. »Mit meiner Frau.«

Kennedy war verheiratet?! Und er war diese Wette mit ihr eingegangen!

Tristan war sich Emmas Entsetzen bewusst und redete weiter. »Wir leben nicht mehr zusammen. Seit zwei Jahren nicht mehr. Nach meinem Unfall zog ich in das Loft.« Ihren Blick weiter meidend, gab er ihr eine nächste Info. »Im Streit ging es um unseren Sohn.«

Emma erinnerte sich an die große Fotografie, die in Tristans Loft hing. Sie spürte, wie sich die Härchen ihrer Arme aufstellten. Solche Geschichten gingen ihr immer sehr nahe – in Filmen, in Liedern und hundertmal mehr, wenn man sie ihr erzählte. In Tristans letzten Worten hatte Schmerz gelegen. Emma vermutete, dass er seinen Sohn nicht oft sah. Vielleicht gar nicht mehr. Sie wagte es nicht, das Thema zu vertiefen und Tristan schien das auch nicht zu wollen. Er stand auf.

»Lass uns zurückgehen. Ist nur noch eine Stunde, dann geht's endlich los.«

Emma warf ihren leeren Kaffeebecher, den sie lediglich festgehalten hatte, um ihre Hände zu beschäftigen, in den neben der Bank stehenden Müllbehälter. Sie hatte nicht schlecht Lust, den bevorstehenden Termin auf einen anderen Tag zu verschieben. Nach Erotik, insbesondere Erotik dieser Art, stand ihr der Sinn gerade gar nicht.

***

Das Aquarium war in einer Villa zu Hause, die wie die meisten anderen Gebäude der ruhigen Straße, im viktorianischen Stil erbaut worden war und nicht mal eine Ahnung von dem entstehen ließ, was sich hinter dem dicken Mauerwerk verbarg.

Eine von Säulen flankierte Treppe führte vor die erste der beiden schweren Eingangstüren, die Emma für Tristan aufhielt, der seine Ausrüstung trug. Allzu viel würde er, wie er gesagt hatte, nicht benötigen, da seine Herausforderung darin bestand, eine bereits speziell beleuchtete Szene durch Glas aus der Perspektive des Beobachters zu fotografieren. Im Foyer angelangt, setzte er alles ab, sah sich um und wirkte enttäuscht, weil die Umgebung so normal aussah. Aus der zur Linken liegenden

Lobby drang leise Musik, doch alle Sitzgruppen und auch die Hocker an der Bar waren leer. Die beiden Durchgänge zur Rechten wurden, wie Emma es kannte, von dunklen Vorhängen vor Blicken geschützt. Entweder buchte man ein Event im Aquarium oder man nutzte den Deal zur Happy Hour; eine andere Möglichkeit der Besichtigung gab es nicht.

Der hintere Vorhang teilte sich jetzt, und eine Frau trat hervor. Emma, die Mary bei ihrem ersten und einzigen Besuch kennengelernt hatte, ging ihr entgegen, um sie zu begrüßen und ihr den Fotografen vorzustellen. Mary entschuldigte sich nochmal für die Verzögerung und erklärte dazu, dass sie auf diese eine Frau nicht hatte verzichten wollen, weil sie für den geplanten Akt die Beste sei. Mit einem Zwinkern fügte sie hinzu, dass sie die Präsentation ihres Aquariums in *KINGz* nutzen wollte, um die wirklich spezielle Seite des Etablissements zu unterstreichen.

Mit einem Blick auf die Uhr gab sie Emma und Tristan etwa eine Stunde Zeit, um sich hinter den Vorhängen einen Eindruck von den anderen Räumen zu machen, bevor der Akt im letzten Raum starten würde. Emma versuchte, Mary ein paar Details zu entlocken, doch die Frau grinste und wollte nichts verraten. Sie ging zum vorderen Vorhang und forderte mit einladender Geste zum Eintreten auf. Emma ging voran, Tristan folgte mit seinen beiden Koffern. Hinter ihnen fiel der Vorhang zu, und die stimmige Beleuchtung des schmalen, in einer Linksbiegung verlaufenden Ganges konnte ihre Wirkung tun. Sie entstand durch das Licht, das aus den aufeinanderfolgenden runden Fenstern fiel. Es war nicht blau, wie man es von einem Aquarium erwartete, sondern besaß warme gelbe oder rote Farben. Den Namen verdankte der Ort der Form der Fenster, die an Bullaugen erinnerten, allerdings um einiges größer waren. Eine leise Melodie betörte das Ohr. Möbel oder andere Dekoration, die die Aufmerksamkeit von den Bullaugen abgelenkt hätte, gab es keine.

Im Licht des ersten Bullauges öffnete Kennedy seine Koffer, setzte ein paar für Emma unbestimmbare Teile auf die Kamera und suchte einen speziellen Filter. Während er Probeaufnahmen vom leeren Raum hinter dem Fenster machte, schienen seine Gedanken zu kursieren.

»Klär mich mal auf«, sagte er. »Wie läuft das hier? Eine Frau sagt, wie sie gevögelt werden will und dann stellen die hier das Programm zusammen, suchen das Zimmer und die Akteure aus?«

Emma sah von ihm weg zum Zimmer, das für frivole, aber romantische Szenen eingerichtet war. Dunkelblau und Weiß verliehen ihm seinen Charakter.

»Genau so läuft es.«

»Und Männer dürfen hier eigentlich nicht rein?«

»Nein. Mit Ausnahme der Mitarbeiter natürlich.«

Kennedy überdachte das einen Moment. »Also hast du angerufen und gesagt, wie du es gern hättest?«

»Meine Freundinnen und ich haben eine Flasche drehen lassen und die Gewinnerin hat einen Event im Aquarium gewonnen, allerdings nicht zwingend mit ihrer eigenen Sexfantasie. Die wurde ausgelost, und ich habe die meiner Freundin Muriel gezogen.«

Tristans Kamera surrte ein paar Mal, während er für einen Test auf den Auslöser drückte. Er sah nicht auf. »Ah ja, und was war das? War das in diesem Zimmer?«

Emma erinnerte sich mit einem wohligen Schaudern. »Es war ziemlich krasser Sex. Mit Fesseln, Ketten, anal, dunkel, distanziert und ein bisschen schmerzvoll. Dieser Raum war es nicht. Keine Ahnung, wo der sich befindet. Ich werde es wissen, wenn ich ihn sehe.«

Tristan sah über die Schulter zu Emma. Sein Mund zuckte, als wollte er etwas sagen, doch er verkniff es sich. Emma schlenderte zum nächsten Bullauge. Der Raum dahinter erinnerte an das Zimmer eines Schlosses. Bilder in dicken goldenen Rahmen, hohe Bodenvasen, Engelsfiguren und Leuchter sorgten für ein kitschig-pompöses Ambiente, in dessen Zentrum ein Himmelbett stand. Tristan, der Emma gefolgt war, machte nur wenige Fotos, und ging weiter.

Hinter Bullauge Nummer drei erwartete sie der Nachbau eines Zugabteils. Das vierte Zimmer war wie eine Kneipe mit vollausgestatteter Bar und Theke, Hockern, Jukebox und Billardtisch eingerichtet. Das fünfte Bullauge gab den Blick auf ein Waldstück frei. Emma und Tristan versuchten auszurechnen, was die künstlichen Bäume und Pflanzen, der Rasen und der Teich wohl in der Summe gekostet haben mochten. Beim sechsten Bullauge pfiff Tristan leise durch die Zähne, denn das dahinterliegende Zimmer war komplett verspiegelt, wobei verschieden große Spiegel verwendet worden waren. Sie ließen Perspektiven entstehen, die das Auge irritierten und den Raum viel größer und kompliziert verwinkelt wirken ließen. Abermals beließ Tristan es bei wenigen Fotografien, diesmal jedoch, weil er dieses Zimmer von innen sehen wollte.

Sie gingen zum siebten und letzten Bullauge. Emma verschränkte die Arme und rieb darüber, um den Schauder zu vertreiben. Tristan betrachtete die Szene ein paar Sekunden, wandte sich ihr dann zu und hob den Mundwinkel zu einem schiefen Lächeln. »Das hier ist der Raum, in dem du warst, richtig?«

Emma nickte.

Er sah wieder nach vorn, murmelte »Sehr geil«, und stützte eine Hand in die Hüfte. Die Kamera hing um seinen Hals, und er schien nicht vorzuhaben, sie so bald zu bedienen. Erst einmal wollte er zuschauen.

Die grauschwarzen Wände ließen den Eindruck entstehen, in einem Keller zu sein. Die Ausstattung beschränkte sich auf ein Andreaskreuz, von dem Ketten baumelten, auf einen Stuhl, an den Emma damals geschnallt gewesen war, und eine von der Decke hängende Vorrichtung, durch deren Ösen Seile gezogen waren. Sie hielten eine Frau, ließen sie bäuchlings etwa einen Meter über dem Boden schweben, indem sie ihre Schultern, ihren Brustkorb und ihren Unterleib umschlangen. Sie trug eine schwarze Augenbinde. Mit weiteren Seilen war sie so kunstvoll gefesselt, dass sie sich nicht bewegen konnte. Ihre Arme waren auf den Rücken gebunden, ihre gespreizten Schenkel ebenfalls von Seilen umschlungen, die wiederum mit den Seilen an ihren Knöcheln verbunden waren. Ihre Beine waren also nicht ausgestreckt, sondern so weit nach hinten angewinkelt, dass ihre Waden auf den Schenkeln auflagen. Ihr dunkles Haar wurde im Nacken zurückgehalten und ebenfalls für eine Befestigung genutzt, sodass sie den Kopf heben musste.

Für die Fixierung verantwortlich waren die beiden Männer, die bei ihr waren. Sie trugen Stiefel, wie Kennedy, und schwarze Stoffhosen. Ihre Oberkörper waren frei, und das Spiel von Licht und Schatten auf ihren Muskeln war faszinierend. Einen erkannte Emma. Die Kombinationen aus der Erinnerung an den heißen Sex mit ihm und dem, was sich ihren Augen nun darbot, weckte das Prickeln unter ihrer Haut. Sie spannte die Muskeln ihres Beckens an, um dem leisen Ziehen entgegenzuwirken, doch es ließ sich nicht aufhalten. Mit angehaltenem Atem sah Emma zu Tristan, der die ersten Fotos machte. Ein bisschen neugierig war sie, ob die Szene auf ihn eine ähnliche Wirkung hatte, aber sie würde nicht fragen. Sie sah wieder zum Bullauge.

Während der Typ, den Emma kannte, Klemmen an die Nippel der Frau setzte, zog der hinter ihr Stehende einen Haken von der Decke. Dessen Ende war keine Spitze, sondern eine Kugel, die er zwischen die Pobacken der Frau schob. Er ließ sie noch nicht eindringen, sondern massierte ihre Möse mit demselben Vibrator, den Tristan im Euphoria bei Emma verwendet hatte.

Das Kribbeln in Emmas Unterleib wurde stärker. Sie lehnte sich an die Wand des Ganges und überkreuzte die Beine. Das half auch nicht wirklich.

Die in den Seilen Hängende öffnete den Mund. Sie schien zu stöhnen, doch kein Laut war zu hören. Nicht einmal der Schrei, den sie ausstieß, als die Kugel in ihren Hintern glitt, drang durch die Scheibe. Ihre Atmung ging jetzt hastig. Sie sagte etwas, das von den beiden Männern ignoriert wurde. Der Hintere nahm eine Ledergerte, die ein etwas breiteres Ende hatte und gab ihr einen ersten Hieb auf die Innenseite ihres Schenkels, wiederholte das nach einer kleinen Pause auf der gleichen Stelle. Für den Schrei, den sie ausstieß, klippte ihr der Vordere ein Gewicht an einen Nippel. Bei einem blieb es nicht, denn mit jedem Gertenhieb – auf ihre Schenkel, ihren Po, ja sogar ihre Möse – und jedem Schrei gesellten sich mehr Gewichte hinzu, die ihre Brüste bald spitz nach unten zogen. Um sie noch mehr zu quälen, setzte ihr der Vordere Holzklammern an die Seite. Die Bestrafung für ihre Laute bestand nun lediglich in weiteren Gertenhieben, die so heftig zu ziepen schienen, dass sie zu zittern begann. Als auf jeder Seite zehn Klammern in ihre Haut bissen, ließen beide es gut sein. Der Hintere positionierte sich zwischen den gespreizten Schenkeln der Frau, öffnete seine Hose, holte seinen steifen Schwanz raus und rammte ihn in ihre Möse – und das, während die Kugel noch in ihrem Hintern steckte. Zum Schreien kam sie diesmal gar nicht erst, denn der andere schob ihr seine ebenfalls pralle Latte in den Mund. Alles andere als sachte, fickten sie sie von beiden Seiten.

Emma hielt es nicht mehr aus.

»Ich hab erst mal genug gesehen hier drin«, ließ sie Tristan in einem bemüht sachlichen Ton wissen. »Ich bin schon mal im Spiegelzimmer.«

Zwar hockte er noch in seiner Fotografier-Pose, doch er machte längst keine Bilder mehr, wohlweislich, denn der letzte Teil dieses Aktes war Porno – genialer Porno zwar – aber dennoch nichts für eine Veröffentlichung in *KINGz*. Er brummte etwas von wegen, dass er auch fertig war.

Sobald der Vorhang hinter ihr lag, atmete sie durch, ließ die Muskeln ihres Beckens noch einmal arbeiten und wandte sich an Mary, die aus der Lobby kam. Sie erkundigte sich nach dem Spiegelzimmer, und Mary bat sie und Tristan, der hinzugekommen war, ihr zu folgen. Es ging die Treppe hinauf und auf der anderen Seite, wo die Eingänge zu den Zimmern lagen, wieder hinunter, bis vor die Tür mit der Nummer sechs. Mary schloss auf und ließ sie allein.

Tatsächlich war das Zimmer nicht riesengroß, sondern eher winzig. Emma empfand es als merkwürdig, mit Tristan, der ohnehin so viel Platz für sich einnahm, auf so engem Raum zu sein und wusste nicht, wohin sie gehen oder schauen sollte. Alles war verspiegelt, sogar das Bullauge, und überall erblickte sie sich und ihn ... und das mit grauer Wäsche bezogene Bett, das nach dem eben Gesehenen geradezu lockte.

Verdammt!, ächzte sie im Stillen und tat so, als würde sie sich die vielen Spiegel genau ansehen. Sie hatte sowas von Lust auf einen Fick! Einen harten Fick! Einen hemmungslosen Fick! Einen selbstvergessenen, besinnungslos machenden, fordernden Fick! So verdammte Lust hatte sie darauf, dass sie sogar ein wenig sauer auf Tristan wurde, weil *er* hier war – und nicht Tom. Tom hätte sie jetzt gnadenlos auf dem Bett flachgelegt – und sie hätte ihn gelassen. So gern.

»Bist du feucht, Roosevelt?«, hörte sie Tristan dicht hinter sich.

Sie hob den Blick, der irgendwo im Nirwana geklebt hatte. Tristans Blick traf sich mit ihrem in zig kleinen und großen Spiegeln. Ihre Nackenhaare stellten sich auf.

Was zur Hölle hatte er sie gerade gefragt?!

»Und wenn schon?«, entgegnete Emma. »Hast du einen Steifen?«

Seine Miene blieb glatt, doch der Schimmer in seinen dunklen Augen wurde intensiver. »Ja, hab ich. Aber das spielt keine Rolle. Schieb deine Hand unter den Rock und sag mir, ob du feucht bist!«

»Das kann ich sagen, ohne dass ich mich anfasse. Ich bin feucht, okay! Und was nun?«

»Dann mach es dir!«

Er trat dichter zu ihr, hielt ihren Blick über die Spiegel in seinem gefangen, doch er berührte sie nicht. Für den Bruchteil einer Sekunde wünschte Emma sich, dass er es tun würde, doch sie vertrieb den Gedanken und beschloss, seine Herausforderung anzunehmen. Ganz gewiss würde sie nicht kneifen. Er hatte ihr einen Orgasmus mit dem Vibrator beschert. Ihre Finger hatten das gleiche Talent.

Also öffnete sie den im Rücken sitzenden Knopf ihres Rocks und den Reißverschluss gerade soweit, dass das Kleidungsstück nicht von ihren Hüften rutschen würde. Sie schob eine Hand unter den Bund, in ihren Slip und zwischen ihre Beine. Die Berührung tat gut von der ersten Sekunde an und die in der Feuchtigkeit schon schwimmende Perle reagierte sofort, indem sie anschwoll, wie, um sich ihrem Finger entgegenzurecken. Emma wollte die Augen schließen, doch Tristan forderte sie auf, sie geöffnet zu lassen und ihn weiter anzuschauen. Dann begann er zu erzählen, raunte in ihr Ohr, dreckige und verruchte Sachen, die sehr klare Bilder in ihrem Kopf entstehen ließen und ihre Lust antrieben.

Emma stöhnte, streichelte sich weiter und fand es gar nicht mehr so schlimm, ihn anzusehen.

»Stell dir einen Schwanz vor, den du bläst«, sagte er. »Einen großen, harten Schwanz, den du kaum schlucken kannst, und von dem du weißt, dass er dich ficken wird. Tausendmal kannst du ihn hier in deinen Mund gleiten sehen. Wo auch immer du hinsiehst.«

Emma mochte den Gedanken. Sie keuchte.

»Stell dir vor, du liegst dort auf dem Bett ... auf dem Rücken. Stell dir die Zunge vor, die dich leckt, die Finger, die deine Möse teilen, damit die Lippen dich noch besser schmecken können. Du kannst es so gut beobachten, wie du geleckt wirst, in diesem Raum ... und es aus so unterschiedlichen Winkeln zu beobachten, das macht dich noch geiler.«

In der Tat machte es das. Schon die Vorstellung genügte. Emma spürte, wie sich ihr Unterleib verkrampfte, wie ihre Beine zu zittern begannen – untrügliche Zeichen.

»Stell dir vor, wie deine Beine von einem derben Griff geöffnet werden, wie sie zurückgeschoben werden, sodass deine Möse eine pure Einladung ist, für den Schwanz, den du vorhin geblasen hast. Stell dir vor, dass er noch immer so hart ist, dass er die Einladung annimmt und in dich eindringt.«

Emma wollte sich an ihn lehnen, doch sie zerrte an ihrem Verstand und ließ es.

»Tief in dich«, knurrte er jetzt und verzog den Mund.

Sie starrte ihn an, harsche Atemstöße glitten zwischen ihren Lippen hindurch.

»Und du kannst es sehen, aus so vielen Perspektiven, wie der Schwanz in deine Möse stößt, wie die Eier gegen deinen Arsch klatschen ...«

Der Rest von dem, was Tristan sagte, wurde zu einem Rauschen verwaschen. Emma unterdrückte einen Schrei, als sie kam, und starrte ihn noch immer an – ein bisschen fassungslos, ein bisschen beseelt, ein bisschen verwirrt – bevor sie endlich die Augen schloss, und sich dem Rausch ihres Orgasmus hingab.

Als sie wieder aufsah, war Tristan nicht mehr im Raum.

ACHT

Der Monat Juni neigte sich dem Ende zu. Der Abgabeschluss für alle in der Juniausgabe erscheinenden Artikel war am kommenden Montagabend, und so löste das eine oder andere Thema während der Redaktionssitzung ein paar hitzige Diskussionen zwischen Leander und den Redakteuren aus. Bislang hatte Emma nie viel diskutieren müssen, und war es gewohnt, dass Leander ihre Ernährungstipps und Rezepte mit einem Nicken absegnete. Sie ahnte, dass diese Zeiten mit ihrem möglichen Wechsel zum Lifestyle vorüber sein würden.

Ihre Texte, die sie über das LiveAct und das Euphoria geschrieben hatte, lagen ihm vor. Er blätterte hindurch und hatte einige Stellen angemarkert, doch er sagte nichts dazu. Stattdessen erkundigte er sich, wie weit sie mit dem Artikel über das Aquarium war. Emma erinnerte ihn daran, dass sie vor nicht einmal vierundzwanzig Stunden dort gewesen war und folglich noch daran arbeitete, da klopfte es an die Tür des Besprechungszimmers. Es war eine der Frauen vom Empfang, und als Emma ihre Miene sah, ahnte sie, dass sie einen Besucher ankündigte und auch, um wen es sich handelte.

Leander stand auf, um Tristan Kennedy zu begrüßen und stellte ihn in der Runde vor. Emma konnte sich nun auch denken, dass er sich noch nicht zu ihren Texten geäußert hatte, weil er auf die dazugehörigen Bilder gewartet hatte. Die befanden sich in einer Mappe, die Tristan auf den Tisch packte und aufklappte. Obenauf lagen die Emma bereits bekannten Aufnahmen aus dem LiveAct. Leander betrachtete sie und ließ sie rumgehen, damit die Redakteure einen Blick darauf werfen konnten. Die Fotografien aus dem Euphoria kannte Emma noch nicht und war gespannt darauf. Als sie sie in die Hand bekam, war sie beeindruckt. Die Aufnahmen, die Tristan zuletzt im Raum mit dem Pool gemacht hatte, waren besonders gelungen, weil sie am lebendigsten wirkten, was natürlich auch daran lag, dass Emma im Liegestuhl Teil davon war – zumindest ihre Beine und Füße. Sie selbst war nicht zu erkennen.

Die Bilder aus dem Aquarium waren noch in der Entwicklung.

»Okay«, sagte Leander. »Passt alles.« Er schob Emma die Ausdrucke ihrer Texte über den Tisch. »Ein paar Anmerkungen habe ich gemacht. Schau mal drüber und ändere die paar Kleinigkeiten.«

Er stand auf und bat Tristan für ein paar Minuten in sein Büro. Nachdem die beiden aus dem Raum waren, gingen die Redakteure zurück an ihre Arbeitsplätze. Emma blieb und las sich Leanders Kommentare durch. Es war tatsächlich nicht viel, was sie würde ändern müssen.

»Ihr seid ja ein tolles Team«, hörte sie Tom neben sich sagen und sah auf. Er setzte sich auf den Tisch und stellte die Füße auf einen Stuhl. »Die Schöne und das Biest.«

Emma schoss durch den Kopf, dass wahrscheinlich viele der Menschen, denen Tristan und sie am Vortag begegnet waren, exakt das Gleiche gedacht hatten – diese schon abgedroschene Phrase, die dazu gedacht war, eine Person zu beleidigen oder abzuwerten. Sie wollte nicht darauf eingehen.

»Wir kommen ganz gut zurecht, jepp.«

»Auf einmal kommst du mit ihm klar?« Offenbar wollte Tom darauf rumreiten. »Als du sagtest, der Kerl sei ein Monster, hatte ich keine Ahnung, dass er tatsächlich eins ist.« Er verschränkte die Arme und schüttelte sich. »Da läuft's einem ja eiskalt den Rücken runter. Seit wann sieht der denn so aus? Auf den Bildern, die ich von ihm gesehen habe, war er, verglichen mit jetzt, ein Adonis.«

Emma sortierte die Papiere, stapelte sie und stand auf. »Was spielt es für eine Rolle, wie einer aussieht? Wir arbeiten gut zusammen, er macht tolle Bilder, und das ist alles, worauf es hier ankommt.« Sie machte eine Pause, wandte sich Tom abwartend zu. »Oder etwa nicht?«

Emma verkniff sich ein Grinsen, war es doch eine kleine Bestätigung dafür, dass sie mehr für Tom war als nur Sex. Auf jeden Fall war es die perfekte Voraussetzung für das Treffen, das am Abend anstand: Das Blind Date von *TiWrites* und *LebensLust*.

Am vorherigen Abend, nachdem sie aus dem Aquarium nach Hause gekommen war, hatte sie ihm auf seine Anfrage nach drei neuen Stichpunkten mit »Flussufer«, »Mittagspause« und »Sommer« geantwortet. Es blieb mit Spannung zu erwarten, welche Story er mit diesen Worten als Vorgabe fabrizieren würde, nachdem er sie an diesem Abend getroffen hatte.

***

Punkt zwanzig Uhr, zur verabredeten Zeit, war Emma am Irish Pub. Wie angekündigt, hatte sie ein blaues Tuch mit weißen Punkten als Erkennungsmerkmal mit einer seitlichen Schleife um ihren Hals geknotet. Es passte gut zum ebenfalls blau-weiß gepunkteten Shirt, das sie trug. Ihr Rock war ausnahmsweise nicht schwarz, sondern weiß und ideal für einen lauen Sommerabend wie diesen. Obwohl sie sich in ihrer Kleidung wohlfühlte, war sie so aufgeregt, dass sie zitterte. Das Herz schlug ihr bis zum Hals. Der kleine Feigling in ihr meldete sich und versuchte, sie zur Umkehr zu überreden. Er prophezeite ihr, dass sie mit diesem Treffen alles zerstören und *TiWrites*' Stories den Reiz nehmen würden. Möglich war außerdem, dass Tom enttäuscht reagieren würde, wenn ihm klar wurde, dass seine *LebensLust* bloß Emma war – von der er längst bekam, was er wollte. Emma verdonnerte den kleinen Feigling zum Schweigen, erinnerte sich an den Wink mit dem Zaunpfahl, den Tom nun mal brauchte, und zog die Tür auf.

Wie so oft an einem Donnerstag war die Kneipe überfüllt, glücklicherweise aber klimatisiert. Intuitiv schlängelte Emma sich zur Bar durch und war kaum überrascht, Tom dort warten zu sehen. Mit dem Rücken zu ihr allerdings. Er saß auf einem der Hocker und sprach mit einem Typen zu seiner Rechten. Der Stuhl zu seiner Linken wurde gerade frei, weil der Mann mit den bestellten Getränken in der Menge abtauchte. Emma nutzte den Moment, um auf dem Hocker Platz zu nehmen. Mit einem kurzen Blick zu Tom erhielt ihre Nervosität einen Schub und sie wusste nicht weiter. Das »Hallo Tom« lag auf ihrer Zunge, doch es wollte einfach nicht über ihre Lippen. Sie kam sich dumm vor, wusste nicht, wohin sie schauen sollte und war froh, dass der Barkeeper in ihr Blickfeld trat und sich nach ihrem Getränkewunsch erkundigte. Sie bestellte einen Martini, da hörte Tom auf zu sprechen und drehte sich um. Ziemlich irritiert starrte er Emma an. Sein Blick wanderte zum gepunkteten Tuch. Er runzelte die Brauen, zählte innerlich wohl eins und eins zusammen und kam dabei zu dem Schluss, dass Gelassenheit in diesem Fall die beste Reaktion war. Also zupfte er an der Schleife.

»Tolles Tuch.«

Emma lächelte. Wärme stieg ihn ihr auf und beruhigte ihr Herz. »Überraschung«, sagte sie und nahm den ersten Schluck vom Martini, den ihr der Barkeeper hingestellt hatte.

»Allerdings.« Tom wandte sich ihr ganz zu. »Mit dir habe ich nun gar nicht gerechnet.« Er musterte ihre Kleidung. »Du siehst toll aus, Süße!«

Emma überhörte den ungeliebten Kosenamen und durchwühlte ihr Hirn nach einem brauchbaren Satz. Normalerweise hatten Tom und sie keine Probleme, in ein Gespräch zu finden – das entstand immer von allein – aber jetzt sahen sie sich bloß an und wussten nicht weiter. Emma hielt es für das Beste, auf den Punkt zu kommen.

»Erzähl doch mal: Wie ist die Idee mit dem Blog überhaupt entstanden?«

Tom wirkte erleichtert, dass sie ihm ein Thema gab. »Das war vor ein paar Jahren. Bis dahin hatte ich nur für mich allein geschrieben, aber dann dachte ich, es wäre cool, das alles zu veröffentlichen. Naja, seither mache ich das eben ganz regelmäßig. Es ist wie eine Alternative zum Tagebuchschreiben, und es ist spannend, wie viele mitlesen. Das gibt dem Ganzen einen Kick.«

Emma war verdutzt. Die Bedtime-Stories als Alternative zum Tagebuchschreiben? »Ich finde, das ist ein seltsamer Vergleich. Ein Tagebuch ist doch eigentlich ein Notieren von Ereignissen. Man schreibt Dinge auf, die wirklich geschehen sind und überlässt nichts des Geschriebenen der Fantasie.«

Er war anderer Meinung. »Ein reguläres Tagebuch vielleicht. Den Begriff kann aber doch jeder für sich persönlich definieren und draus machen, was er will. Man könnte auch sagen, man schreibt jeden Tag oder regelmäßig etwas auf. Ob das nun in ein Buch, in ein Word-Dokument oder auf einer Webseite ist, das ist jedem Einzelnen überlassen. Bei mir ist es eben der Blog.«

Wieder wusste Emma nicht weiter. Sie wartete, ob er noch etwas anzufügen hatte, doch Tom sah sie nicht einmal mehr an. Er beäugte eine Blondine, die hinter dem Tresen arbeitete, und trank einen Schluck von seinem Bier. Worauf Emma außerdem wartete, das wurde ihr nun prompt bewusst, war eine Regung. Da war nur die anfängliche Irritation gewesen, doch nachdem die abgeklungen war, war da ... Nichts? Oder zumindest nicht das Erwartete. Keine Freude oder Begeisterung. Keine Rührung oder Fassungslosigkeit. Nicht einmal das Gegenteil. Tom wirkte geradezu gleichgültig. Als spielte es überhaupt keine Rolle, dass ihm Emma seit so langer Zeit eine Inspiration zu dem war, was er als sein Tagebuch bezeichnete.

Ihm fiel wohl doch noch etwas ein. Er sah Emma wieder an. »Und was die Fantasie betrifft. Man kann doch auch in einem Tagebuch träumen, oder nicht?«

Da hatte er recht. Aber dass er so kühl blieb, ärgerte sie dennoch. Da ein Wink mit dem Zaunpfahl nicht genügte, beschloss Emma, ihm das Ding über den Schädel zu hauen. »Ich habe jedenfalls eine Menge Spaß, dir bei deiner Träumerei Inspiration zu sein.«

Die Gelassenheit fiel aus seiner Miene. »Glaub mir, den Spaß habe ich auch. Du bist echt eine tolle Frau, Emma.« Er legte den Arm um ihre Schulter, zog sie an sich und gab ihr einen Kuss auf die Schläfe. »Inspiration kann ich immer gut gebrauchen, und wenn sie von dir kommt, umso besser.«

Emma gefror das Lächeln auf den Lippen. Wenn die Inspiration von ihr kam? Er wurde auch von anderen inspiriert?

Toms Finger kraulten ihren Nacken. Sie rutschte ein bisschen zurück, sodass er seinen Arm von ihr nehmen musste, schaute forschend in seine Augen.

»Erst letztens, das am Bahnhof ... Das war so heiß!«, sagte er statt einer Korrektur. »Nach sowas fließen die Worte nur so aus meinen Fingern und ich ...«

Emma unterbrach ihn. »Andere Frauen inspirieren dich auch?«

»Hin und wieder schon.«

Emma wollte nicht glauben, was sie da hörte. Auch von anderen Leserinnen seines Blogs bekam er Stichpunkte für seine Stories serviert? Zu all ihren Stichpunkten hatten irgendwelche anderen Tussis irgendwelche anderen Worte geliefert, und Tom hatte alle Worte in einer Story verwurstet? Das war ja eine Oberfrechheit! Emma knirschte mit den Zähnen und ärgerte sich, dass sie ihm am Vorabend drei neue Stichpunkte gesendet hatte. Nicht einen einzigen würde dieser Mistkerl, bei dem Hopfen und Malz verloren waren, noch von ihr sehen.

»Aber du bist was Besonderes, Süße«, sagte Tom jetzt.

Das letzte Wort des Satzes hob den ersten, eigentlich schönen Teil auf. Hätte er es nicht dabei belassen können?

»Nenn mich nicht ständig Süße! Süße kannst du zu Paula oder Diane oder Stacy oder wie auch immer sie heißen sagen, aber ich bin Emma! Und dass ich für dich jemand Besonderes bin, erkenne ich leider gar nicht.«

Sie öffnete ihre Tasche und zog eine Dollarnote für den Martini hervor, klatschte den Schein auf den Tresen. Sie wollte gehen, doch Tom nahm ihre Hand und hielt sie zurück.

»Du weißt von Paula?« Er wirkte erschrockener als in jeder anderen verstrichenen Sekunde des Abends.

»Nicht nur ich. Pass nur auf, dass Leander nicht Wind davon bekommt.« Mit einem Grinsen, das nicht die Spur amüsiert war, fügte sie hinzu: »Aber da Muriel es weiß, ist das wahrscheinlich bloß eine Frage der Zeit.«

»Ach, Leander ist mir egal. Aber du ...«

»Dann behalt deine Griffel doch zur Abwechslung mal unter Kontrolle, Tom!«

Da er ihre Rage spürte, nahm er auch ihre andere Hand. Seine Daumen strichen über ihre Handrücken. »Du bist wirklich jemand Besonderes. Ich möchte dich nicht verletzen. Außerdem möchte ich nicht, dass du mir böse bist.«

Emma spürte, wie ein Teil von ihr nachgeben wollte, doch sie kämpfte dagegen an. Diesmal nicht! Der Hundeblick aus den treublauen Augen würde diesmal nicht ziehen. Immer sollte alles Friede-Freude-Eierkuchen zwischen ihnen sein. Auf *seinen* Wunsch und zu *seinen* Bedingungen. Aber sie wollte böse auf ihn sein. Jetzt und irgendwie für immer.

»Lass den Blog doch Blog sein!«, fuhr er fort. »Und lass die anderen doch die anderen sein! Die steigen auf der einen Seite in mein Bett und fallen auf der anderen wieder heraus.«

Na klar!, grollte Emma im Stillen und dachte wieder an Paula. Die hatte sich bestimmt mehr als nur einmal in seinem Bett aufgehalten. Und am Ende hatte sie bei *KINGz* gekündigt.

»Sei mir nicht böse, bitte!«

War das sein Weg, mit der Tatsache, dass sie *LebensLust* war, umzugehen? Gelassenheit zuerst. Dann die indirekte, mit Gleichgültigkeit gespickte Aufforderung, sich bloß nicht zu viel darauf einzubilden, dass sie ihn zu den Blog-Stories inspirierte? Hatte sie ihn so geschockt, dass er in die Defensive ging, anstatt sich eine wichtige Sache einzugestehen? Und jetzt, da sie den Rückzug antreten wollte, bekam er Schiss, sie zu verlieren. Wen zu verlieren? Seine verlässliche Bettgefährtin? Oder eine Frau, die mehr als das sein könnte?

Emma wollte ihm die Hände entziehen, doch er hielt sie fest. »Komm, setz dich wieder. Ich spendiere den nächsten Martini.«

Den Unwillen, den sie mit ihren Worten demonstriert hatte, verspürte sie nicht mehr. Unsicherheit war, was sie spürte. Zum einen wollte sie wirklich gehen, zum anderen aber auf jeden Fall bleiben und das Beste erleben. Das Beste von Tom, das er ihr nie gegeben hatte und vielleicht nie geben würde.

»Ich will keinen mehr. Ich will nach Hause.«

Er wusste, wie es um sie stand. Sein verschmitztes Grinsen verriet ihn. »Das hast du neulich am Bahnsteig auch schon gesagt.«

»Ja, und dann bin ich geblieben, um einmal mehr mit dir zu vögeln.«

»Keine so üble Option, würde ich behaupten ...« Er zog sie näher, sah ihr tief in die Augen. »Was willst du eigentlich, Emma? Immer noch das Simple, das Unkomplizierte? Ich habe den Eindruck, dass du viel mehr als das willst.«

Endlich entzog sie ihm die Hände und trat einen Schritt zurück. »Mehr muss nicht immer gleich kompliziert sein. Es kommt darauf an, was man daraus macht und wie man dem anderen begegnet.« Sie sah auf die Uhr, ohne die Zeit davon abzulesen. »Ich bin müde, fahre jetzt nach Hause. Morgen habe ich den nächsten Termin mit Kennedy, und dafür möchte ich ausgeruht sein.«

Toms Grinsen wurde noch eine Spur breiter, aber nicht freundlicher. Seine Stimme nahm den gleichen Ton an wie nach dem Meeting am Vormittag. »Wieso? Verlangt er dir so viel ab?«

Emma betrachtete ihn einen Moment lang wortlos und schnaubte dann. »Ich spreche von dem Termin, für den ich ausgeruht sein will. Für meinen Job, für meine Chance.«

»Ah ja!« Mehr sagte er nicht.

Was zur Hölle wollte er bloß? Er wollte nicht wahrhaben, wer sie war? Er wollte nichts mit ihr beginnen, was vermeintlich komplizierte Eigenschaften annehmen konnte. Und dennoch war er eifersüchtig auf Kennedy?

»Bis morgen in der Redaktion!«, murmelte Emma, wandte sich um und schlängelte sich zum Ausgang durch.

Diesmal würde er ihr nicht folgen, da war sie verdammt sicher und verdammt froh darüber. Mit jedem Schritt und jedem Menschen, der ihr im Weg stand und den sie bitten musste, sie durchzulassen, wurde sie wütender, aber auch trauriger.

So viel Hoffnung hatte sie in Tom alias *TiWrites* und sie alias *LebensLust* gesetzt. Es war wohl möglich, dass er noch etwas Zeit benötigte, um die Fakten in sein Großhirn vordringen zu lassen. Schließlich war er ein Mann, und er wäre nicht der Erste, der sich aufgrund einer überraschenden Konfrontation und um seine Selbstsicherheit gebracht, erst einmal in sein Schneckenhaus zurückzog. Allerdings beschlich Emma eine

Ahnung, dass er dieses Schneckenhaus nur dann verlassen würde, wenn alles Weitere zu seinen und damit zu den bekannten Bedingungen ablaufen würde.

Emma riss die Tür der Kneipe auf und stürmte ins Freie, rannte vom Gehweg auf die glücklicherweise nur spärlich befahrene Straße, weil sie einfach nicht stoppen wollte. Auf das Hupen eines Autos machte sie kehrt und trat gegen die Bordsteinkante, um ihrem Ärger Luft zu machen. Der Absatz ihres Schuhs brach dabei ab. Emma hob ihn auf und pfefferte ihn dem Sonnenuntergang hinterher. Ein paar Sekunden lang starrte sie ins Nichts, löste dann das Tuch von ihrem Hals, denn mit einem Mal wollte es ihr den Atem rauben. Als sich ihr Blick schärfte und sie ein Cab entdeckte, hob sie die Hand und hielt es an. Sie wollte jetzt keine Fahrt in der El. Sie wollte auf direktem Weg in ihr Bett.

NEUN

König Arthur stand am Freitagabend auf dem Programm des Fucking Drama. Genauer gesagt handelte es sich um die einst als Kinofilm ausgestrahlte Version *Der Erste Ritter,* in der Ritter Lancelot dem gutherzigen König die Gemahlin abspenstig machte. Aufgrund der vorgesehenen ausgedehnten Sexepisoden konzentrierte sich das Stück auf den Zeitpunkt, an dem König Arthur von dem Verrat erfuhr. Ganz besondere Rache würde er nehmen. Rache, bei der die Fans des Films und der Saga sicher entsetzt die Hände über dem Kopf zusammenschlagen und protestieren würden.

Zwei Stunden vor Beginn der Vorstellung war Emma im Theater. Sie ging in ihrer kleinen Garderobe auf und ab und betete ihren Text herunter. Viel gab es zwar nicht zu sagen, und in Anbetracht der Abwandlung des Stücks würde es nicht einmal jemandem auffallen, wenn sie eine Zeile vergaß oder spontan gegen andere Worte ersetzte. Nervös machte sie vor allem die Tatsache, dass sie öffentlich Sex haben würde – in der Rolle der untreuen Guinevere. König Arthur und Lancelot hatte sie vor ein paar Minuten kennengelernt, zwei hübsche, große Kerle, die ihrem Auftritt vollkommen relaxt entgegensahen.

Den letzten Mut hierfür hatte Emma nach dem vergeigten Date mit Tom gesammelt. Bis dahin hatte sie bei dem Gedanken an diesen und den nächsten Termin in den erotischen Locations ein mieses Gefühl gehabt. Seit Monaten hatte sie niemanden außer Tom gevögelt, niemanden außer ihn vögeln wollen und sich für ihn reserviert gefühlt – selbst mit dem Bewusstsein, dass sie nicht seine einzige Frau war. Emma schnaubte. Wie naiv war sie doch gewesen!

Nun war es nicht so, dass sie querfeldein vögeln würde, gewiss nicht – und momentan verspürte sie nicht einmal Lust auf Sex. Lauschte sie in sich hinein, dann war da Stille.

In der Redaktion war Tom mehrmals zu ihr gekommen und hatte versucht, das seltsame Gespräch vom Vorabend ins richtige Licht zu rücken. Geradezu bemüht hatte er gewirkt, doch Emma war nicht weich geworden. Ihre Absagen an ihn waren ihr leicht von den Lippen gekommen, und seine Reue verstand sie nicht. Zwar hatte er ihr gesagt, dass sie jemand Besonderes war, doch das waren nur Worte gewesen. Was sie brauchte, waren Taten und Gesten, echte Handlungen, aber das verstand Tom zweifelsohne nicht.

Als die Zeit gekommen war, schlüpfte sie in das für sie zurechtgelegte helle, fließende Gewand und setzte die Maske aus silbernem Metall auf, die den oberen Teil ihres Gesichtes verbarg. Sie steckte ihr in diesem Fall verräterisches, rotes Haar zurück und schlug die Kapuze des Kleides über den Kopf. Durch einen schmalen Gang ging sie bis zu einer Seitentür, die in den von Wandleuchten erhellten Zuschauerraum führte. Sie setzte sich auf ihren Platz in der dritten Reihe und schaute sich um. Alle anderen Zuschauer – gut einhundert mochten es sein – trugen ebenfalls Masken und viele Frauen hatten Kostüme angelegt. Der purpurrote Bühnenvorhang war noch geschlossen; ein Lichtkegel ruhte auf dem Stoff. Auf der linken Seite der Bühne entdeckte Emma Tristan, der seine Kamera auf einem Stativ befestigte, und die Nervosität hieb ihr wie eine Faust in den Magen. Er wusste natürlich, dass sie die Guinevere spielte. Das machte die ganze Sache noch seltsamer.

Der Vorhang wurde nach oben gezogen und zeigte einen betrübten Lancelot. Nach seiner Guinevere sehnte er sich, nach einem Leben mit ihr, nach ihren Liebkosungen, die sie ihm erst in der vergangenen Nacht geschenkt hatte. Lancelot ahnte nicht, dass er belauscht wurde, und zwar von König Arthur selbst, der einen Verdacht hatte. Als der König ihn gleich darauf stellte, und mit dem Schwert auf die Knie zwang, schwor er mit erhobenen Händen, dass er Guinevere nie angerührt hatte. Doch Arthur ließ nicht locker, wiederholte die Worte, die er gerade gehört hatte, und so gestand Lancelot die Affäre, die ihn seit kurzer Zeit mit der Königin verband. Außer sich vor Zorn schleppte der König seinen einstigen Vertrauten in den Thronsaal, wo er ihn von Dienern in Ketten legen ließ. Dann trat er an den Bühnenrand und brüllte ins Publikum: »Wo ist meine verräterische Königin? Wo ist Guinevere?«

Der Lichtkegel, der anfangs auf den Vorhang gerichtet gewesen war, flitzte durch den Zuschauerraum und blieb auf Emma hängen, deren Part nun begann. Sie gab sich erschrocken, hob eine Hand vor den Mund und stand auf, um die Flucht zu ergreifen. Sogleich waren zwei Wachen des Königs bei ihr, ergriffen sie und brachten sie auf die Bühne.

»Du Hure von Königin«, begrüßte sie König Arthur.

Emma fiel auf die Knie, ließ den Kopf sinken und schluchzte. Das Schluchzen gelang ihr wirklich gut, wie sie fand. Sie musste nur an Tom denken und schon schluchzte sie perfekt.

Des Königs Griff unter ihr Kinn war grob, doch das sollte er sein. Er hob ihren Kopf, zwang sie, ihn anzusehen. Sein Zorn schien echt. Er besaß Talent, das an ein größeres Theater als dieses hier gehörte, doch vielleicht hatte er Spaß am bunten, und in Anbetracht des Spielplans, abwechslungsreichen Treiben.

»Ewige Treue schworst du noch beim letzten vollen Monde und schon bei diesem Monde brichst du sie. Ewige Liebe wolltest du mir schenken und vergnügst dich schon jetzt im Bette eines anderen.« Er ließ von ihr ab, angewidert. »Hure von Königin.«

»Aber ich liebe Euch doch, Arthur«, brachte Emma mit bebender Stimme hervor. Nicht Trauer oder Angst waren es, die ihre Stimme beben ließen, sondern abermals der Gedanke an Tom und die Wut, die sie neben dem Schmerz empfand.

Dieser verdammte Arsch!, dachte sie kurz und besann sich dann auf ihren Text. »Meine Liebe zu Euch ist unvergleichlich und niemals wird sie enden.«

Niemals würde sie Tom verzeihen! Und niemals mehr würde sie mit ihm schlafen! Sollte er mit seinen anderen Inspirationsquellen vögeln! Mit ihr nicht mehr!

Der König beugte sich herab und fasste ihr in den Nacken. Der weiche Stoff der Kapuze milderte seinen Griff. »Büßen wirst du mir diesen Betrug. Mit dem Leben wirst du bezahlen.«

Der in Ketten gelegte Lancelot meldete sich zu Wort. Er bat um Vergebung für sie und behauptete, sie verführt zu haben. An ihrer Stelle wolle er sterben.

»Aber ich liebe Euch doch, Arthur«, schluchzte Emma alias Guinevere abermals und fand, dass es nicht mehr ganz so echt klang. Sie liebte Tom nicht! Wahrscheinlich hatte sie ihn nie geliebt, sondern lediglich das Bild von ihm, das sie sich gemacht hatte.

Der König ließ von ihr ab und stemmte die Hände in die Hüften. »Beweise es!«

Emma raffte sich auf und ging zum Thron, der die Bühne zentrierte. Gigantisch war er, aus vergoldetem Holz sein Rahmen und seine Füße, aus rotem Samt die Polster. Sie setzte sich und begann, die Schnüre ihres Gewandes zu lösen.

»Nehmt meinen Körper und spürt, dass mein Herz noch immer für Euch schlägt.«

Diese Zeile hasste sie und sendete ein stilles *Pfft!* hinterher. Blödes, dummes, naives Herz!

Der König bezog vor ihr Position, nahm ihre Hände und band zuerst die linke, dann die rechte an die Lehne des Throns, wozu er Lederbänder benutzte. Als er ihr Gewand aufriss, verstummte die Ironie in Emma und ein Hitzeschub sauste durch ihren Körper. Ihre Brustwarzen zogen sich zu Knospen zusammen. Augenblicklich summte auch ihr Unterleib, und sie presste die Schenkel zusammen; zum einen, um die Lust zu kontrollieren, zum anderen, weil die Zuschauer sie verunsicherten. Wahnsinnig erleichtert war sie, die Maske zu tragen und von der Kapuze verborgen zu sein.

Durch das Publikum ging ein Raunen, und Lancelot gab ein wütendes Knurren von sich. Er versuchte, sich aus seinen Fesseln zu befreien, um nicht ansehen zu müssen, wie seine Geliebte von einem anderen geliebt wurde, doch seine Bemühungen waren vergeblich. Der König streichelte über Emmas Beine und sah sie dabei an. Die Gier in seinen Augen schien echt, und sie sorgte dafür, dass Emma lockerer wurde. So ließ sie zu, dass er ihre Beine öffnete, zuerst das linke, dann das rechte über die Armlehnen des Throns legte.

König Arthur fuhr in seinem Text fort, doch Emma hörte nicht wirklich, was er sagte. Ihr Geist war irgendwo anders, und davon verlassen, fühlte sie sich von der sonderbaren Situation aphrodisiert. Sie zitterte ein wenig vor Aufregung und beobachtete, wie der König sein Hemd auszog, seine Hose öffnete und sich – für das Publikum nicht zu sehen – ein Gummi über den angeschwollenen Schaft zog. Dann stützte er sich zu ihren Seiten ab, positionierte sein Prachtstück und drang in sie ein. Emma stöhnte und schloss die Augen. Sie drehte den Kopf zur Seite, weil sie den Atem des Schauspielers nahe an ihrem Mund spürte. Fand sie den Sex auch geil, küssen wollte sie ihn nicht – so gut war ihr schauspielerisches Talent gewiss nicht.

Von den Stößen benommen, blinzelte sie durch die Wimpern und sah Tristan. Er stand am Rand der Bühne, hinter seiner Kamera, aber er fotografierte nicht oder nicht mehr. Die kräftigen Arme vor der Brust verschränkt, schaute er zu. Er schien angespannt, sein Mund war zu einem Strich zusammengepresst und eine Furche stand auf seiner Stirn. Er sah nicht weg, als sich ihre Blicke trafen, sondern verschränkte die Arme fester, holte tief Luft und hob das Kinn ein bisschen an.

»Hat Lancelot dich so gut genommen, Königin?«, hörte sie König Arthur fragen.

Tristans Blick festhaltend, schüttelte sie den Kopf. »Nein, das hat er nicht.«

»Dann soll er bestraft werden.«

Nach einem letzten kräftigen Stoß, der Emma noch einmal schreien ließ, zog er sich aus ihr zurück. Emma, die gemäß der Regieanweisung so sitzen bleiben musste, wandte sich von Tristan ab, um dem König nachzusehen. Dabei fiel ihr Blick auf das Publikum, das sich überraschend anständig verhielt. Emma hatte erwartet, dass einige der Paare schon miteinander beschäftigt waren, doch alle saßen still und verfolgten das Bühnengeschehen mit offenbarer Spannung.

Der König ging zu dem Schauspieler, der Lancelot mimte, löste ihn aus den Ketten, packte ihn beim Genick und trieb ihn vor sich her zu Emma hin. Durch den Hieb einer mitgenommenen Kette gegen seine Waden brachte er ihn dazu, auf die Knie zu gehen.

»Hat er dich mit den Lippen verwöhnt, wie du es magst?«, fragte er weiter.

Emma verneinte ein zweites Mal.

»Dann soll er das nachholen, während ich ihn bestrafe.«

Damit drückte er Lancelots Kopf nach unten und seinen Mund auf Emmas Spalte. Ein sinnliches Murren stieg aus ihrer Kehle auf, als der Schauspieler seine Lippen und Zunge einsetzte, sie leckte und an ihrem Kitzler saugte. Sie wollte die Hände in seine Haare schieben und ihn fester auf sich pressen, doch die waren noch immer an die Lehne gefesselt. Also dirigierte sie Lancelots Mund durch eine Bewegung ihres Beckens zu dem Punkt, an dem sie ihn wollte.

Sie war versucht, erneut zu Tristan zu schauen, doch sie verbot es sich, konzentrierte sich auf den Mann zwischen ihren Beinen und den, der dahinter stand. Atemlos und von Sekunde zu Sekunde erregter, sah sie zu, wie er die Hose des vor ihr Knieenden öffnete und von den Hüften zog. Mit der Kette teilte er einige Hiebe auf den nackten Hintern aus, kniete sich dann zwischen die Beine des Mannes und setzte seinen Schwanz abermals an. Lancelot ächzte gegen Emmas Spalte, als der König das erste Stück in ihn eindrang. Sein Murren wurde lauter, je weiter der Schwanz in seinen Hintern glitt, doch er hörte nicht auf zu lecken, tat das nur besser ... fester ... verzweifelter ... und von den Stößen gegen sie gedrängt. Emmas Unterleib bebte. Wieder und wieder zogen sich die Muskeln ihrer Schenkel und ihres Bauches zusammen und holten das süße Ziehen bis in ihre Mitte. Die Lust in ihr explodierte, und als sie ihren Orgasmus hinausschrie, gellten Pfiffe durch den Saal. Sie verklangen in ihrer Benommenheit. Sie lehnte den Kopf zur Seite und wartete, dass sich die heißen Wellen in ihr abkühlten.

Sie wollte jetzt eine Pause, doch das Stück hatte noch eine weitere Szene – noch einmal Sex natürlich. Mit dem Lancelot-Schauspieler diesmal, auf Befehl des Königs, der nun alles, was bislang heimlich geschehen war, sehen wollte. Lancelot würde sie nicht auf dem Thron vögeln, sondern auf den Bühnenbrettern, von hinten und mit auf dem Rücken gefesselten Händen. Wenn er es nicht richtig machte – was ihm natürlich vorgeworfen werden würde – würde ihm sein Gebieter vorführen, wie man eine Königin von hinten befriedigte.

Danach würde sie wahrscheinlich nicht mehr laufen können, befürchtete Emma, die ihren Witz wiederfand. Man müsste sie von der Bühne tragen, wenn der Vorhang gefallen war. Über ihren Gedanken schmunzelnd, sah sie auf, musterte das Publikum, das gespannt verfolgte, wie der König dem Lancelot die Hände band. Abermals traf ihr Blick den von Tristan. Er stand noch immer so starr da wie zuvor.

***

Als Tristan Emma im Restaurant gegenübersaß, in das er sie nach der Vorstellung eingeladen hatte, war er aufgetaut.

»Roosevelt«, sagte er. »Ich habe mich wirklich total in dir getäuscht.«

Emma konnte das nicht so recht als Kompliment auffassen. »Nicht, dass du das alles überschätzt«, brummelte sie. »Das ist nichts, was ich jeden Tag tue oder vorher gemacht habe ... oder ohne unsere Wette überhaupt in Betracht gezogen hätte.«

»Eben weil ich annehme, dass du solche ausgeflippten Dinge nicht ständig tust, bin ich ja ...« Er suchte nach dem passenden Ausdruck und hängte an das Wort, das er gefunden hatte, ein kleines Fragezeichen an. »Beeindruckt?«

Emma wechselte das Thema. »Hast du überhaupt Bilder gemacht? Wann immer ich zu dir geschaut habe, warst du tatenlos.«

Tristan grinste. »Hab ich. Allerdings nur in Momenten, in denen du nicht gerade ...« Abermals wusste er nicht weiter.

»In denen ich nicht gerade gevögelt wurde? Sag es doch, wie es ist. Warum bist du auf einmal so zurückhaltend?«

»In denen König Arthur nicht seine Lanze in dich gerammt hat.« Sein Grinsen wurde schmaler. »Sondern lediglich in den Augenblicken, als er dir im tollkühnen Vorhaben, dich so richtig durchzunehmen ... vor versammeltem Publikum ... die Klamotten vom Leib gerissen hat und auch, als er das Gesicht seines wenig getreuen Lancelot auf deine Möse gedrückt hat, damit der es dir vom Allerfeinsten mit der Zunge besorgt.«

Emma beugte sich über den Tisch zu ihm hin. »Und das hast du warum getan?«

»Weil du die verdammte Redakteurin bist«, presste er zwischen nun zusammengekniffenen Zähnen hervor. »Weil ich dich zu dieser Wette überredet habe und ich mir ziemlich sicher bin, dass du dezente Fotografien von dir wünschst – da sie ja nun einmal von zig tausend Männern angeschaut werden.«

Als die Bedienung an den Tisch trat, um die Getränke zu bringen und die Bestellung des Essens aufzunehmen, sahen Emma und Tristan in die Speisekarte und bestellten das Erstbeste, das ihnen gefiel. Er ein Steak, sie Pasta. Erst als sie die Speisekarten abgaben, bemerkte Emma, dass die Frau Tristan anstarrte, als sei er ein Alien. Sie biss sich auf die Lippen, um nichts zu sagen. Allmählich ging ihr das Verhalten der Leute auf den Wecker, doch ihr Ärger verpuffte mit dem Klingeln ihres Mobiltelefons. Muriel rief an, um sie wissen zu lassen, dass das Sextett der Glückseligkeit am kommenden Tag zur Weinprobe aufs Weingut fahren würde. Auf die Schnelle erfand Emma einen Termin bei der Kosmetik und verkniff sich das Dankeschön dafür, dass man an sie gedacht hatte.

Tristan hatte zugehört. »Hast du morgen was Besonderes vor?«

Emma war erstaunt. »Nein. Wieso?«

»Wegen deines Kosmetiktermins?«

»Ach so, nein ... das ist einfach nur so ein Termin.« Sie sah ihn an. Er zog eine Braue hoch. Das ließ sie sich bei der Lüge ertappt fühlen und korrigieren. »Eigentlich habe ich gar keinen Termin, sondern bloß keinen Nerv auf diese Weinprobe.«

»Ich finde Weinproben ganz lustig.«

Nach einem Seufzen erzählte Emma Tristan, was sie zur Ausrede bewegt hatte. Dass sie keinen drei Pärchen hinterhereiern wollte, konnte er nachvollziehen.

»Allerdings, nach ein paar Proben Wein«, überlegte er daraufhin, »würde ich wahrscheinlich keinen Gedanken mehr daran verschwenden.«

»Dann fahr du doch an meiner Stelle mit«, neckte sie ihn und lehnte sich im Stuhl zurück, weil das Essen gebracht wurde.

Tristan wartete, bis die Bedienung wieder weg war. »Nimm mich doch einfach mit. Schon bist du nicht das siebte Rad am Wagen, und ich komme in den Genuss von leckerem Wein.«

Einerseits mochte Emma die Idee, und andererseits hielt sie sie für völlig ausgeschlossen. »Auf keinen Fall. Leander ist auch dabei. Wer weiß, was der sich denkt.«

Tristan nahm sein Besteck und schnitt das Fleisch. »Er wird sich freuen, wie gut wir uns verstehen und es kaum abwarten können, unsere gemeinsame Arbeit in gedruckter Ausführung in den Händen zu halten.«

Emma zögerte, und der Sarkasmus in Tristans Stimme verriet, dass auch er anders dachte – doch scheinbar hatte er Lust auf den Ausflug zum Weingut ... mit ihr ... warum auch immer. Und warum auch immer ... Emma hatte Lust, von ihm begleitet zu werden, also rief sie Muriel zurück und ließ sie wissen, dass sie mitkommen und jemanden mitbringen würde. Wen, das verriet sie nicht.

***

Brandon Boyd sang die halbe Nacht. Emma hoffte darauf, dass seine Stimme sie in den Schlaf lullen würde, doch sie fand keine Ruhe. Die schlaflosen Nächte der Vergangenheit hatte sie Tom zu verdanken gehabt, doch der war diesmal nicht der Verursacher. Nach wie vor war sie sauer auf ihn, aber nicht in dem Maße, dass ihre Gedanken in einer Endlosschleife um ihn und sein Verhalten rotierten. Emma dachte an Tristan Kennedy.

»Baby, kann ich der Hase in deinem Hut sein?«, sang Brandon Boyd um kurz vor zwei Uhr im Song *Promises* und Emma skippte zum nächsten Titel. *Drive* war eher eine Aufforderung: »Würdest du Wasser den Vorzug vor Wein geben? Halt das Steuer fest und fahre!«

Das hielt sie doch, das Steuer – und sie fuhr doch auch. Wohin nur, das wusste sie gerade nicht so genau. Sie folgte der Straße.

Emma hatte Tristan inzwischen so oft angesehen, mal offen, mal heimlich, dass sie seine Tattoos auch jetzt klar vor Augen hatte und genau wusste, an welchen Stellen die Piercings saßen. Vier auf der Wange mit den zwei Narben, sechs auf der anderen mit den drei und zwei über dem Nasenbein.

Sie hatte ihn hässlich genannt, und schämte sich jetzt dafür. Wie für jeden Blick, mit dem sie ihn angestarrt hatte, wie es alle anderen taten. Er war nicht entstellt, sondern einfach so sehr er selbst, wie nicht viele andere Männer. Er konnte zynisch sein und sarkastisch – das war er, wenn er der Wahrheit oder seinen Gedanken ein buntes Gewand verlieh. Er war ein Realist und ließ doch in manchen Momenten durchblitzen, dass er auch träumte. Wovon träumte Tristan Kennedy? Welche Ideen kreisten in seinem Kopf, hinter diesen Augen? Noch vor einer Woche hatte Emma ihn nicht mal im Traum gern angesehen – im Gegenteil, sogar da hatte sie sich gegruselt. Aber jetzt mochte sie den Blick auf ihn. Waren seine Augen auch noch so düster. Wie bei den beiden Malen, als sie gekommen war, ohne Sex zu haben, und auch heute im Theater, als er ihre Reaktionen beobachtet hatte. In anderen Momenten war das Braun von Tristans Augen heller, warm und klar, und gelegentlich flackerte Witz darin auf. Wenn er sie mit einer Bemerkung aufzog und sein Mund an Strenge verlor. Sein Mund, in dessen Winkeln sich manchmal Strähnen seiner blonden Haare verfingen, die er wegpustete oder hinter die Ohren strich.

Als harten, herzlosen Typen hatte sie ihn kennengelernt, aber das war er nicht. Auf seinen weichen Kern war sie aufmerksam geworden, als er ihr gesagt hatte, dass es im Streit mit seiner Frau um seinen Sohn gegangen war. Die Emotionen, die in diesen wenigen Worten gelegen hatten, ließen sie noch jetzt schaudern. Seither hatte er nicht mehr darüber gesprochen, auch nicht über seine Frau. Emma fragte sich, ob die beiden sich lediglich auseinandergelebt hatten oder ob mehr geschehen war, ob einer den anderen vielleicht betrogen hatte ...

Sie warf die Bettdecke zurück und stand auf. Es musste Schluss sein mit dem Grübeln über Tristan Kennedy! Um die Müdigkeit zu locken, holte sie sich ihr Notebook ins Bett. Sie brummte, als sie die Mail von *TiWrites* entdeckte. Aus ihren Vorgaben – und wahrscheinlich denen einiger anderer – hatte Tom eine neue Erotikstory gezaubert und online gestellt. Emma erinnerte sich an ihre Stichworte. »Flussufer«, »Mittagspause« und »Sommer«, die sie ihm vor dem unseligen Date, das mit allen Erkenntnissen das Ende von gleich zwei außergewöhnlichen Beziehungen bedeutet hatte, gesendet hatte. Tom sah das offenbar anders.

Seine neue Story hatte er *Eleonor Street 68* genannt. Emma las die ersten Sätze. *TiWrites* beschrieb eine stille Straße, in der sich eine Villa an die nächste reihte. Er malte das Flirren der mittäglichen Sommerhitze so gut aus, das Emma es vor Augen hatte. Sie hörte das Flöten eines Kardinals und sah sein rotes Federkleid im Grün eines Busches blitzen, bevor er davonflatterte. Sie entdeckte die Holzbank gegenüber Hausnummer 68 und linste die steil abfallende Böschung hinunter. Zweige rankten über einen Pfad, der zum Ende hin steinig wurde und in einen Steinstrand des Chicago River mündete. Die Frau der Story zog die Pumps aus, mühte sich hinunter und setze sich auf einen Steinbrocken in den Schatten eines Baumes. Hier tat *TiWrites* etwas völlig Neues: Er beschrieb das Haar der Frau als leuchtend rot und im Sonnenlicht schimmernd. Er ging auf ihre Kleidung ein, auf ihren Bleistiftrock und die Bluse, mit der sie so gar nicht an diesen Ort passte.

Emma hielt inne. Zum ersten Mal beschrieb *TiWrites* eine Person seiner Geschichten. Und er beschrieb *sie*!

Sie las weiter, wartete zusammen mit der Frau auf den Mann der Story, der zu spät kam. Doch nur dass er kam, spielte eine Rolle. Zweige knackten unter seinen Füßen, als er die

Böschung hinunterstolperte, Steine kullerten an den Strand, und dann stand er da, fing ihren Blick in seinem ein und war bei ihr. Er küsste sie, zog sie an sich und packte ihren Po, dirigierte sie rückwärts zwischen zwei Bäume, deren Zweige auf den Boden hingen und zerrte ihr die Kleidung vom Leib, zog auch sich selbst aus und liebte sie nach allen Regeln der Kunst ... auf ihren Kleidungsstücken am Steinstrand hinter der Eleonor Street 68.

ZEHN

Sommersonnenwende. Azurblauer Himmel, eine laue Brise vom See und wohlige Wärme schon am frühen Morgen. Im Frühjahr hatte es kaum einen Tropfen Regen gegeben, und der längste Tag des Jahres kündigte einen Sommer an, in dem sich das nicht ändern würde. Das Wetter bot die perfekte Voraussetzung für einen Motorradausflug zum Weingut. Auf den Inhalt von Emmas Kleiderschrank traf das nicht zu. Nur wenige Teile waren zum Tragen auf einer *Krätsch-Rakete* geeignet, und auf den Fakt, dass sie all ihre Röcke vergessen konnte, hätte Tristan sie nicht hinweisen brauchen – das lag auf der Hand, wenn sie nicht im Damensitz bei ihm mitfahren wollte.

Emma zog eine Jeans heraus, betrachtete sie und schmiss sie hinter sich. Sie wusste, dass das Ding nicht mehr gut passte und sie darin wie eine Presswurst aussehen würde. Zwei weitere Hosen folgten in hohem Bogen. Endlich fand Emma eine schwarze Hose, die bis knapp über die Knöchel reichte. Dazu wählte sie ein dunkelblaues T-Shirt und schlüpfte in eines ihrer zwei Paar Schuhe ohne Absätze. Eine Jacke sollte sie anziehen, hatte Tristan geraten, weil der Fahrtwind nach einer Weile unangenehm kühl werden würde. Also legte sie ihre Lederjacke zurecht. Fertig war sie. Pünktlich. Gepäck benötigte sie keines, denn sie würde abends mit Tristan zurück nach Chicago fahren, während die anderen auf dem Gut übernachteten. Er hatte irgendeinen Termin, und da sie mit ihm kam, würde sie auch mit ihm wieder fahren. Das war eine Frage des Anstandes – kein anderer Grund. Gewiss nicht, sagte sich Emma, während sie ohne echte Beschäftigung durch ihre

Wohnung tigerte, Sachen wegräumte, den Geschirrspüler leerte und sich im Vorbeigehen immer wieder im Spiegel betrachtete. Merkwürdig nervös war sie, und schob das auf die bevorstehende Motorradfahrt. Riesig war diese Maschine. Noch nie war sie auf einem Motorrad gefahren, nicht einmal auf einer Harley, die bedeutend bequemer und leichter zu halten schien.

Emmas Herz machte einen Satz, als es klingelte. Sie legte ihre Hand auf die Brust, wie um sich zu beruhigen, atmete durch und ließ Tristan über die Freisprechanlage wissen, dass sie gleich bei ihm sein würde. Noch nervöser schnappte sie sich ihre Jacke und einen kleinen Rucksack, in den sie die Utensilien ihrer Handtasche gepackt hatte. Mit einem weiteren tiefen Atemzug zog sie ihre Haustür zu.

Tristan lehnte gegen sein Motorrad, den Helm in der Hand. Das blonde Haar hatte er, wie immer wenn er so unterwegs war, im Nacken zum Zopf gebunden. Er musterte Emmas in der Hose steckende Beine, grinste und sah, seinen Tätowierungen, Narben und Piercings zum Trotz, freundlich aus.

Pff! Freundlich!, ächzte Emma im Stillen, während sie den Pfad durch den Vorgarten entlanglief. Das klang nach dem netten Onkel von nebenan. Tristan sah also keineswegs freundlich aus, sondern scheißverdammt attraktiv. Wie ein Typ aus einem TV-Spot, der für *Eau de danger* warb: Leder, Diesel, flirrender Sonnenschein, eine fette Maschine, die Straße als Kulisse und der verwegene Blick – eine Kombi, die Tausende Frauen dazu bewegen könnte, Schilder zu basteln, auf denen »Ich will ein Kind von dir!« stand.

Emma hätte sich gern geohrfeigt, um die absurden Gedanken loszuwerden, und da das nicht möglich war, blinzelte sie nur.

»Guten Morgen, Roosevelt«, sagte Tristan zur Begrüßung und reichte ihr einen zweiten, mitgebrachten Helm.

»Hey, Kennedy! Gut geschlafen?«, entgegnete sie und fummelte den Verschluss des Helmes auf.

Einen Helm hatte sie auch noch nie getragen und bedauerte es ein wenig, nun damit beginnen zu müssen, denn ihre Frisur wäre damit ruiniert. Sie hätte sich einen Zopf wie Tristan machen sollen. In Chicago und ganz Illinois bestand keine Helmpflicht, allerdings fuhr Tristan scheinbar nie ohne. Emma vermutete, dass das mit seinem Autounfall zu tun hatte.

Er schien ihre Gedanken zu lesen. »Stell dir vor, ich fahre ohne Helm«, erklärte er mit einem Zwinkern, »überhole jemanden und schenke dem Menschen am Lenkrad nur einen kurzen Blick. Möglich, dass er vor Schreck gegen einen Baum fährt.«

Emma musste lachen.

»Du wirst sicher keinen zu Tode erschrecken, wenn du auf den Helm verzichtest, aber ich schlage vor, du trägst ihn trotzdem, sicherheitshalber.«

Ade Frisur, sagte Emma zu sich selbst, zog den Helm auf und musste noch mehr lachen, denn ihre Wangen wurden gepresst, sodass sich ihre Lippen ein bisschen vorschoben. »Ich fühl mich wie ein Fisch«, kicherte sie und bewegte den Kopf zum Test. »In einem runden Aquarium.«

Tristan überprüfte den Sitz des Helms, schloss den Gurt und klopfte dann dagegen. »Sitzt, wackelt und hat Luft.« Er setzte seinen eigenen Helm auf und schwang ein Bein über die Maschine. »Aufsitzen, Roosevelt, und gut festhalten!«

Als Emma saß, schlang sie die Arme um Tristans Taille und rutschte nahe an ihn, so nahe, dass sich ihre Vorderseite an seinen Rücken schmiegte. Ihr wurde bewusst, dass es das erste Mal war, dass sie ihn berührte – die Handschläge zur Begrüßung und zur Besiegelung der Wette ausgenommen. Er startete den Motor, checkte die freie Bahn im Rückspiegel und fuhr an. Emma verkniff sich einen Schrei, weil sie glaubte, vom Sitz zu rutschen. Um die Peinlichkeit zu verhindern, festigte sie den Griff um Tristans Taille.

Nach kurzer Zeit verließen sie Chicago und fuhren auf dem Interstate Freeway Richtung Westen. Die Fox Valley Winery, die Emmas Freundinnen ausgesucht hatte, lag im nur eine Stunde entfernten Oswego, und da der Freeway frei war, ging Emma davon aus, dass sie wie vereinbart zur Mittagszeit da sein würden.

Tristan war ein vorsichtiger Fahrer, der sich ans Tempolimit hielt, und so verlor sie ihre Scheu und genoss die Fahrt. In manchen Momenten hätte sie ihm ihre Freude gern mitgeteilt und empfand es als seltsam, ihre Gedanken für sich behalten zu müssen, obwohl ihr Mund doch ständig plappern wollte. Über seine Schulter spähend, hatte sie mit jeder Meile mehr Spaß an dieser ungewöhnlichen Fahrperspektive und hätte noch eine ganze Weile länger über den Freeway düsen können, doch mit der Abfahrt begannen die letzten Meilen. Sie passierten Kleinstädte, Highway-Kirchen, Seen und Farmen.

Wenige Meilen hinter einer Siedlung, die so klein war, dass man sie verpasst hätte, hätte man geblinzelt, schlingerte das Motorrad plötzlich. Tristan fluchte, bremste die Maschine langsam und hielt am Straßenrand. Er bat Emma abzusteigen, was sie hastig und einigermaßen erschrocken tat.

»Was ist denn los?«, fragte sie und beobachtete, wie sich Tristan vor das Vorderrad kniete. Er fluchte noch einmal und zog den Helm vom Kopf, antwortete aber nicht.

Emma fummelte den Verschluss unter ihrem Kinn auf und setzte ihren Helm ebenfalls ab. Beim zweiten Blick sah sie, was ihn so grimmig stimmte: Sein Vorderrad hatte deutlich weniger Luft als das hintere.

»Ist das etwa ein Platter?«

»Nein«, grollte er ohne aufzusehen. »Das ist ein Special Effekt, weißt du, und als nächstes ändert das Bike die Farbe!« Nur kurz hob er den Blick und mit ihm eine Augenbraue. »Es sieht doch ganz eindeutig nach einem Platten aus oder nicht?«

Das Einzige, was hier die Farbe ändert, ist mein Kopf, dachte Emma.

Von seiner miesen Laune angesteckt, schluckte sie die Antwort, um eine Wortschlacht zu verhindern, hinunter. In die würden sie und er nämlich unweigerlich geraten, wenn sie rausplauzte, was ihr zu seinem dämlichen Kommentar einfiel.

Er zog einen Nagel aus dem Rad. »Ganz toll. Der Reifen ist auch im Arsch!«

Emma blieb still. Sie setzte den Rucksack ab und kramte das Handy heraus. Es hatte keinen Empfang, also hielt sie das Gerät hoch und ging ein paar Schritte. Ein Balken erschien.

»Es ist kurz vor zwölf«, ließ sie Tristan wissen. »Ich versuche mal, Muriel anzurufen. Hast du einen Schlauch zum Wechseln dabei? Wie lange dauert das in etwa?«

»Du machst Witze, oder?«, hörte sie von Tristan und spürte prompt wieder Röte in ihr Gesicht schießen.

Sie fuhr herum. »Sehe ich aus, als würde ich scherzen?«

»Sieht das hier ...«, er wies auf sein Motorrad, »... aus wie ein verdammtes Fahrrad? Hier wird kein Schlauch gewechselt. Es gibt bestimmte Flaschen, mit deren Inhalt man den Reifen füllt, damit man gemächlich zur nächsten Werkstatt tuckern kann. Es ist wie beim Auto.«

Emma platzte der Kragen. »Ich habe keine Ahnung, wie es beim Auto ist, denn ich hatte mit noch keinem Auto einen Platten. Abgesehen davon ist es mir schnurz!«

Tristan warf den Nagel weg und stand auf. Er stemmte die Hände in die Seiten. Sein Ton nahm einen beißenden Klang an. »Ach ja? Und wenn du mal einen Platten hast, was machst du dann?«

Emma hatte nie darüber nachgedacht und würde das auch jetzt nicht tun. »Dann steige ich aus und wirke verzweifelt«, frotzelte sie. »Es wird ein *freundlicher* Mensch anhalten ...« Die Betonung ruhte auf dem Adjektiv. »... und erledigen, was auch immer zu erledigen ist.«

»Na, dann hoffe ich mal für dich, dass, wenn es soweit ist, ein *freundlicher* Mensch vorbeikommt. Die sind nämlich selten heutzutage.«

»Da hast du ja so recht!«

Ein paar Sekunden lang starrten sie sich an, dann erinnerte sich Emma an den Anruf.

»Jetzt sag mir bitte, wie lange wir hier festhängen.«

Tristan sah sich um. »Lass uns das Bike mal vom Highway wegbringen. Da vorn geht ein Weg rein. Dann sehe ich, wie weit ich mit dem Rad komme. In vielleicht zwei Stunden könnte ich dich am Weingut absetzen, sind nur noch zehn Meilen, und dann fahre ich weiter zu einer Werkstatt.«

Der Gedanke, doch allein aufzuschlagen – so verschwitzt, wie sie nach den wenigen Minuten in der prallen Sonne bereits war, und mit durch den Helm demolierter Frisur – ruinierte Emmas Laune endgültig. Während Tristan seine Maschine zu schieben begann, wählte sie Muriel an und ging ihm nach.

Muriel meldete sich und erkundigte sich gleich, wo sie blieben. Noch immer hatte sie keine Ahnung, wer Emma begleitete, und als sie jetzt von der Panne hörte, ging sie von einem Auto aus. Emma beließ es dabei. Sie sagte Muriel, dass sie zehn Meilen von der Fox Valley Winery entfernt waren und, sobald sie das Gefährt abseits des Highways wieder fahrtüchtig gemacht hatten, zu einer Werkstatt und anschließend zurück nach Chicago fahren würden. Um Muriel den Groll nicht spüren zu lassen, beendete sie das Gespräch unter dem Vorwand des schlechten Empfangs.

Tristan schob das Motorrad in den Feldweg. Neben ihm hergehend, zog Emma die Lederjacke aus und hatte nicht schlecht Lust, sie ins nächste Gebüsch zu klatschen, zusammen mit dem blöden Helm. Nach wenigen Schritten über eine kleine Steigung standen sie vor einem See, einem Tümpel eher, auf den sich ein paar erschreckte Enten retteten. Tristan kümmerte sich wieder um sein Motorrad.

»Ich kann dich immer noch zum Weingut bringen«, sagte er. »Ich verstehe nicht, wo das Problem ist.«

»Ich habe aber keine Lust mehr!« Emma entfuhr das gerade so giftig, wie sie sich fühlte. Sie legte Jacke, Helm und Rucksack ins Gras und ging zu einem alten Steg, der ein Stück ins von Algen grün gefärbte Wasser reichte.

»Warum nicht?«

Das fragte er allen Ernstes! »Deine Scheißlaune hat mir Scheißlaune beschert! Darum. Was kann ich dafür, dass der Nagel auf der Straße lag? Und deine bescheuerten Kommentare zum Platten hättest du dir auch sparen können.«

Tristan sah auf. »Seit wann bist du so empfindlich?«

»Ich bin nicht empfindlich!« Jetzt zeterte sie wirklich, und obwohl sie sich dessen bewusst war, konnte sie sich doch nicht stoppen, sondern redete sich in Rage. »Scheiß Macho-Gelaber war das! Damit kannst du mir mal den Buckel runterrutschen. Ich muss nicht wissen, wie ein scheißplatter Reifen zu wechseln ist, und ich lasse mich für diese Wissenslücke nicht beleidigen ...«

»Ich hab dich nicht beleidigt«, versuchte Tristan einzulenken, aber Emma ließ ihn nicht ausreden.

»Wir hätten in Chicago bleiben sollen. Du hättest dein Ding und ich mein Ding machen sollen. Was war das für eine bescheuerte Idee, zusammen auf dieses Weingut zu fahren. Gerade wir zwei! Als seien wir die besten Freunde!«

Tristan ließ die Flasche, mit der er den Reifen fahrtüchtig machen wollte, fallen und kam zu Emma. Obwohl er sehr grimmig dreinschaute, blieb Emma, wo sie war. Seine Schritte donnerten auf dem Holzsteg. Sie hob das Kinn ein Stück und verschränkte die Arme vor der Brust.

»Dann hättest du jetzt keinen Platten«, fuhr sie fort. »Und

ich müsste in dieser verdammten Hitze nicht zerfließen, sondern hätte meine Zeit sinnvoll nutzen können, statt an diesem beschissenen Ende der Welt zu hängen ...!«

»Dir ist heiß?«, fiel Tristan ihr ins Wort.

»JA! VERDAMMT!«

Er hob die Hände und gab ihr einen Schubs. »Kühl dich mal ab, Roosevelt!«, war das Letzte, was Emma hörte, bevor sie aufschrie und in den grünen Tümpel fiel.

Sie tauchte unter, tauchte wieder auf und prustete: »Kennedy! Du Mistkerl! Hast du noch alle Tassen im Schrank?! Ich habe keine Wechselsachen dabei!«

Er lachte nur. Lauthals sogar. Irritiert und fluchend schwamm sie zum Steg. Als er sich auf die Planken hockte und ihr die Hand reichte, um ihr aus dem Wasser zu helfen, schimpfte sie: »Nimm bloß die Flossen weg, sonst landest du ganz fix auch in dieser stinkenden Brühe! Ich komme schon allein heraus. Kann ich auch keinen verflixten Platten bei einem Auto beheben ... das hier schaffe ich ganz sicher!«

Tristan blieb hocken und sah zu, wie sich Emma am Steg hochzog, abstemmte und auf das Holz hievte. Weiter vor sich hin zeternd, stapfte sie auf die Wiese, kickte erst den einen, dann den anderen Schuh von den Füßen und begann, ihre triefenden Sachen auszuziehen. Unter dem Oberteil und der Hose trug sie schlichte schwarze Unterwäsche – die würde sie anbehalten, während ihre andere Kleidung in der Sonne ausgebreitet trocknen würde.

Tristan befasste sich erneut mit dem Motorrad. Emma wrang ihre Haare aus, schnüffelte an ihrer Haut, verzog angeekelt das Gesicht und setzte sich grummelnd mit dem Blick auf den See. Tristan ignorierte sie beflissentlich. Nach einer Weile ließ sie ein Geräusch aufhorchen. Sie wandte den Kopf und erkannte Leanders Wagen, der den Weg entlangholperte. Mit einem genervten Laut sah sie wieder über das Wasser. Das hatte ihr gerade noch gefehlt.

Der Motor des Autos wurde abgestellt. Türen öffneten und schlossen sich. Schritte ertönten. Leander war nicht allein, und wenig später hörte Emma Muriels Stimme. »Hey Tristan ...«

Sie sagte das, als sei es überhaupt nicht verwunderlich, dass er Emmas Begleitung war, als habe sie es gewusst. Auf Leander traf das nicht zu. Er klang erstaunt, also hielt Emma es für angebracht, aufzustehen und die beiden zu begrüßen – blöd nur, dass sie lediglich Unterwäsche trug. Diese Tatsache irritierte Leander noch mehr, während Muriel vor sich hin schmunzelte.

»Es war so heiß ... also bin ich ... eine Runde geschwommen«, erklärte Emma, schüttelte Leander die Hand und gab Muriel ein Küsschen links und rechts auf die Wangen. Mit dem Blick auf Tristan fügte sie an: »Das hier dauert ja auch noch eine ganze Weile.«

Leander kratzte sich am Ohr und versuchte offenbar noch immer, sich einen Reim auf die Situation zu machen. »Naja, eigentlich sind wir gekommen, um euch abzuholen und zum Weingut mitzunehmen.« Kurz musterte er Emma, dann ihre zum Trocknen ausgebreiteten Sachen, dann Tristan, der am Motorrad beschäftigt war. »Aber wenn ich das so sehe ...«

»Ich muss in eine Werkstatt«, sagte Tristan endlich. »Und Emmas Sachen sind beim Schwimmen versehentlich nass geworden ...«

»Ähm, ja«, lautete Leanders Kommentar, der Muriel endlich prusten ließ.

»Schade!«, kicherte sie. »Wäre bestimmt lustig geworden bei der Weinprobe.« Sie sah von Emma zu Tristan. »Können wir euch irgendwie anders helfen?«

»Danke, es wird schon gehen«, antworte Tristan, und auch Emma schüttelte den Kopf.

Muriel wandte sich an Leander. »Okay, Schatz, dann lass uns zurückfahren, damit die anderen nicht so ewig warten müssen.

Tristan und Emma schaffen das schon.« Sie ging zum Wagen.

Leander nickte, verabschiedete sich mit einem knappen, an beide gerichteten Gruß und folgte Muriel. Auf halben Weg wandte er sich um. »Ähm, Emma ...?«

Sie wusste genau, was folgen würde und verbot es sich, die Arme abermals trotzig vor der Brust zu verschränken. Mit locker in die Hüften gestützten Händen stand sie aufrecht, als trüge sie ein souveränes Redaktionsoutfit. »Ja?«

»Komm am Montag so gegen zehn mal in mein Büro!«

Sich auf die Lippe beißend nickte sie und beobachtete, wie Leander und Muriel einstiegen und davonfuhren. Erst dann lockerte sie ihre Haltung, plumpste ins Gras.

»Sorry, Roosevelt«, hörte sie Tristan sagen.

»Ach, halt die Klappe, Kennedy!«, grummelte sie und zupfte ein paar Grashalme ab. Ein ganz toller Montag würde das werden.

***

Nach einer Stunde waren Emmas Haare und die Unterwäsche getrocknet. Auch das im Gras ausgelegte Shirt konnte sie wieder anziehen. Die Hose brauchte noch ein bisschen. Tristan hatte das Motorrad fahrtüchtig gemacht. Er setzte sich an ihre Seite.

»Musst du heute Abend fotografieren?«, fragte Emma, als sie das Schweigen nicht länger ertrug.

Tristan antwortete nicht.

»Na gut.« Emma resignierte. »Dann schweigen wir eben weiter vor uns hin. Ist mir gleich. Zum Glück sind es noch ein paar Tage bis zu unserem nächsten Termin. Es bleibt fast eine ganze Woche, in der wir unsere Gemüter runterfahren können.« Der nächste und vorletzte Termin fand am kommenden Freitag im Swingerclub Sin City statt.

Tristan legte sich ins Gras. »Ich treffe mich mit meiner Frau.«

Emma versteifte sich innerlich und verkniff sich die leicht falsch zu interpretierenden *Ahas* und *Ahjas.* Er hatte nicht gleich geantwortet, weil er nicht vorgehabt hatte, ihr davon zu erzählen. Dass er nicht log, rechnet sie ihm an.

»Ab und zu sehen wir uns und reden«, sagte er weiter.

Natürlich seht ihr euch ab und zu!, antwortete sie in Gedanken. Ihr habt schließlich ein Kind zusammen. Da kam man nicht drum herum, sich ab und zu zu sehen. Was Emma verunsicherte, war nicht die Tatsache, dass er seine Frau traf, sondern der Klang seiner Worte. Es war, als verschwiege er ihr etwas.

Traf er sich mit ihr, weil sie es noch einmal miteinander versuchen wollten? Dem Kind zuliebe? Oder weil sie einander vermissten? Nicht ohne einander konnten? Sie wären nicht die ersten, die das irgendwann feststellten. Paare trennten sich, gestresst vom Leben mit Kindern, das anders war, als sie es sich vorgestellt hatten, und fanden zueinander zurück. Ständig, Tag für Tag. Die Möglichkeit, dass sich Tristan mit seiner Frau versöhnte, verursachte dennoch ein Ziepen in Emmas Brustgegend.

»Sie hat Phasen, in denen sie ...« Tristan zögerte. »... nicht so gut klarkommt.«

Also war die Trennung sein Wunsch gewesen. Kam sie nicht klar mit der Erziehung des Kindes? Warum übernahm er das dann nicht? Aus Zeitmangel? Weil es nicht in ihrem Sinne war? Zweifelte Tristan an der Richtigkeit der Trennung? Zögerte er etwa ... aus einem bestimmten Grund? War es möglich, dass sie, Emma, dieser Grund war? Der wollte sie nicht sein. Und sie wollte es nicht, dieses Ziepen! Wollte nichts weiter hören zu dieser ganzen Sache, nicht neugierig nachfragen oder sich ein Urteil bilden, das ihr nicht zustand.

Sie schlug einen neutralen Ton an. »Sicher unterstützt du sie, wo du kannst, hilfst ihr bei der Erziehung eures Sohnes. Er ist ein süßes Kind! Und ohne Zweifel tut es ihm gut, wenn ihr euch um ein harmonisches Miteinander bemüht.«

Tristan stand auf und ging zum Motorrad. Emma klappte den Mund zu, blickte ihm verwundert nach, erhob sich ebenfalls und sah nach der Hose. Die war trocken, also zog sie sie an. Sie hob ihre Jacke, ihren Rucksack und Helm auf und bedeutete Tristan, dass sie bereit war, die Fahrt in die Werkstatt anzutreten.

Er nahm seinen Helm, setzte ihn aber nicht auf, sondern musterte sie. Lange. Ohne ein Wort. Dann sagte er: »Ich hätte dich echt auf den Mond schießen wollen, als du mir deine Handtasche um die Ohren geklatscht hast. Und ich hab dich verachtet, als du in den Fahrstuhl eingestiegen bist und versucht hast, mich nicht anzustarren.«

Eine Gänsehaut kroch über Emmas Rücken.

Warum sagte er das jetzt? Das Ziepen in ihrer Brust wurde stärker. Sie versuchte, es fortzuatmen, aber es blieb.

Tristan setzte den Helm auf und schwang die langen Beine über die Maschine. Sobald Emma hinter ihm saß, startete er den Motor und lenkte den Tag, der nicht einmal wirklich begonnen und keine der Versprechungen gehalten hatte, dem Ende entgegen.

ELF

Am Montagmorgen war Emma die Erste in der Redaktion. Sie hatte die halbe Nacht nicht geschlafen, nervös wegen des bevorstehenden Gespräches mit Leander. Eine Stunde eher hatte sie sich schließlich auf den Weg zur Arbeit gemacht. Tom traf wenige Minuten nach ihr ein und wollte ihre Zweisamkeit für ein Gespräch nutzen. Das war so ziemlich das Letzte, was Emma gebrauchen konnte.

»Wo warst du am Samstag?«, fragte er. »Ich war bei dir, zum Reden und so.«

Zum Reden ... und so!

Tom glaubte nicht ernsthaft, dass es noch ein *Und-so* geben würde! Auch nach der noch so gut geschriebenen letzten Story würde kein *Und-so* mehr stattfinden.

»Ich war unterwegs.«

»Ach ja?« Tom hockte sich auf Emmas Schreibtisch. »Wo denn?«

»Ich bin zu einem Weingut gefahren.« Dass sie dort nicht angekommen war, musste Tom nicht erfahren.

»Ein Weingut, hmm.« Tom dämpfte seine Stimme. Sein blauer Blick nahm den bekannten Schimmer an, dieses prinzipiell unwiderstehliche Funkeln, doch es verfehlte seine Wirkung. Noch vor Kurzem hätte dieser Blick ein Kribbeln ausgelöst, aber nun regte sich da gar nichts.

»Warum hast du nichts gesagt? Ich hätte dich begleitet. Wir hätten in den Weinbergen spazieren gehen können.« Ein feines, sonst effektvolles Lächeln umspielte seinen Mund. »Wir hätten unter freiem Himmel vögeln können, versteckt zwischen dem Wein. Oder im Weinkeller. Ich hätte dich über ein Weinfass gelegt und es dir von hinten besorgt.«

Spätestens jetzt hätte Emma innerlich schnurren sollen, doch sie wurde nur sauer und fragte sich, ob Tom noch richtig tickte.

»Danke für das Angebot«, entgegnete sie knapp und tat so, als läse sie eine E-Mail. »Aber ich hatte schon eine Begleitung.«

Tom konnte die Überraschung nicht verbergen. Er wollte locker klingen, aber das gelang ihm nicht. »Ach so, tja dann ...«

Weil Emma nicht reagierte und weiter auf ihren Bildschirm konzentriert war, hakte er nach. »Mit wem warst du unterwegs?«

Emma gab sich einen Ruck und wandte sich ihm zu. Sie beschloss, dass Tom die Wahrheit gut vertragen konnte. »Mit Kennedy. Wir wollten Leander, Muriel und andere Freunde von mir für eine Weinverkostung treffen.«

Der Schimmer in seinen Augen verblasste. Sein Mund zuckte, um eine Bemerkung zurückzuhalten, doch versagte. »Von wegen, ihr arbeitet nur zusammen! Da machst du mir die Hölle heiß, weil ich ab und zu mit einer anderen ins Bett gehe, und bist selbst nicht das Unschuldslamm, als das du dich darstellst.«

»Ich habe keinen Sex mit Kennedy ...« Emma wollte noch etwas anfügen, sah allerdings nicht ein, warum sie sich rechtfertigen sollte. »Und jetzt würde ich gern arbeiten!« Sie drehte sich wieder zum Bildschirm.

Tom ließ einen verächtlichen Laut hören und zog ab.

Dass er ihr diesen Vorwurf machte, empörte sie. Vielleicht war er endlich wach geworden, doch nach dem Date im Pub war ihr das herzlich egal. Falls ihm tatsächlich etwas an ihr lag, dann wollte sie es spüren und bewiesen haben – dies gewiss nicht durch einen Besitzanspruch.

Der Fahrstuhlgong kündigte weitere Kollegen an. Emma vermutete, dass Leanders Sekretärin käme und war überrascht, als ihr Boss persönlich vorbeilief. »Guten Morgen«, brummte er, »gut, dass du schon da bist. Komm bitte gleich in mein Büro.«

Emma wartete, bis er in den Glaskasten gegangen war und begrüßte dann Muriel, die mit ihm gekommen war.

»Mach dir keine Sorgen«, sagte die Freundin. »Er will nur wissen, was zwischen dir und Kennedy läuft.«

»Nichts läuft«, antwortete Emma, genervt, sich abermals zu rechtfertigen und bei Leander gleich damit fortfahren zu müssen.

Muriel zwinkerte aufmunternd und setzte sich an ihren Platz. »Sag ihm das einfach und gut.«

Emma ging zum Glaskasten, wo Leander damit beschäftigt war, die Lamellen an seinem Fenster so einzustellen, dass ihn das Licht der Morgensonne nicht störte. Es klappte nicht so recht, und er verfluchte die Dinger. Emma trat an seine Seite und half ihm. Als alles nach seinen Vorstellungen war, bat er sie, Platz zu nehmen und setzte sich ebenfalls.

»Gibt es schon Texte zu den Locations, auf denen du und Kennedy zuletzt ward?«, wollte er wissen. »Ihr seid im Aquarium gewesen und am Freitag im Fucking Drama. Wann kann ich Material dazu sehen? Den Text zur dritten Location möchte ich bis spätestens morgen Abend vorliegen haben.«

Das Aquarium komplettierte das Trio der Locations, die in der nächsten, im Juli erscheinenden Ausgabe von *KINGz* vorgestellt werden würden. Die restlichen drei waren für den August geplant. Tristans Bilder hatte Emma noch nicht gesehen und auch ihren Text noch nicht ausformuliert. Das Material zum LiveAct und Euphoria hatte Leander bereits genehmigt, weshalb sie davon ausgegangen war, dass die Reihe in *KINGz* erscheinen würde. Jetzt verunsicherte sie seine Nachfrage und ließ sie überlegen, ob er die Veröffentlichung vom letzten Text abhängig machte. Gefiel ihm der nicht, würde er dann den gesamten Auftrag canceln und den Platz im Heft mit einem anderen Thema füllen? Hatte er es deshalb so eilig? Ende der Woche würde die Juni-Ausgabe im Handel erscheinen, und alle Redakteure hatten ihre Arbeiten für den Juli gerade begonnen. Noch war also Zeit, Emmas Beitrag durch einen anderen zu ersetzen. Super peinlich wäre das. Emma wäre in der Redaktion blamiert, eine Enttäuschung für Leander und für Tristan Kennedy …

Sie schüttelte den Gedanken ab. Das durfte nicht passieren. Es würde nicht passieren! Sie konnte schreiben. Nicht nur über Kochen und Backen! Ihre Texte würden veröffentlicht werden, zusammen mit Tristans Bildern! Amen!

»Der Text ist so gut wie fertig«, antwortete sie. »Ich sende ihn dir noch heute.« Da hatte sie sich ja etwas vorgenommen! »Zu den Bildern kann ich allerdings nichts sagen.«

Leander winkte ab. »Über die Bilder mache ich mir keine Sorgen. Kennedy ist top.«

Das bin ich auch!, wollte sie sagen, aber biss sich auf die Zunge. Das hatte Leander schriftlich in Form der ersten beiden Texte! Emma wünschte, er würde nicht so einen Tanz veranstalten, sondern auf den Punkt kommen. Wenn ihm missfiel, was er am Samstagmittag gesehen hatte, dann sollte er endlich damit herausrücken. Da das Thema der Texte abgeschlossen war, blieb Leander ohnehin nichts anderes übrig.

»Seid ihr gut nach Hause gekommen am Samstag?«, fragte er.

Emma bejahte das und lauerte, was als Nächstes kam.

»Ihr habt Glück gehabt. Ist eine gefährliche Sache, so ein Nagel im Reifen eines Bikes.«

»Jepp, Tristan hatte das Motorrad gut unter Kontrolle.«

Leander lehnte sich im Sessel zurück. »Also Emma, ich möchte kein Moralapostel sein, aber weißt du, dass Tristan verheiratet ist?«

Daher wehte also der Wind. Emma wusste nicht, was sie Leander sagen sollte. Freunde, die sich über Privates unterhielten, waren er und Tristan scheinbar nicht.

»Wir haben darüber gesprochen, ja. Er lebt von seiner Frau getrennt.« Sie fühlte sich unbehaglich, rutschte auf ihrem Stuhl herum. »Sie sehen sich nur noch … ab und zu …« Was erzählte sie da überhaupt?

Leander stützte das Kinn in eine Hand und zog eine Braue hoch, was bedeutete, dass er zwar ganz Ohr war, ihm aber nicht unbedingt gefiel, was er hörte.

Emma ermahnte sich, die Kurve zu bekommen. »Aber das spielt eigentlich keine Rolle, denn da ist nichts zwischen uns.«

»Am Samstag hatte ich einen anderen Eindruck. Du warst in Unterwäsche und deine Klamotten lagen …«

»Ich bin ins Wasser gefallen, Herrgott nochmal!« Dass sich Leander diesen Reim auf die Situation machte, war Emma schon am Samstag klar gewesen. Dass er es nun aussprach, irritierte sie so sehr, dass sie den Faden zu ihren Gedanken verlor. Während sie noch versuchte, ihn wieder zu greifen, plapperte sie weiter: »Wir machen den Job, mit dem du uns beauftragt hast und verstehen uns zum Glück besser als anfangs, als wir glaubten, nie miteinander klarzukommen. Das bedeutet allerdings nicht, dass wir in der Kiste landen. Ganz im Gegenteil, Tristan hat geschworen, mich nie anzufassen, wenn wir …« Emma klappte den Mund zu.

Leander zog auch die andere Braue hoch. »Wenn ihr was?«

Verdammt, verdammt und noch einmal verdammt! Hoch drei! Multipliziert mit fünfhundertzweiundvierzig!

»Auf den Terminen … also in diesen Umgebungen«, stotterte sie. »Kann ja anregend sein … und wir sind Mann und Frau … und wollen natürlich nicht … also aus den bekannten Gründen …«

Emma hatte nicht das Gefühl, es mit dem Gesagten irgendwie besser zu machen und schrumpfte wieder mal auf ihrem Stuhl, vor einem Leander, der hingegen wuchs. Er schien anzuschwellen und gleich zu platzen. Seine bis eben relaxte Sitzposition tauschte er gegen eine aufrechte. »Lass das Gefasel! Was passiert auf den Terminen?«

Wenn sie jetzt log und Leander die Wahrheit später herausfand, würde er sie feuern, machte sich Emma bewusst. Es war sein Magazin, und er hatte ein Recht zu wissen, wie seine Redakteure arbeiteten. Also überwand sie sich und erzählte Leander von der Wette, die sie und Tristan nach ihrem ersten Termin im LiveAct eingegangen waren, aus Trotz und geleitet von Vorurteilen, die sich längst aufgelöst hatten. Sie rechnete damit, dass ihr Chef ausrastete, ihr verbot, das weiter durchzuziehen, und natürlich hatte sie Angst, dass er ihr den Auftrag entzog. Seine reglose Miene und die starre Haltung verhießen nichts Gutes, und als Emma schließlich schwieg, war ihr schwindelig vor Aufregung.

Leander starrte sie an, sagte kein Wort. Und dann lachte er los. Schallend. Er bekam sich gar nicht mehr ein. Nie zuvor hatte sie ihn so erheitert gesehen. Der Schwindel ließ nach, und ihre Mundwinkel zuckten, aber lachen konnte sie nicht.

»Das nenne ich doch mal einen Einsatz«, prustete Leander nach einer gefühlten Ewigkeit des Lachens. »Wann ist euer nächster Termin?«

Emma wollte ihm antworten, doch ihre Stimme versagte. Sie musste sich räuspern, um sprechen zu können. »Am Freitag. Im Sin City.«

Noch immer lachend stand Leander auf. Emma tat das ebenfalls. Er ging zur Tür, öffnete sie und bat sie mit einer Geste aus seinem Büro: »Na dann, viel Vergnügen. Und danke, Emma, du hast meinen Montag versüßt!«

Auf dem Weg zu ihrem Schreibtisch hatte die Farbe ihrer Gesichtshaut in etwa die ihrer Haare angenommen. Vollkommen durcheinander setzte sie sich und lud sich die Notizen zum Aquarium auf den Bildschirm. Sie hörte Muriel etwas fragen, doch schüttelte den Kopf, unwirsch und unfähig, mit jemandem zu sprechen.

***

Emma hatte das Sin City ausgewählt, weil die Bilder der Webseite ihre Fantasie auf Hochtouren gebracht und sie neugierig gemacht hatten. Sie war nie in einem Swingerclub gewesen, vor allem auch, weil alle Clubs, auf die sie bis dahin aufmerksam geworden war, ein Wohnzimmer-Flair besaßen, das sie abtörnte. Da war es, als hätten John und Sally ihr Haus für ähnlich gesinnte Gäste und einen Gangbang auf der Eckcouch vorm Kamin, dessen Sims mit Fotos der Familie dekoriert war, geöffnet. Das war, für Emmas Geschmack, eine zu private Atmosphäre. Bei der Idee eines Swingerclubs gefielen ihr vor allem das Distanzierte, das Anonyme, in einer eleganten, aber kühlen Atmosphäre.

Das Sin City erinnerte an einen Music-Club, mit dem Unterschied, dass dort nicht getanzt wurde. Es war dunkel, durch verschiedene Lichttechniken stimmungsvoll inszeniert, mit Designer-Mobiliar ausgestattet und durchdacht dekoriert. Zwar gab es eine Lounge mit Bar und Tanzfläche, doch die wurde mit großer Wahrscheinlichkeit lediglich für das *Meet and Greet* genutzt. Auf drei Etagen verteilt lagen Spielwiesen, Bondage-Zimmer und SM-Räume, eine Sauna- und Poollandschaft, über die der Outdoor-Bereich zu erreichen war.

Für den Termin mit *KINGz* hatte der Besitzer seine Stammgäste angemailt. Wer damit einverstanden war, dass für die Veröffentlichung im Magazin fotografiert wurde, durfte sich zur geschlossenen Veranstaltung eingeladen fühlen. Weniger Gäste als erwartet hatten Hemmungen, und mit einer Mischung aus Interesse und Nervosität beobachtete Emma die eintreffenden Männer und Frauen. Letztere kamen stets in Begleitung eines Partners, wohingegen viele Männer einzeln eintrafen. Die zahlkräftigen Single-Herren waren es, die zum

Erreichen des Männerüberschusses schon auf den Webseiten beinahe aller Swingerclubs herzlich willkommen geheißen wurden. Emma war froh festzustellen, dass ihr Einzelauftritt nicht in jedem Fall auf ein unattraktives Äußeres zurückzuführen war.

Nach dem Interview mit dem Eigentümer saß sie an der Bar und trank einen Campari O, von dem sie hoffte, dass er ihre Aufregung killte. Sie war schon umgezogen, trug ein schwarzes, ärmelloses Kleid, dessen leichter, seidiger Stoff ihre Kurven umspielte. Das Dekolleté war großzügig, der Rückenausschnitt tief und von Schnüren zusammengehalten. Es war kurz, reichte ihr bis knapp über den Po. Nicht mehr als einen String trug sie darunter. Dass sie auf einen BH verzichtet hatte, bereute sie schon ein wenig, denn ihre Nippel, die vom leichten Stoff gestreichelt wurden, verrieten ihre Stimmung. Tristan, der im Haus unterwegs war, um die verschiedenen Räume ohne Gäste zu fotografieren, hatte sich zwar Mühe gegeben, nicht hinzusehen, war allerdings machtlos gewesen. Immer wieder war sein Blick zu ihren Brüsten gewandert, und sein Mund hatte gezuckt, als wolle er etwas sagen. Ohne ein Wort hatte er sich schließlich an die Arbeit gemacht.

Sowieso hatten sie seit dem vergangenen Samstag kaum gesprochen, sich am Vortag nur knapp für den Termin abgestimmt. Eine unangenehm stille Woche war es gewesen. Emma vermutete, dass Tristan ihr entweder böse war, weil sie nach der Panne so zickig gewesen war, fand das aber ungerecht, da er sich auch nicht besser verhalten hatte. Denkbar war ebenso gut, dass er sich mit seiner Ex versöhnt und sich, um den Frieden zu wahren, ihr gegenüber distanzierte. Was er ihr zuletzt, vor dem Aufbruch vom Tümpel, gesagt hatte, hatte Emma gerührt. Für einen Moment war da ein Flattern in ihrem Bauch gewesen.

Sie stand zu dem, was sie Leander gesagt hatte: Sie würde keine Beziehung zerstören. Allerdings glaubte sie nicht daran, dass es Dritte waren, die Beziehungen zerstörten und noch viel weniger glaubte sie, dass man sein Glück in einer gekitteten Beziehung fand, in einer Beziehung, in der es keine echte Liebe mehr gab. Viel wahrscheinlicher war es doch, dass man sich und alle Beteiligten, insbesondere ein Kind, furchtbar unglücklich machte.

Aber das war Tristans Entscheidung. Emma würde nichts tun, nichts sagen, ihn ebenfalls nicht anrühren, gar nichts.

In ihre Gedanken vertieft, bekam Emma nicht mit, dass sich die Lounge füllte. Wie viele Menschen sie inzwischen umgaben und dass die Musik lauter geworden war, bemerkte sie, als auf dem Hocker zu ihrer Rechten jemand Platz nahm. Blond war er, hübsch anzusehen und in Klamotten gekleidet, die seinen gut trainierten Body betonten, ein T-Shirt aus mattem Latex und eine Jeans. Er lächelte, stellte sich als Robert vor und wies auf ihr geleertes Glas. Den nächsten Drink wollte er ihr gern spendieren.

Nur Tristan und der Eigentümer wussten, dass sie die Redakteurin war, die den Bericht zum Club verfassen würde, und das sollte so bleiben. Emma bedankte sich also und ließ ihn den Campari O bestellen. Er selbst trank Whiskey Sour. In den sich entspinnenden Small Talk über Lieblingsdrinks mischte sich ein anderer Mann ein, der zu Emmas Linken saß. Er hieß Dave, war ähnlich gekleidet, aber schlanker, weshalb das Shirt nicht ganz so gut ausgefüllt war. Sein dunkles Haar war auf wenige Millimeter getrimmt, sein Gesicht war recht kantig, nicht hübsch, aber durch ein paar hellgraue Augen interessant.

Aus dem Gespräch über Getränke wurde eines über Swingerclubs, dessen erotische Nuancen mit jedem Wort stärker wurden. Die Sätze wurden knapper, zweideutiger, die Stimmen der beiden Männer tiefer, rauchiger, ihre Blicke gewannen an Schärfe und konzentrierten sich seltener auf Emmas Gesicht. Stattdessen streichelten sie ihren Körper, bald auch mit den Händen, strichen mit einem Finger über ihren Arm, ihre Seite entlang, berührten die Rundung einer Brust scheinbar versehentlich.

»Du hast einen sinnlichen Mund, Emma«, raunte Dave in ihr Ohr. »Ich würde gern herausfinden, wie er sich anfühlt.«

Emma lauschte in sich. Da war kein Prickeln, schon eine gewisse Regung, aber nichts, das ihre Lust explodieren ließ.

»Wie sieht es mit deinem Mund aus? Wie talentiert sind deine Lippen? Was ich gebe, bekomme ich auch gern«, entgegnete sie.

»Lass uns nachher schwimmen gehen«, schlug Robert vor und legte den Arm um ihre Hüfte, zog sie näher, seine Hände strichen über ihren Po. »Wir lecken dich unter Wasser. Abwechselnd.«

»Aber für diese Erfrischung«, sagte Dave und nahm ihre Hand, »sollten wir uns erst ein bisschen aufheizen.«

Emma ließ sich von ihm führen. Robert begleitete sie. Die erste Spielwiese war bereits belegt. Eine Gruppe Männer und Frauen hatte sich zu einer Orgie zusammengefunden und ölte sich im Vorspiel ein. Auf der zweiten Spielwiese in einem von Blacklight illuminierten Raum war noch Platz. Zwei Paare waren dort miteinander beschäftigt. Die beiden Frauen lagen verkehrtherum aufeinander und leckten sich. Die obere wurde von einem Mann in den Po gevögelt, während die andere mal die Möse der Frau unter ihr und mal den Schwanz des anderen verwöhnte. Hatten Emma die Worte und Berührungen ihrer beiden Begleiter auch nicht geil gemacht, dieser Anblick gab ihr unweigerlich einen Schub. Robert setzte sich vor sie auf die hohe Matte und legte seine Hände an ihre Seiten, knetete sie verlangend, während Dave hinter sie trat und ihre Brüste umfasste.

»Würde dir das gefallen, wie die es treiben ... so ähnlich vielleicht?«, murmelte er.

Emma nahm eine andere Bewegung wahr und entdeckte Tristan. Er lehnte an einer Wand, die Kamera in der Hand. Sie konnte nicht sagen, ob er bereits vorher dort gewesen oder gerade gekommen war, aber das spielte keine Rolle, sondern nur seine Anwesenheit. Emma verspürte ein plötzliches Unbehagen, das ihre Lust wieder schmälerte.

Robert bemerkte ihre Hemmung und folgte ihrem Blick. Er lächelte und nahm ihre Hand, um sie zu sich auf die Matte zu ziehen. »Wenn wir Glück haben, kommen wir sogar ins *KINGz*-Magazin. Oder ist es dir lieber, wenn der Fotograf geht?«

Emma schüttelte den Kopf, sah von Tristan weg und legte sich neben Robert, bäuchlings. Dave war noch immer hinter ihr, über ihr nun. Er schob ihr Kleid nach oben, strich über ihre nackten Pobacken und über den Stoff, der ihre Pussy verbarg. Emma schloss die Augen, legte die Stirn auf die kühle Matte. Sie spürte eine Hand in ihrem Nacken, hörte Roberts Stimme dazu. Er wollte, dass sie den Kopf ein wenig drehte, also tat sie das und beobachtete, wie er seine Jeans öffnete. Darunter trug er nichts. Sein Schwanz war voll erigiert und durch ein ledernes Band so fest geknechtet, dass er mehr als hart geschwollen war. Die Eichel war prall und glänzte im Blacklight. Robert rieb seinen Schaft und bot ihn ihr zum Lutschen an, doch Emma drehte den Kopf zurück und hielt den Atem an, als Dave ihren Slip beiseite schob und mit den Fingern in ihre Spalte tauchte.

»Ein bisschen feuchter musst du noch werden, wenn du unsere beiden Schwänze bewältigen willst«, hörte sie ihn sagen und atmete hörbar aus.

»Dann tut was dafür!«, entgegnete sie.

Dave lachte dreckig. »Eine Prinzessin bist du also.« Er drehte sie kurzerhand auf den Rücken und schob ihre Beine nach oben. Im nächsten Moment war sein Mund auf ihrer Spalte, seine

Finger spreizten sie, seine Zunge umkreiste ihre Perle, seine Lippen saugten. Emmas Stöhnen stimmte in die Schreie der beiden Frauen ein, die hinter ihr nun beide gleichzeitig gefickt wurden. Sie legte die Hände unter die Knie und öffnete ihre Beine weiter, während sich Robert an die Seiten ihrer Schultern kniete, und seine Erektion vor ihren Augen massierte. Seine freie Hand nutzte er, um hinter sich und in Emmas Dekolleté zu greifen und ihre Nippel abwechselnd zu zwirbeln.

Emmas Sicht verschwamm, ihr Geist wurde von der Begierde entführt und ihr Kopf war bald voller herrlich, schmutziger Gedanken. Sie wollte es so, wie es die beiden Frauen hinter ihr bekamen: Hart und hemmungslos, wild und dreckig. Sie wollte gefickt werden ... jetzt sofort. Ihr Blick fiel ein wenig zur Seite – auf Tristan. Augenblicklich schärfte sich ihre Sicht. Seine ganze Haltung und seine Miene sprachen Bände von purem Missfallen.

Daves Lippen, die sich bis eben so gut angefühlt hatten, schienen jetzt bloß noch an Emma rumzulutschen – wirkungslos mit einem Mal. Daves Finger taten ihren Nippeln weh. In einem zweiten Versuch wollte er sie mit seinem Schwanz füttern, doch abermals brachte sie ihren Mund in Sicherheit. Sie ließ ihre Beine gehen, wollte sie schließen und unter Robert wegrutschen, da legte er ihr eine Hand um den Hals.

»Keine Prinzessin ist sie«, sagte er, »sondern eine Zicke, die sich nicht zwischen Ja und Nein entscheiden kann.«

Emma umschloss sein Handgelenk, um sich von ihm und auch von Dave zu befreien, da taumelte er von ihr weg. Tristan hatte Robert gepackt und von ihr fortgezerrt. Erschrocken setzte Emma sich auf und sah, wie er sich auch Dave schnappte und ihm empfahl, das Weite zu suchen.

»Sie hat keinen Bock, alles klar?«, knurrte er und funkelte die beiden an. Im Schwarzlicht zeigte sein Blick in Kombination mit seinen Tattoos und Piercings so viel Wirkung, dass die Männer auf jeden Widerstand verzichteten und sich verkrümelten.

Hastig zog Emma ihren Slip zurück und strich das Kleid nach unten. Sie stand auf und vermied es, Tristan im Vorbeigehen anzusehen. Sie hatte alle Infos, die sie zum Club benötigte. Genau genommen fühlten sich die Infos und Erfahrungen gerade wie eine Überdosis an, die ihr das Schreiben erschweren würde. Auf das persönliche Erlebnis hätte sie gern verzichtet und verfluchte die Wette im Stillen. Sie schämte sich, fühlte sich wie ein Flittchen – grundlos wiederum, doch die Gedanken waren nicht abzuschütteln. Sie wollte nur noch raus.

Auf dem Weg zu den Umkleiden holte Tristan sie ein. Er fasste sie am Arm, sanft, hielt sie auf und drehte sie zu sich um. Es fiel Emma schwer, ihn anzusehen, aber er wartete, bis sie es tat.

»Ich will diese Wette nicht mehr«, sagte er.

Zur Scham gesellte sich Trotz. »Wieso nicht? Es ist doch nur noch einmal. Und dann sind wir uns los.«

Das mit dem Lossein passte so gar nicht, es war ein dämliches Argument, aber das war Emma egal. Sie schüttelte seine Hand ab, ließ Tristan stehen und verschwand in der Umkleide.

ZWÖLF

Emma hatte es mit Incubus versucht, aber deren Songs gingen ihr auf den Wecker. Sie wollte ihre Eindrücke vom Sin City in ersten Notizen festhalten, und während Brandon Boyds Stimme ihre Gedanken sonst beflügelte, fühlte Emma sich heute davon festgenagelt und schrecklich blockiert. Also drehte sie der Band den Ton ab, schloss die Notizen, ließ Teddy Tompsons *Seperate Ways* spielen und lehnte sich im Sessel zurück, starrte an die Decke.

Was am vorigen Abend im Sin City geschehen war, konnte sie noch immer nicht einordnen. Tristan hatte das Spiel nicht nur unterbrochen, weil er Emmas Widerwillen gespürt hatte, sondern nicht gewollt, dass sie es mit diesen beiden Typen trieb. Mit so deutlicher Abscheu hatte er zugesehen, als sei das, was geschah, ein schrecklicher Unfall, von dem man sich später wünschte, nie hingeschaut zu haben. Tristans Blick hatte Emma nicht nur beschämt, sondern auch wütend gemacht, in einer Situation, in der sie sich ohnehin unwohl gefühlt hatte. Tristan besaß kein Recht, sie so anzusehen – wegen der Wette.

Seinen Vorschlag, die Sache zu lassen, den hätte sie besser angenommen, aber in diesem Moment war sie zu durcheinander gewesen, von zu vielen verschiedenen Dingen verwirrt. Emma nahm sich vor, mit Tristan zu sprechen und die Wette aufzuheben – ohne, dass sich einer von ihnen ein bescheuertes Tattoo würde stechen lassen müssen.

Unfähig zu arbeiten, surfte sie eine Weile durch das Internet. Auch auf *TiWrites* Blog schaute sie vorbei. *Eleonor Street 68* war die letzte veröffentlichte Geschichte, acht Tage alt inzwischen. Tom schwieg. Bis gestern Vormittag hatte er nicht einmal versucht, ihr drei neue Stichpunkte zu entlocken. Wahrscheinlich dachte er sich, dass sie ihm keine schreiben würde. Ohne besondere Erwartung rief Emma ihr *LebensLust*-Postfach auf und fand eine Mail von *TiWrites*, die nur Minuten zuvor abgesendet worden war. Die Möglichkeit, dass zwischen Tom und ihr so etwas wie Gedankenübertragung stattfand, erschien absurd. Wenn überhaupt, dann gab es das nur zwischen Menschen, die einander ehrlich verbunden waren. Mehr als Sex hatte Tom und sie allerdings nie verbunden.

Verärgert öffnete Emma die Mail, bereit, ihm auf seine Stichwort-Anforderung oder jedwede Entschuldigung ein paar klare, endgültige Takte zu erzählen, doch sie fand einen langen Text, der sie sprachlos machte.

Meine liebe *LebensLust*, du hattest mich gebeten, dich zu treffen, vor neun Tagen. Ich war nicht sicher, ob es sinnvoll ist, war nicht einmal sicher, ob ich will, dass du zu einer Person der Realität wirst - dies in der Befürchtung, dass du mir als *LebensLust* verloren gehst. Die Story zu deinen letzten Stichworten habe ich noch geschrieben, seither nichts mehr, wie du vielleicht bemerkt hast. Ich brauchte ein bisschen Zeit, um nachzudenken - über dich - und ich entschuldige mich dafür, dich versetzt zu haben.

Ich war am ausgemachten Ort, fast pünktlich, nur ein paar Minuten zu spät. Ich habe dich gesehen. Du warst an der Bar und in ein Gespräch mit einem Mann verwickelt. Nicht deshalb bin ich wieder gegangen, sondern vielmehr wegen einer gewissen Verwirrtheit, die mich in dem Moment gepackt hatte. Ich kann es dir erklären, wenn du möchtest, was bedeutet, dass du mir eine zweite Chance geben müsstest. Ein neues Date also, diesmal vielleicht an einem weniger bevölkerten Ort. Es gibt einiges zu erklären, und inzwischen weiß ich sicher, dass ich dich in meiner Realität haben möchte. Ich glaube, dass du mir nur dann als *LebensLust* verloren gehst, wenn wir uns nicht sehen. Und das will ich nicht. Jetzt erst recht nicht mehr. Ich brauche dich. Obwohl ich dieses Bedürfnis selbst nicht ganz einordnen kann, sozusagen planlos bin, es ist doch da – und es wäre falsch, es wegzureden.

Froh, dies geschrieben zu haben, lehne ich mich jetzt zurück und drücke den Refresh-Button meines Posteingangs so lange, bis deine Antwort eintrifft.

TiWrites

Wie von der Tarantel gestochen, sprang Emma auf und rannte zum Telefon. Sie rief bei Muriel an und hatte kaum genug Geduld für einen Gruß an Leander, der abnahm. Er reichte den Hörer an Muriel weiter, die, von Emmas Wortwirrwarr alarmiert, versprach, sie in einer Stunde auf halbem Weg zwischen Buena Park und South Loop am Strand des Lincoln Parks zu treffen.

***

»Wie kann Tom nicht *TiWrites* sein, wenn er doch dort war und mit dir über seinen Blog gesprochen hat?« Muriel war verwirrt. Sie suchte eine Muschel aus dem Sand, fuhr ihre Kante mit dem Finger entlang und warf sie in hohem Bogen ins Wasser. »Ich verstehe es nicht.«

»Er war schon ein bisschen seltsam an diesem Abend«, erinnerte sich Emma. Im Nachhinein ließ sich seine Reaktion sehr gut dahingehend deuten, dass er überrascht und überfordert gewesen war. »Vielleicht hat er tatsächlich einen Blog, nur einen anderen. Einen, den ich nicht kenne.« Wenn das so war, und wenn sie und andere ihn inspirierten, wollte sie vielleicht nicht wissen, was er da schrieb.

»Dann sprich mit Tom, und zwar Klartext. Lass dir den Blog zeigen«, schlug Muriel vor.

»Und dann?«

»Dann triffst du diesen *TiWrites*.«

Zwei Jahre lang kommunizierte Emma nun mit ihm und hatte ihn die Hälfte der Zeit für Tom gehalten, gehofft, dass er es war. Zuletzt war sie enttäuscht gewesen. Jetzt stellte sich heraus, dass Tom einfach nur Tom war und *TiWrites* der große Unbekannte.

Noch einmal las Muriel die Mail, die Emma ausgedruckt und mitgebracht hatte. »Du scheinst ihm eine Menge zu bedeuten. Das deckelt sich doch mit dem Gefühl, das du bei ihm hattest, dieses zugleich Fremde, aber doch Vertraute. War das nicht schon da gewesen, bevor du auf den Tom-Irrweg gelangt bist?«

»Das stellte sich ziemlich schnell ein. In der vergangenen Woche hat es sich bei mir allerdings ein bisschen aufgelöst.«

»Natürlich, weil Tom ...«

»Nicht nur wegen ihm.« Emma dachte an Tristan und musste das nicht erst aussprechen.

»Da ist doch was zwischen dir und Kennedy, stimmt's?«

»Nichts Körperliches«, murmelte Emma und grub die Füße in den von der Sonne aufgewärmten Sand. »Nicht das, was Leander befürchtet.«

»Du magst ihn …«, schlussfolgerte Muriel. »Und würde er dich nicht auch mögen, hätte er dich nicht zum Weingut begleiten wollen. Aber er ist ein komplizierter Typ mit einem zweifelsohne komplizierten Leben. Leander hat mir vorhin erzählt, er sei verheiratet, lebe aber von seiner Frau getrennt.« Sie seufzte. »Ach, Emmalein, ich hoffe, dass du dich nicht schon wieder verrennst.«

»Dass ich mich schon wieder verrenne«, äffte Emma Muriel ein bisschen grantig nach. »Als wen siehst du mich gerade? Als die dooftapsige Single-Emma, die dringend nen Freund will?« Sie warf Muriel einen Seitenblick zu. »Bin ich nicht. Ich scheine lediglich wie ein Magnet auf hoffnungslose Fälle zu wirken.«

»Hab nie gesagt, dass du dooftapsig bist!«, grummelte Muriel zurück und erkundigte sich nach dem Termin im Sin City.

Da Emma gerade in Fahrt war, sparte sie nicht mit Details. Zu unruhig zum Sitzen stand sie auf und ging die paar Schritte zum Wasser. Egal wie lange die Hitze schon über der Stadt hing, der See war immer angenehm kühl. Muriel folgte ihr, schlenderte an ihrer Seite durch das Wasser.

Als Emma schwieg, grübelte Muriel eine Weile vor sich hin, dann sagte sie: »Fang bei Tom an und zieh einen Strich. Als nächstes lernst du *TiWrites* kennen. Und dann, von mir aus auch bevor du den Blogger triffst, findest du heraus, welcher Natur deine Gefühle zu Kennedy sind, wie es mit seinen aussieht und wie es um seine Nicht-Ehe steht. Stell dich aber darauf ein, ihn zu vergessen!«

Muriel sagte das, als sei es so leicht. Sollte sie etwa zu Tristan gehen und ihn zum Stand der Dinge ausquetschen, um ihm gegebenenfalls zu gestehen, dass sie ihn irgendwie gern hatte und ahnte, dass er sie auch irgendwie gern hatte?

»Fang am besten gleich an. Ruf Tom an!«

Emma wollte nicht, aber Muriel klaute ihr das Handy aus der Hosentasche und wählte Toms Nummer. Sie aktivierte den

Lautsprecher und hielt das Telefon hoch, sodass Emma nicht rankam. Als Tom sich meldete, drückte sie es ihr ans Ohr.

Tom war erfreut, von ihr zu hören und noch erfreuter, als sie ihn wissen ließ, dass sie am Abend vorbeikommen würde. Seine Hoffnungen waren ein offenes Buch.

Für ihren Ausflug zu Tom blieb Emma wie sie war: Sie trug ein langes Sweatshirt, Leggins und Turnschuhe. Sie frischte ihr Make-up nicht auf und ließ ihr Haar zu einem Pferdeschwanz zurückgebunden. Tom war verwundert, aber verkniff sich einen Kommentar. Den Wein, den er ihr anbot, lehnte sie ab. Sie wollte nichts trinken, nichts knabbern, nirgends gemütlich sitzen, sondern nur seinen Blog sehen.

»Wieso jetzt schon wieder der Blog?« Tom war prompt verärgert, holte aber seinen Laptop und schaltete ihn ein. »Warum ist das bloß so wichtig? Ich habe dir doch alles dazu gesagt.«

»Ich will es sehen.« Emma setzte sich auf die Kante des Küchentisches und sah ihm zu.

Er gab eine Adresse ein und drehte das Gerät zu ihr um. »Na gut, hier, bitte. Wenn dich das beruhigt und du endlich wieder normal wirst.«

Emma ersparte sich eine Entgegnung. Unnormal war sie für ihn also.

Auf dem Bildschirm fand sie einen Blog, der den Titel *Chicagos Geilheiten – ein Tagebuch* trug. Sie hob den Laptop auf ihren Schoß und klickte sich durch die Texte, fassungsloser mit jedem Klick, denn sie stellte fest, dass sie nicht nur eine von vielen, sondern eine in einer unüberschaubaren Masse war. Überall hatte Tom Frauen aufgegabelt: Im Pub, in der El, im Club, im Supermarkt, im Sprechzimmer seines Arztes, auf diversen Internetportalen. Es gab Wochen, an denen er jeden Tag einen Eintrag verfasst hatte. Grobe, nicht selten abwertende Einschätzungen zu den Charakteren der Frauen erlaubte er sich, doch ließ das hintergründig sein. Im Vordergrund stand der Sex, den er mit allen hatte, und den beschrieb er sehr detailgetreu.

Emma wusste, nach welchem Datum sie Ausschau halten musste, um sich selbst zu finden. Der Abend, an dem Tom und sie auf dem Bahnsteig gevögelt hatten, war Wort für Wort wiedergegeben, wie er stattgefunden hatte. Lediglich ihren Namen hatte er geändert. Sie war Ella, der zuverlässige Langzeit-Single. Sie war die Frau, die sprang, wenn er sie darum bat – offenbar die Frau, die er vögelte, wenn er gerade keine andere gefunden hatte.

Innerlich bebend scrollte Emma zu anderen Tagen und las die Stories zu ihrem Sex im Fahrstuhl, den sie am Morgen auf dem Weg zur Redaktion gestoppt hatten, und zu ihren Club-Besuchen, die ja routinemäßig im Bett geendet hatten. Nach dem fünften Text hatte sie genug gelesen. Sie stellte den Laptop beiseite, stand auf und ging zum Ausgang.

Tom folgte ihr. »Und nun? Bist du zufrieden?«

»Sprich mich nie mehr an!«, sagte Emma, darum bemüht, ihre Stimme ruhig zu halten.

»Das ist schlecht möglich. Wir arbeiten zusammen.« Zynismus lag in seiner Stimme. »Ich fotografiere für deine Texte.«

Die Klinke schon in der Hand, wandte sie sich um. »Das war einmal. Du fotografierst *Zucchini & Co.*, und in dieser Rubrik schreibe ich nicht mehr.« Leanders Entscheidung hatte sie zwar noch nicht gehört, aber sie war so aufgebracht, dass sie es jetzt zu einer Tatsache machte.

Er sagte noch etwas, das Emma nicht mehr verstand, denn sie war schon aus der Tür, die sie geräuschvoller als beabsichtigt zugeschlagen hatte. Sie wollte nichts mehr von Tom hören, nie wieder, und beeilte sich, aus dem Haus zu kommen. Als sie auf der Straße stand, klingelte ihr Handy. Emma vermutete, dass Tom anrief, um ihr nachträglich die Meinung zu geigen, und wollte den Anruf wegdrücken, da las sie Tristans Namen auf dem Display.

Er bat sie, kurz bei ihm vorbeizukommen, damit sie gemeinsam entscheiden konnten, welche der neuen Bilder Leander zu sehen bekommen würde. Emma war nicht weit von Lincoln Park entfernt und versprach, gleich da zu sein.

***

Tristans Musik dröhnte bis in den Innenhof des Gebäudes. Scheinbar gab es keine Nachbarn, die sich beschweren konnten. Oder sie waren taub. Eine tragische Melodie war es mal wieder, von Bässen und Drums unterlegt, eine sanfte Stimme als Kontrast und ein Text, der Emma vermuten ließ, dass dieser Song zu den Trennungs-Verarbeitungs-Songs gehörte. Als sie klingelte, verstummte die Musik.

»Bist du geflogen?«, fragte Tristan statt einer Begrüßung. Wie Emma war er leger gekleidet, trug eine Sporthose und ein ärmelloses Shirt. Eine blonde Strähne rutschte hinter seinem Ohr vor. Er strich sie zurück.

»Ich war in der Nähe.« Emma ging an ihm vorbei in die Wohnung. Der Song spielte noch leise. »Du sorgst hier ja für einige Beschallung. Wer singt da?«

»Woodkid.« Seine Antwort klang geistesabwesend. Er nahm die bereitgelegten Fotografien auf, reichte sie Emma. »Schau mal durch und sag mir, welche du für geeignet hältst.«

Die ersten Bilder stammten aus dem Fucking Drama. War Emma auch die Frau auf den Bildern, so wirkte sie doch wie eine Fremde – der Kapuze und Maske sei Dank, war ihr Gesicht während des gesamten Stücks verborgen geblieben. Alle Aufnahmen waren ästhetisch und, wie Tristan gesagt hatte, war auf keinem der eigentliche Akt zu sehen.

»Jedes hiervon kann verwendet werden.« Emma blätterte weiter zu den Fotografien aus dem Sin City. »Im Übrigen habe ich Leander von unserer Wette erzählt.«

»Wieso das?« Er klang sowohl verwundert als auch belustigt.

»Dann hättest du dir die Maske sparen können.«

»Ich wollte, dass er es weiß. Ich hatte ein schlechtes Gewissen, will ihm nichts verheimlichen, was diesen Auftrag betrifft.«

Tristan ließ das unkommentiert und Emma betrachtete die restlichen Bilder. Sie entdeckte sich auf nur einem einzigen Foto. Es war eine Aufnahme von der Lounge, wo sie mit dem Rücken zur Kamera im Gespräch mit den beiden Männern saß. Dass Tristan sie nicht während des Aktes fotografiert hatte, war beruhigend. Sie wollte nicht mehr daran denken und gewiss keine visuelle Erinnerung daran haben.

»Auch diese Bilder sind gut geworden.« Emma reichte sie Tristan zurück. »Die kann Leander alle sehen.«

Tristan legte die Fotografien zurück und bot ihr ein Glas Wein an. Sein eigenes stand auf dem Arbeitstisch. Emma nahm an und folgte ihm in den Küchenbereich, wo Hocker um eine Theke standen.

»Was hast du heute getrieben?«, fragte er, während er ihr einschenkte. Er stellte ihr den Wein hin. »Hoffentlich hast du diesen Samstag sinnvoller verbracht, als den letzten.«

Auf den Ausflug zum Weingut spielte er an. Emma wusste nicht, wie sie darauf reagieren sollte, und auch eine Zusammenfassung ihres Samstags erschien ihr langweilig. Da fiel ihr Muriels Ratschlag zum Aufräumen und Auf-den-Zahn-fühlen ein. Der direkte Weg war bei Tristan schlichtweg ausgeschlossen, aber mit der Erinnerung an die Mail von *TiWrites* bot sich eine gute indirekte Möglichkeit. Also erzählte sie Tristan von dem Blogger und von den Stories, die sie zusammen geschaffen hatten. Sie verschwieg, dass sie das erste Treffen vorgeschlagen hatte, weil sie den Blogger für Tom gehalten hatte. Hauptsächlich erzählte sie von seiner E-Mail und dass sie nicht wusste, ob sie ihn überhaupt noch treffen wollte.

»Wieso zweifelst du jetzt?«, wunderte sich Tristan. »Es ist kaum eine Woche vergangen seit du ihn kennenlernen wolltest.«

Es ist viel passiert in dieser einen Woche, dachte Emma, doch behielt diesen Gedanken für sich. Sie trank einen Schluck, zuckte dann die Schultern. »Dass es beim ersten Mal nicht geklappt hat, ist vielleicht ein Zeichen dafür, dass es nicht sein soll.«

»Dass er dich nun seinerseits bittet, ist vielleicht ein Zeichen dafür, dass es eine große, das Leben zum Positiven verändernde Sache sein könnte.« Er lächelte schief. »Wenn man an Zeichen und sowas glaubt. Wenn ihr euch aber schon so lange schreibt, wenn ihr einander inspiriert – warum der Neugier nicht nachgeben?«

Emma spürte Enttäuschung in sich aufkeimen. Zwar gab Tristans Reaktion eine Antwort, allerdings war es eine andere, als sie sich erhofft hatte. Mit einem mehr als freundschaftlichen oder sexuellen Interesse hätte er ihr davon abgeraten, den Blogger zu treffen. Er hätte besorgt reagiert, sie vor einem möglichen Wahnsinnigen gewarnt. Stattdessen ermutigte er sie, eine Chance wahrzunehmen.

Emmas Enttäuschung wuchs. Sie spürte, wie sich ein Kloß in ihrem Hals festsetzte, wandte sich ab und schlenderte, ihr Glas in der Hand, zu einem der hohen Fenster.

»Alles in Ordnung?«, hörte sie Tristan hinter sich fragen.

»Klar«, beeilte sie sich zu sagen. »Was ist schon dabei, ihn einfach mal zu treffen ... Wer weiß ...«

Tristan kam näher, stand bald so dicht hinter ihr, dass sich ihre Nackenhärchen aufrichteten. Emma schloss die Augen und wünschte sich, er würde sein Versprechen brechen. Sie wollte von ihm berührt werden – körperlich. Die beiden anderen Ebenen, ihren Geist und ihre Seele, hatte er längst berührt. Als Emma aufsah, traf ihr Blick den von Tristan in der Spiegelung des Fensterglases. Seine Augen waren so schwarz wie seine Tattoos, die Piercings funkelten im Licht zweier Kerzen, die auf dem Fensterbrett standen. Sein Mund zuckte, doch er behielt für sich, was ihm auf der Zunge gelegen hatte, und Emma befahl ihren Verstand herbei, der ihr riet, sich aus dem Kopf zu schlagen, was auch immer für kurze Zeit dort gewohnt hatte. Sie wollte ihre Zeit nicht mehr mit haltlosen Hoffnungen vergeuden.

Mehr aus Trotz als aus Interesse erkundigte sie sich, wie das Gespräch mit seiner Frau gelaufen war. Weil Tristan schwieg, kam Emma sich dumm vor, gefragt zu haben.

»Du musst nicht antworten. Sorry ...«

»Es war okay, das Gespräch. Zumindest haben wir uns nicht angeschrien.«

Sie nickte, fühlte sich plötzlich beengt. »Ich sollte mich auf dem Heimweg machen. Wir sehen uns spätestens zum letzten Termin ...« Sie wollte sich von Tristans Blick losmachen, aber es gelang ihr nicht. So düster starrte er sie an. Sie fröstelte.

Wieder zuckte sein Mund. Diesmal sprach er.

»Mein Sohn ist tot.«

Seine Worte waren scharf wie Messerschnitte.

Emma erstarrte. Tränen schossen in ihre Augen.

»Er ist ertrunken. Im Pool. Am Morgen des 17. Mai vor zwei Jahren. Sein Name war Jeremy. Er war viereinhalb. Meine Frau war bei ihm, doch sie schlief ein. In der Nacht zuvor hatte sie, wie häufiger, ein Schlafmittel eingenommen, dessen Wirkung wohl ...« Seine Stimme brach ab.

Er wandte sich ab. »Du weißt ja, wo's rausgeht«, sagte er und ging durch den Raum, verschwand hinter einer der wenigen Türen. Wahrscheinlich die zum Badezimmer.

Emma erwachte aus ihrer Starre. Der Schock über das Gehörte ließ ihre Ohren summen. Sie weinte, aber scherte sich nicht um ihre Tränen, und folgte ihm, klopfte an.

»Tristan?«

»Bis demnächst«, hörte sie ihn sagen.

Sie drückte die Klinke, doch es war von innen abgeschlossen. Also ging sie.

***

Zu Hause angekommen, fühlte Emma sich von der Traurigkeit geradezu überwältigt. Wie Blei lastete sie auf ihrem Gemüt und ließ sie nirgends Ruhe finden. Sie fuhr den Laptop hoch, googelte Woodkid und fand den Song, den Tristan auf Überlautstärke gehört hatte. *I love you,* hieß das Stück, das ihre Tränen mehrte.

»Was auch immer ich für dich empfinde. Du scheinst dich nur um dich selbst zu kümmern. Besteht die Chance, dass du mich auch einmal siehst? Denn ich liebe dich.«

Gegen Mitternacht antwortete Emma auf *TiWrites*' E-Mail. Wie Muriel es empfohlen hatte, würde sie ihr Leben weiter aufräumen. Sie schrieb dem Blogger, dass sie ihn treffen würde und schlug den Montagabend an einem von ihm gewählten Ort vor. Von ihren inzwischen vorhandenen Zweifeln schrieb sie ihm allerdings auch und bat ihn, keinerlei Erwartungen zu haben.

Sie würde diesen Mann treffen, ihn auf Distanz halten, und danach würde sie sich um Tristan kümmern.

Nur zehn Minuten später ging seine Antwort ein. Offenbar hatte er den Refresh-Button tatsächlich konstant bedient.

»Montagabend, 20 Uhr«, schrieb er. »In der Eleonor Street 68.«

DREIZEHN

»7 am«, säuselte Brandon Boyd in alter Gewohnheit. Emma erschlug die Stopptaste mit dem Zeigefinger. Ganz dringend benötigt wurde ein neues Weck-Lied, beschloss sie, und auf dem Weg ins Bad kam ihr ein passender Titel in den Sinn: *Fuck you* von Archive. Wer auch immer sich davon angesprochen fühlen wollte, war herzlich eingeladen, an diesem Montagmorgen!

Fuck you, Montagmorgen!
Fuck you, sieben Uhr!
Fuck you, schmerzender Finger!
Fuck you, KINGz-*Redaktion samt wartender Arbeit!*
Fuck you, Tom-mit-deinem-geilen-Chicago-Tagebuch!
Fuck you, TiWrites-*ich-will-dich-gar-nicht-mehr-treffen!*
Fuck you, kaltes Wasser aus der Dusche!
Fuck you, widerspenstige Shampooflasche!
Fuck you, Radiomoderator mit blöden Sprüchen!
Fuck you all!

Das Mantra machte zwar nichts besser, aber es tat Emma gut, es immer mal zu denken. Sie fühlte sich, als würde sie auf einen Boxsack eindreschen, mit Worten, statt mit den Fäusten. Und es verschaffte ihr viel Platz. Nach einem versuchten Gespräch übers Wochenende, zog sogar Muriel die Konsequenz. Was von »Bad Vibrations« hatte sie gemurmelt und bewahrte seither Distanz.

Grimmig klimperte Emma die erste Rezeptidee für die Juli-Ausgabe ein. Auf ein fein-würziges Steinbeißerfilet á la Mister-Antispeck hatte sie überhaupt keinen Appetit, aber wie gewohnt würde sie diese und alle folgenden Ideen kochen, ihre Freundinnen kosten lassen und am Ende zwei Rezepte für das Magazin auswählen. Beim Einhämmern der Kalorienzahl unterdrückte sie ein Brummen. Auf läppische dreihundertfünfundsiebzig Kalorien brachte es das Gericht, und Emma wollte, wenn sie schon noch über Essen schreiben musste, es gerade lieber mit einem doppelt schokoladigen Schokoladenmousse oder einem Beef-Burger mit dreifach Käse zu tun haben. Low-Carb-Rezepte waren nur was für glückliche Menschen.

Zum Mittag unternahm Muriel den zweiten Versuch und schlug ihr die Sushi-Bar vor, die eines von Emmas Lieblingsrestaurants war, statt es, wie so oft, mit Fast Food zum Lunch zu versuchen. Immer hatte Emma Muriel ermahnt, sich bewusst zu ernähren und sie zu einer Salatbar oder eben Sushi überredet. Aber heute war ihr Sushi ganz eindeutig zu kalorienbewusst.

»Wie wär's mit Burger King?«, konterte sie und fuhr ihren Rechner runter.

Muriel kräuselte die Stirn. »Von mir aus ... Ich überlege nur gerade, ob es eine so gute Idee ist, heute mit dir zum Lunch zu gehen.«

Emma stand auf, schnappte sich ihre Tasche und ging los. »Geh ich halt allein ...«

Muriel holte zu ihr auf. »Krieg dich mal ein!«, meckerte sie. »Ist ja furchtbar mit deiner schlechten Laune!«

»Ich krieg mich ein, wenn mir danach ist. Und überhaupt ... jetzt weißt du, wie das ist!«

***

Zwei Cheeseburger und eine Portion Pommes lagen Emma noch bis zum Feierabend schwer im Magen. Sie hatte Muriel nichts von dem erzählt, was sie von Tristan am vorigen Abend erfahren hatte. Das Treffen mit *TiWrites* hatte sie beiläufig erwähnt, war aber nicht weiter darauf eingegangen, als Muriel dies gewollt hatte. Pünktlicher als alle anderen verabschiedete sie sich aus der Redaktion – gewiss nicht, weil sie es eilig hatte, zum Date zu kommen, sondern bloß, weil sie sich bewegen musste. Fünf Stationen zu früh verließ sie die El und ging den Rest des Weges zu Fuß.

Zu Hause angekommen, duschte sie und zog sich an. In der Blog-Story hatte sie einen Rock, eine Bluse und Pumps getragen. Sie war so gekleidet gewesen, wie *TiWrites* sie zu ihrem verpassten Date gesehen hatten. Den Strand hinter der Eleonor Street kannte Emma nicht, aber da der Blogger ihn als schwer zugänglich und steinig beschrieben hatte, zog sie flache Schuhe, eine Hose und eine Tunika an. Nicht nur deshalb. Sie wollte außerdem nicht so angezogen sein, wie er sie zuerst gesehen hatte – sie wollte der Illusion, die er von ihr hatte, nicht entsprechen. Sie wollte nicht sonderlich hübsch sein, steckte ihre Haare nur locker zurück und verzichte gänzlich auf Make-up. Sie wollte ihr Desinteresse zeigen und zu spät kommen, traf aber gerade mal zwei Minuten nach acht in der Eleonor Street ein, weil sie sich zu Hause nicht mehr hatte beschäftigen können. Sie wollte es einfach nur hinter sich bringen.

Haus Nummer 68 befand sich in der Mitte der von Villen und Grün gesäumten Straße. Wie in der Story beschrieben, wurde die Idylle von Vogelgezwitscher untermalt. Kinderlachen drang aus einem Garten. Emma entdeckte die Bank und nicht weit davon ein Gebüsch, das geteilt war. Dort begann der Pfad, der zum Strand führte. Er war tatsächlich sehr steil, und der Versuch, ihn mit vorsichtigen Schritten zu meistern, endete damit, dass sie ausrutschte und beinahe auf dem Hintern landete. Also rannte Emma hinunter, schützte ihr Gesicht vor den Zweigen, die in den Pfad ragten, und stolperte bald über die Steine des Ufers – darauf gefasst, in *TiWrites* offene Arme zu fliegen. Sie flog ins Leere, sah sich um und stellte fest, dass er noch nicht da war. Sie vermutete, dass er unbedingt nach ihr eintreffen wollte – wie in der Geschichte. Ziemlich übertrieben fand sie das.

Emma entdeckte den Felsbrocken, setzte sich darauf und verschaffte sich einen Eindruck von diesem Platz. Das Wasser des Chicago Rivers gluckerte in der Abendsonne dahin. Emma erinnerte sich an *TiWrites* Worte aus einer anderen Story: Ob ein Ort schön ist oder hässlich, das hängt nicht von seiner Kulisse ab ... Es sind Stimmungen, Emotionen, Träume und Erinnerungen, die Orten ihre Eigenschaften verleihen. Und es sind Menschen, die Stimmungen beeinflussen. Dieser Ort war nicht schön, weil *TiWrites* nicht der richtige Mensch dafür war, ungeachtet der Tatsache, dass er ihn theoretisch geschaffen hatte. Emma wollte nicht für ihn hier sein.

Am gegenüberliegenden Ufer schnatterte eine Entenfamilie. Ein Baum streckte seine Äste über dem Felsen aus, warf seinen Schatten bis auf das Wasser. Eine Brise raschelte in den Blättern. Das rote Federkleid eines Kardinals leuchtete in den Büschen, die hinter den Steinen wuchsen. Nicht nur Vögeln bot das dichte Grün ein gutes Versteck, überlegte Emma und setzte sich ein bisschen aufrechter hin.

Sie lauschte auf ein Motorengeräusch, doch die Zeit träufelte dahin, ohne dass etwas geschah. Nach weiteren fünf ereignislosen Minuten stand sie auf und wollte gehen, da vernahm sie Schritte. Ihre Aufregung setzte prompt ein und ließ ihr Herz schneller schlagen. Einen sicheren Abstand brachte sie zwischen sich und die Mündung des Pfades, horchte weiter. Schwere Schritte waren es, die das Gefälle ebenfalls mit Schnelligkeit, statt mit Vorsicht meisterten. Sie wurden lauter, kamen näher, das Gebüsch wackelte – und spuckte Tristan aus.

Was zum ..., dachte Emma und versteinerte. Das *Teufel* wurde von ihrer Verwirrung geschluckt.

Tristan kam näher, langsam, den Blick auf Emma geheftet. Sein Mund war nicht mehr als ein Strich, wie am ersten Tag im Fahrstuhl. Der Ausdruck in seinen Augen war allerdings ein anderer. Dicht vor Emma blieb er stehen. Sie zitterte innerlich. Ihr Herz schlug so heftig, dass sie meinte, es würde ihr jeden Moment aus der Brust springen. Ihre Finger zuckten, doch sie wagte es nicht, sich zu bewegen. Er berührte sie nicht. Nur sein warmer Atem fuhr über ihre Haut. Eine Strähne fiel in seine Stirn; ihre Spitze strich über das Ende eines Tattoos und schließlich über die Piercingringe über seiner Nase. Abermals zuckten Emmas Finger, und diesmal hob sie eine Hand. Sie strich die Strähne hinter Tristans Ohr, legte die Hand dann an seine Wange.

Alles Folgende geschah wahnsinnig schnell. Tristan zog Emma an sich und küsste sie. Seine Hände strichen über sie, fest und fordernd, wie, um jede bisher verpasste Berührung nachzuholen. Sie schloss ihn in eine Umarmung, presste sich an ihn, und als er sie anhob, schlang sie die Beine um seinen Körper. Ohne den Kuss zu unterbrechen, trug er sie. Weg vom Ufer, in den Schutz des Grüns. Mit dem Rücken stieß sie gegen einen Baumstamm, doch einen Schmerz spürte sie nicht – unempfindlich für derlei Ablenkung und mit allen Sinnen auf Tristan konzentriert, erleichtert, loslassen zu können. Endlich.

Ihre Hände glitten unter sein T-Shirt, strichen über seine warme Haut, seine Muskeln, über seine kleinen Nippel. Sie schloss die Beine fester um seine Hüfte, zog ihn dichter an sich und murrte, weil sie durch ihre Kleidung hindurch merkte, wie hart er zwischen den Beinen war. Das zu spüren, schürte ihre Hitze und das Verlangen, ihn ganz zu spüren, Haut auf Haut.

Nur damit sie ihm das Shirt ausziehen konnte, ließ er von ihr ab und legte seine Hände gleich wieder auf sie. Sie packten ihren Hintern, fuhren über ihre Seiten und nahmen den Saum der Tunika, um sie über ihren Kopf zu zerren. Emma lehnte sich zurück, gegen die furchige Borke des Baumes, als Tristan die Träger ihres BHs von ihren Schultern streifte und ihre Brüste in seine Hände schloss. Sie stöhnte leise, weil er sie streichelte und die Brustwarzen zwischen den Fingern rieb, bis sie hart waren. Danach schickte er seine Hände zum Bund ihrer Hose. Er setzte sie ab und zog ihr das Kleidungsstück mit wenigen Handgriffen aus, drängte sie zu Boden, um über ihr zu sein, was Emma erst erlaubte, nachdem er seine eigene Hose verloren hatte. Sogar die Unterhosen, die sie beide noch trugen, waren ihr zu viel Stoff zwischen ihnen, der sie nicht ganz Haut auf Haut sein ließ.

Mit einem Arm stemmte Tristan sich ab, mit der freien Hand fasste er Emmas Nacken und brachte ihren Mund wieder zu seinem. Schmiegte sie sich jetzt an ihn, fühlte sie seinen harten Schaft so deutlich, dass sie ungeduldig wurde. Gleichermaßen ungeduldig brachte er seine Hüfte zwischen ihre Beine, presste sie so fest gegen Emmas Mitte, dass ihre Lust sie schwindelig machte. Ihre Hände hasteten über seinen Rücken und tiefer, glitten unter seine Shorts und kneteten seinen Po. Eine Hand blieb dort, doch die andere schmuggelte sich nach vorn und umschloss sein Glied.

Tristan keuchte und drängte sich wieder gegen Emmas Mitte. Er zerrte ihr und sich selbst die Unterhose von den Hüften, stützte sich mit einer Hand über ihr auf, hielt ihre Handgelenke mit der anderen über ihrem Kopf fest und drang in sie ein. Vorsichtig zuerst, um zu sehen, wie weit sie ihn aufnehmen konnte. Sein Blick war der Wahnsinn, so unglaublich einnehmend.

Emma keuchte, und als sie die Schenkel um ihn schloss, ihn tiefer drängte, stieß er ein zweites Mal zu, fest diesmal. Ihr Schrei und sein Ächzen vermischten sich.

»Verdammt«, murmelte er. »Ich hab extra Gummis gekauft …«

Emma gab ihn nicht frei. Sie musste lächeln und bog den

Rücken seinem nächsten Stoß entgegen. »Ich verhüte … und was den Rest betrifft, vertrau mir! Ich vertrau dir auch.«

Tristan beugte sich soweit herab, dass er sie küssen konnte. Ihre Lippen und Zungen spielten miteinander, während sich ihre Mitten weiter vereinten. Ungebremst und hart vögelte er sie, stieß wieder und wieder in ihre vor Lust nasse Spalte und fing ihre Schreie in seinem Mund auf. Emma spürte, wie Tristans Schwanz in ihr weiter anschwoll, massiert von ihrer Enge. Das Zittern, das seinen Höhepunkt ankündigte, setzte ein und gab ihr den Rest. Sie wand sich unter ihm, zog ihn näher und hielt ihn in ihren Beinen gefangen, als sie kam. Er gab ihre Hände frei, um sich besser aufstützen zu können, pumpte all seine Lust in sie und dehnte ihren mit lauten Schreien begleiteten Orgasmus aus – so lange, bis er selbst kam. Er zog seinen Schwanz aus ihrer Spalte und spritzte den Saft auf ihren Bauch, sah sie dabei an, während Emmas Blick von seinen Augen zu seiner Eichel wanderte, die gar nicht zu tropfen aufhören wollte.

Erschöpft legte sie den Kopf ab und schloss die Augen. Ihre Hand tastete nach ihm und streichelte über seine Brust. Tristan legte sich neben sie, küsste ihre Schläfe und atmete durch.

***

»Den Blog hatte ich schon einige Jahre bevor das alles geschah«, erzählte Tristan, als sie später am Wasser saßen. Die Sonne war bereits gesunken, die Nachtschwärze verdunkelte den Himmel aber noch nicht ganz. Es war die blaue Stunde.

»Drei Tage nach Jeremys Tod hatte ich diesen Unfall. Von Mai bis Juli schrieb ich kein einziges Wort auf dem Blog. Du hast mir im August gemailt, nachdem ich wieder zwei Beiträge verfasst hatte, um mich irgendwie abzulenken.«

Die Pause hatte Emma damals nicht bemerkt, und wäre das anders gewesen, hätte sie sich wahrscheinlich nichts dabei gedacht, definitiv keine so traurige Geschichte dahinter vermutet.

»Wahrscheinlich habe ich dir nur geantwortet, weil du dich *LebensLust* genannt hast«, gab Tristan mit einem Lächeln zu und strich mit dem Daumen über Emmas Hand, die er hielt. »Ich fand es kurios, dass mir jemand mit diesem Namen schrieb.«

Emma rutschte näher an ihn, lehnte ihren Rücken an seine Brust und den Kopf gegen seine Schulter. Sie sah zu ihm hoch. Über den Fluss blickend, schlang er die Arme um sie.

»Als ich dich schließlich um die ersten Stichworte gebeten habe, dachte ich nicht, dass du mir wirklich welche sendest.«

»Wieso nicht? Das hat doch Spaß gemacht; es war spannend.«

»Viele Menschen wollen nicht mehr nachdenken, sondern lediglich irgendwas, das ihnen gefällt, serviert bekommen. Viele andere haben Angst, etwas Falsches zu sagen. Wiederum andere haben ungewöhnliche Methoden, auf Partnersuche zu gehen.«

Emma lachte. »Du dachtest, ich sei auf Partnersuche?«

»Wieso hätte ich es ausschließen sollen? Du hast mich schließlich angemailt, mir auf meine Rückmails immer geantwortet. Das mit den ersten Stichworten war schließlich ein kleiner Test, um herauszufinden, was du eigentlich willst.«

»Ich wollte nichts Bestimmtest«, erinnerte sich Emma.

»Das wurde mir bald klar, und ich empfand es als so ungewöhnlich wie angenehm. Als dann das mit den Stichworten für die Stories begann ...« Er lachte leise. »Du hast recht, das war spannend. Deine Stichworte und meine Veröffentlichungen waren sowas wie Highlights.« Er zog Emma dichter an sich. »*LebensLust* hat meine Lebenslust wieder geweckt, ganz klammheimlich ... aber ich hatte nicht die Intention, sie in der Realität kennenzulernen.«

Emma schmunzelte. »Da hat dir die Realität wohl einen Strich durch die Rechnung gemacht.«

Sie erzählte ihm, wie sie dazu gekommen war, ihn um ein Treffen zu bitten und amüsierte ihn sehr mit der Verwirrung um Tom.

»Der arme Kerl«, sagte er. »Der hatte keine Ahnung.«

»Kein Mitleid mit Tom!«, erwiderte Emma entschieden. »Und eine Ahnung hatten wir zwei auch nicht. Hätte ich gewusst, dass es *TiWrites* ist, dem ich meine Handtasche gegen den Helm klatsche …«

»Was dann?«

»Ach, ich weiß auch nicht … Vielleicht hätte ich sie vorher mit Buchstaben gefüllt.«

»Scherzkeks!« Tristan strich über Emmas Arme, hinab zu ihren Händen. Er verschränkte seine Finger mit ihren. »Welche unserer Stories hat dir am besten gefallen?«

Sie dachte darüber nach. Natürlich hatte sie ein paar Favoriten, wollte aber keinem so recht den Vorzug geben. »Ich bin nicht sicher. Die *Eleonor Street 68* war schon sehr reizvoll.«

»Die ausgenommen. Die haben wir soeben erlebt.«

Emma setzte sich auf, drehte sich zu ihm um. »Worauf willst du denn hinaus?«

»Auf nichts Bestimmtes. Ich bin neugierig. Also welche Story?«

Emma überlegte weiter, tippte sich mit dem Finger gegen die Lippe. »*Der Irrgarten* oder *Der Käfig*.« Sie feixte. »Beide waren verdammt heiß. Ganz besonders Letztere. Die hatte so richtig Feuer.«

Tristan schmunzelte. »Wirklich? *Der Käfig?* Die Story ist böse.«

»Böse ist manchmal ganz reizvoll.«

»Ganz ohne Zweifel.« Seine Stimme war rauchig geworden. Er klärte sie mit einem Räuspern. »Im Februar hab ich das geschrieben, denke ich.«

Emma lehnte sich erneut gegen ihn. »Dass du das noch so genau weißt.«

»Klar. Ich bin der Vater dieser Geschichte. Man weiß doch, wann seine Kinder geboren wurden.«

Seine Formulierung ließ sie beide schweigen. Die Dunkelheit kam, sowohl über den Himmel als auch über ihre Gemüter.

»Es tut mir so wahnsinnig leid, was deinem Sohn geschehen ist«, sagte Emma irgendwann. Viel zu klein erschienen ihr diese Worte, deshalb hatte sie gezögert. Viel zu klein gegen das furchtbare Ereignis. »Ich habe keine Vorstellung von dem, was in einem vorgeht, keine Ahnung, wie man so etwas verarbeitet. Es muss schrecklich sein.«

Tristan reagierte nicht sofort. »Es ist das Schrecklichste, das Eltern geschehen kann«, antwortete er dann und dachte wieder nach. »Ich habe Angst, ihn zu vergessen, irgendwann nicht mehr zu wissen, wie er war oder wie er ausgesehen hat.«

»Du wirst dich immer daran erinnern, wie er war.« Davon war Emma überzeugt. Sie konnte allerdings nachvollziehen, warum Tristan Angst hatte, Jeremys Aussehen zu vergessen. Man benötigte Fotos, viele Fotos oder noch besser Filme, von jedem denkbaren Moment wahrscheinlich, um gegen die unweigerlich verblassende optische Erinnerung anzukämpfen.

»Jeden Tag denke ich an ihn. An bestimmte Sachen, die wir zusammen erlebt haben, und an anderes, das wir nie erleben werden. ›Daddy, gehen wir in diesem Sommer zelten?‹, hat er mich ein paar Tage vor seinem Tod gefragt, und ich habe versprochen, das zu tun und ihm eine Angel zu kaufen, sobald es richtig warm sein würde ...«

Emma drehte sich um und setzte sich auf Tristans Schoß. Sie umarmte ihn und legte den Kopf auf seine Schulter. Zuerst versteifte er sich, spannte die Muskeln an, doch Emma hielt ihn, bis er locker wurde und seine Stirn an ihren Hals schmiegte.

»Bist du mit der El gekommen?«, fragte er nach einer Weile.

Emma bejahte.

Zusammen mit ihr stand er auf und setzte sie dann ab. »Mit der fährst du um diese Uhrzeit nicht mehr ...«

»Wieso nicht? Ich nehme sie immer, egal zu welcher Uhrzeit. Sie ist …«

»Ich bringe dich nach Hause.«

Er führte sie zum Pfad und half ihr, den Hang hinaufzusteigen, hielt Zweige aus ihrem Weg. Sein Motorrad parkte vor Hausnummer 68. Er stieg auf, ließ Emma hinter sich Platz nehmen und startete die Maschine, um mit ihr über Chicagos sommerwarme, nächtliche Straßen zu düsen.

VIERZEHN

»Es ist sieben Uhr«, raunte Tristan in Emmas Ohr. Sie räkelte sich, streckte sich und öffnete die Augen. Er stützte sich über ihr ab. Seine Augen sahen noch ganz verschlafen aus, seine blonden Haare waren zerstrubbelt. Und er war so nackt wie sie. Unwiderstehlich.

Emma zog ihn zu einem Kuss herab, schlang ihre Arme um seine Schultern, ihre Beine um seine Hüften und gurrte, als sie spürte, dass sein Schwanz hart wurde. Tristan unterbrach den Kuss, um sich abermals aufzustützen. Er musterte Emma und brachte seine Hüfte in Position. Seine Eichel rieb durch Emmas Spalte, tunkte ein bisschen ein und glitt dann über ihren Kitzler, was ihr ein weiteres Gurren entlockte.

»Ich wollte dich ganz anständig wecken«, sagte er mit einem halben Grinsen und reizte sie weiter durch eine nur geringe Bewegung.

»Hmm? Und jetzt hast du es dir anders überlegt?«

»Jetzt will ich dich anständig ficken.«

Emma streichelte über seinen Rücken und packte seinen Po. »Dann tu's doch!«

Tristan küsste sie wieder, doch so sehr Emma es auch wollte, er drang nicht in sie ein. Er hatte etwas anderes vor. Unter leisem Protest ließ sie seine Lippen gehen. Sie wanderten über ihr Kinn und ihren Hals zu den Brüsten. Sanft waren sie zuerst, sogen ihre Nippel ein und bespielten sie mit der Zunge. Sobald sie hart wurden, sog er sie in seinen warmen Mund und ließ sie seine Zähne spüren. Emma schloss die Augen, um ganz zu genießen, was er tat.

Spitze Nippel ließ er zurück, feucht von seinem Speichel, empfindlich für die die kühle Luft des Schlafzimmers. Emmas Becken kreiste inzwischen, angetrieben von der Gier zwischen ihren Schenkeln. So dringend wollte sie ihn in sich spüren, aber Tristan ließ sich nicht von seinem Weg abbringen. Als sein Mund über ihren Bauch wanderte und seine Hände ihre Beine nach oben drückten, vergrub sie die Hände in seinen Haaren. Sie keuchte, weil seine Zunge durch ihre Spalte fuhr und seine Lippen ihre Scham öffnete. Er packte sie bei den Hüften, sodass sie ihm nicht entweichen konnte und leckte sie, bis sie Sternchen sah. Heller und heller wurden ihre Schreie, heftiger das Zucken ihres Unterleibs, bis ihr Atem schließlich stockte und sich mit dem erlösenden Höhepunkt freimachte.

Tristan gab Emmas Bewusstsein keine Zeit für die gänzliche Rückkehr. Sie war noch beduselt, als er in sie eindrang und sie mit sanften Stößen liebte. Sie öffnete die Augen, hielt seinen Blick und umschlang ihn, sobald ihre Glieder wieder genug Kraft hatten. Er war ein wenig überrascht, als sie sich mit ihm herumrollte, aber dagegen einzuwenden hatte er nichts. Auf Tristan sitzend stützte Emma die Hände auf seine Brust und ritt ihn so sachte, wie er begonnen hatte.

Aus sieben Uhr wurde schnell acht Uhr, und als sie sich dessen bewusst wurden, begann ein Wettlauf gegen die Zeit: Fix unter die Dusche und angezogen, schnell ein paar Kekse gegessen und ein bisschen O-Saft getrunken, ab auf das Motorrad, denn für die El war es zu spät, und ab in Richtung Loop.

Fünf Minuten vor neun Uhr setzte Tristan Emma ab, verabschiedete sie mit einem Kuss und wartete, bis sie hinter den Glastüren des Gebäudes verschwunden war.

Um drei Minuten vor neun betrat Emma die Redaktion und eilte zu ihrem Platz. Kaum saß sie, ertönte der Fahrstuhlgong abermals. Sie fuhr ihren Rechner hoch, der sich heute besonders viel Zeit zu lassen schien, hörte aber einigermaßen erleichtert, dass es nur Tom war, der nach ihr gekommen war. Auf die witzig gemeinte Bemerkung eines Redakteurs vom Sport reagierte er mit einem patzigen Spruch, pfefferte etwas, das nach einem Autoschlüssel klang, auf seinen Schreibtisch und stand wenig später neben Emmas Arbeitsplatz. Sie wandte sich ihm zu und stutzte, denn Tom hatte Blumen in der Hand, rosafarbene Rosen.

»Da ich dich ja nirgends anders antreffe«, knurrte er, »und du nie zu Hause bist, nicht mal montagabends, wollte ich das heute hier erledigen.«

Emma hob die Brauen. Er wollte was erledigen? Heute und hier? Ihr Blumen schenken? Auf einmal? Um sich zu entschuldigen etwa? Dafür, dass er ihren Sex veröffentlicht und sie als die immer verfügbare, willige Sexgefährtin bezeichnet hatte?

Nicht nur sie fand die Situation spannend, sondern auch alle anderen Redakteure. Keiner quatschte mehr oder tippte auf der Tastatur. Die romantische Szene, die ihre Kollegen erwarteten, würden sie allerdings nicht erleben, denn der Zug für Blumenpräsente von Tom, sei dies als Entschuldigung oder auch nur eine Aufmerksamkeit, war in der vorigen Woche abgefahren.

Tom schien das verstanden zu haben, denn seine Miene kündigte eher einen Tobsuchtsanfall, statt einer Liebeserklärung an. Emma vermutete, dass er sie und Tristan eben vor dem Gebäude gesehen hatte.

»Dass er verheiratet ist, weißt du hoffentlich«, grollte er, holte aus und klatschte die Blumen vor Emmas Füße. Rosa Blütenblätter wirbelten über den Gang.

Die armen Rosen!, dachte Emma. *Gehegt und gepflegt, vor Schädlingen geschützt und als Symbol der Liebe herangewachsen, geschnitten und im Geschäft ausgestellt, um von einem selbstgefälligen Idioten für eine sinnlose Aktion gekauft und am Ende auf den Boden geklatscht zu werden.*

»Eine Redakteurin hast du mir schon vergrault ...« Das war Leanders Stimme. Emma sah auf. Tom fuhr herum. Er war zu verärgert, um sich zu erschrecken, stützte die Hände in die Hüften und wollte etwas sagen, doch Leander war noch nicht fertig.

»Hüte dich, eine zweite in die Flucht zu schlagen.« Er machte einen Schritt über die Rosen.

Emma entdeckte Muriel, die am Schreibtisch nebenan Platz nahm, sah dann wieder zu Leander, der zum Glaskasten ging. Auf halben Weg stoppte er. Abermals wandte er sich an Tom.

»Räum das weg. Und zwar sofort.«

Wahrscheinlich missfiel Tom die Vorstellung, vor Emmas Platz und unter den Blicken aller über den Boden zu kriechen, Blüten aufzulesen, Blätter zusammenzufegen und mit dem von der Putzfrau entliehenen Staubsauger anzurücken. Nicht überraschend trotzte er. »Einen Scheiß werde ich tun ...«

Leanders Stimme nahm den Ton an, vor dem jedem in der Redaktion graute. »Was hast du gesagt? Ich habe dich nicht verstanden.«

»Du hast mich verstanden. Ich werde einen Scheiß tun.«

Leander kam wieder näher. »Ganz bestimmt?«

»Jepp.« Tom kreuzte die Arme vor der Brust. Ein Zeichen dafür, dass er die Offensive aufgab und in die Defensive wechselte. Er war unsicher, aber noch immer wütend. Zu wütend, um vernünftig zu reagieren. »Absolut richtig hast du mich verstanden.«

Leander blieb vor ihm stehen. »Dann tu deinen Scheiß bitte woanders!«

Tom wurde blass. »Ähm ...«, stammelte er, als sei er plötzlich munter geworden. »Also das alles ...«

»Interessiert mich nicht. Pack deinen Krempel und verschwinde. Post kommt morgen oder übermorgen.« Leander machte auf dem Absatz kehrt und ging in sein Büro.

Emma wartete, bis Tom weg war, was nicht länger als zehn Minuten dauerte. Er packte einen Karton und verschwand, ohne sich von nur einem zu verabschieden. Als der übliche Arbeitslärmpegel erreicht war, stand Emma auf und kümmerte sich um die Blumen. Auch die unversehrten Rosen in den Papierkorb zu werfen, tat ihr leid, aber sie wollte davon nichts mehr sehen. Muriel gesellte sich zu ihr auf den Boden, um zu helfen.

»Was ist denn nur geschehen?«, flüsterte sie.

Emma zuckte die Schultern. »Vermutlich wollte er sich entschuldigen, hat aber Tristan und mich vorhin gesehen.«

Mit kurzem Bedauern betrachtete Muriel eine rosa Knospe und katapultierte sie in den Mülleimer. »Vorhin?«

»Tristan hat mich hergefahren.«

»Ah ...« Muriel las weitere Blüten auf und wartete.

»Wir waren spät dran. Mit der El hätte ich es nicht mehr geschafft.«

»Ah ...«

»Du wolltest wissen, was los war«, grummelte Emma mit gedämpfter Stimme. »Also hör auf mit deinem Ah!«

»Würde ich ja«, gab Muriel ebenso leise zurück, »aber ich befürchte, mir fehlen ein paar Puzzleteile. Tristan hat dich zur Arbeit gefahren, weil ihr zu spät dran ward ... das klingt nach einem Alltag zwischen dir und ihm, dessen Beginn ich verpasst haben muss. Wolltest du gestern Abend nicht *TiWrites* treffen?«

Alle Pflanzenteile waren aufgesammelt. Es blieben nur ein paar Fusseln auf dem blauen Velours. Also lasen sie die Fusseln auf.

»Dreimal darfst du raten, wer *TiWrites* ist.«

Muriel sah auf. »Nicht dein Ernst?!«

»Doch.« Emma musste grinsen. »Nachher beim Lunch erfährst du alles.«

»Das will ich hoffen.«

»Hast du Leander erzählt, dass Tom was mit Paula hatte?«

Muriel verneinte. »Entweder weiß er es von Paula selbst oder er hat sich selbst einen Reim gemacht.«

Ihr Telefon klingelte. Sie linste über ihre Schulter zum Glaskasten, wo Leander mit dem Hörer am Ohr saß und zu ihnen rüberstarrte. Mit einem Seufzen stand sie auf, ging zu ihrem Arbeitsplatz und nahm das Gespräch entgegen.

Auch Emma setzte sich wieder. Sie konnte sich vorstellen, was Muriel gerade zu hören bekam und feixte in sich hinein, als sie deren Antwort hörte.

»Lieb von dir, dass du fragst«, säuselte Muriel ins Telefon. »Aber nein danke, wir brauchen keinen Kaffee. Wir haben grad ohne Kaffee fertig geklatscht.«

Emma checkte ihren Posteingang. Die neueste Mail war von Leander und erst wenige Minuten alt. Die Texte zum Fucking Drama und zum Sin City forderte er an und ließ seine Verärgerung darüber, überhaupt fragen zu müssen, in die Mail einfließen. Emma versprach, beide Texte bis zum Abend zu senden. Der zum Fucking Drama war so gut wie fertig, und zum Erlebnis im Sin City hatte sie, insbesondere nach der letzten Nacht, inzwischen so viel Distanz gewonnen, dass ihr das Ausformulieren nicht mehr schwerfallen würde. Ein perfektes Intro hatte sie bereits im Kopf, öffnete ein neues Dokument und schrieb los.

***

»Es ist sieben Uhr«, raunte Tristan am Mittwochmorgen in Emmas Ohr.

Mit geschlossenen Augen kuschelte sie ihren Kopf tiefer ins Kissen und schmiegte sich dichter an ihn. Die Vorstellung, von nun an immer so geweckt zu werden, gefiel ihr außerordentlich gut.

»Nur noch fünf Minuten ...«, nuschelte sie.

Er lachte und gab ihr einen Kuss auf die Stirn.

Emmas Gedanken flatterten zwischen Schlaf und Wachsein,

und so empfand sie den Morgen mal als Traum und mal als Wirklichkeit. Sie war keine Pessimistin, aber in mancher Sekunde fragte sie sich, wann der Knall kam. Irgendein Bäng, das alles versaute, kam doch meistens, wenn alles so gut erschien. Ein Ereignis mochte dies sein oder auch Worte, geäußerte Zweifel, die alles infrage stellten. Genügend Potenzial für miese Wendungen in der Story um Kennedy und sie gab es schließlich.

Emma blinzelte durch die Wimpern. Tristan schlummerte neben ihr. Sie strich ein paar Strähnen aus seinem Gesicht. In seinem Bett waren sie an diesem Morgen, und er schien in keiner Weise beunruhigt oder von Zweifeln geplagt. Über seine Frau sprach er offen mit ihr. Er hatte ihr erzählt, dass sie das Haus nach seinem Auszug verkauft hatten, dass er sie unterstützte und für sie da war, wenn sie ihn brauchte – als Freund. Schon vor dem Tod seines Sohnes hatte sie keine Liebe mehr verbunden, und nach seinem eigenen Unfall war es ihm unmöglich gewesen, die Beziehung in alter Form aufrechtzuhalten. Sie hatte es gewollt, aus Angst, allein zu sein, aber er konnte ihr nicht mehr als Freundschaft geben. Selbst das war ihm eine Weile schwer gefallen. Er hatte sich auf die Lippen beißen müssen, um sie nicht mit Vorwürfen zu konfrontieren und ihr die Schuld zu geben. Den wahnsinnig machenden Schmerz über den Verlust seines Sohnes hätte dies nicht gestillt, den Kleinen schon gar nicht zurückgebracht, also hatte er sich zusammengerissen und sich, wann immer ihn die Verzweiflung übermannte, entweder zurückgezogen, seinen Terminkalender überlastet oder *LebensLust* um Stichworte gebeten.

»Ich muss heute unbedingt im Sex Come True anrufen«, erinnerte sich Emma. »Ich habe noch gar nicht Bescheid gesagt, dass der Termin nächste Woche nur eine Besichtigung mit Interview sein wird.«

Tristan öffnete die Augen. »Du willst auf die persönliche Erfahrung verzichten?«

»Natürlich. Ich kann doch nicht mit ...« Sie zögerte. »... mit irgendwem vögeln.«

»Du kannst schon ...«

»Will ich aber nicht!«

»Na gut.« Tristan klang so gleichgültig, dass Emma ihren Ohren nicht traute. »Dann hast du die Wette aber verloren.«

»Die Wette?« Sie setzte sich auf. »Im Sin City hast du vorgeschlagen, dass wir das lassen, weil weder du noch ich länger Spaß dran hatten.«

Tristan verschränkte die Hände hinter dem Kopf. Auch sein Blick war gleichgültig. »Du wolltest es aber bis zum Schluss durchziehen. Also machen wir das so.«

Emma warf die Bettdecke zurück und stand auf. »Dann habe ich die Wette eben verloren.« Innerlich brodelnd nahm sie die Tasche, in die sie Kleidung für den Tag gepackt hatte.

»Feigling!«, sagte Tristan.

Emma sah auf ihn herab. »Arschloch!«, entgegnete sie und ging ins Bad.

In Windeseile duschte sie und zog sich an. Eine Bluse würde sie heute tragen und, wie am Vortag wegen des Motorrads, eine Hose. Eine blöde Hose, deren Bund kniff, sobald der Reisverschluss zu war. Wütend schlüpfte sie in die Pumps, schloss die Blusenknöpfe und trat vor den Spiegel.

Auf die Wette schiss sie! Gleich als Erstes würde sie anrufen, um die geänderte Planung durchzugeben, und wenn dieser Arsch von Fotograf sich auf den Kopf stellte! Dass sie sich das verdammte Tattoo – ein von ihm gewähltes Motiv an einer von ihm gewählten Stelle – stechen lassen würde, konnte er außerdem vergessen! Den Teufel würde sie tun!

Beim Make-up gab Emma sich so wenig Mühe wie bei ihrer Frisur. Scheißegal war das alles! Ihre Hände zitterten, weil sie wütend war und verletzt. Sie wollte bloß raus aus der Wohnung, nur weg von Tristan – in dem sie sich offenbar total getäuscht hatte! Wie konnte er zuschauen wollen, wie sie es mit einem anderen Kerl trieb? Machte ihn das geil? Oder war ihm ihr Treiben letztendlich egal, nun, da er sie selbst gevögelt hatte?

Emma blinzelte Tränen weg. Sie würde nicht heulen, verdammt! Die Tränen ließen sich nicht aufhalten. So unwirklich erschien das, was eben geschehen war, und doch schon brutal real. Gerade noch hatte sie sich über das Ausbleiben des Momentes, der alles versaute, gefreut und – tadaaaaaa – hier war er! In schlimmster Form sogar, denn gegen eine feindselige Ehefrau konnte man wirken. Einen Zweifel konnte man ausräumen. Unsicherheit konnte man mit Geduld begegnen. Aber Gleichgültigkeit! Emma schnaubte und wischte die Tränen von ihren Wangen, tupfte sie mit Klopapier trocken und trug neues Make-up auf. Gegen Gleichgültigkeit konnte man gar nichts unternehmen. Absolut keine Hoffnung gab es da. Hier musste der Unhappy-End-Stempel aufgedrückt und der Buchdeckel zugeklappt werden.

Als Emma das Badezimmer verließ, wartete Tristan auf sie. Er war schon angezogen.

»Ich fahr dich«, sagte er und hielt ihr ihre Handtasche hin.

Emma riss ihm die Tasche weg. »Ich nehme die El.«

»Ach, nun komm schon!«, hörte sie ihn sagen, während sie zum Ausgang lief. »Jetzt inszenier doch kein Drama!«

»Arschloch«, konnte Emma nur noch einmal sagen. Ein paar andere Schimpfworte fielen ihr ein, doch das eine genügte wohl.

Tristan blieb unbeeindruckt. »Ich nehme an, wir sehen uns dann erst Montagabend im Sex Come True?«

Emma öffnete die Tür. »So ist es. Und danach hoffentlich nie wieder!«

Von ihrem Schwung beschleunigt, rumste die Tür hinter ihr ins Schloss.

FÜNFZEHN

In Lincoln Park hatte ein neues Restaurant eröffnet, über das Emma in der Juli-Ausgabe von *KINGz* berichten würde. Afrikanische Küche stand auf dem Speiseplan, was es so oft selbst in einer Metropole wie Chicago nicht gab. Für den Bericht wollte sie ein paar Spezialitäten kosten und hatte Muriel, Janis und Anne eingeladen, sie zu begleiten. Da es Freitag war, wollten sie danach in einen Club gehen und die eingeschlafene freitagnächtliche Tradition aufleben lassen. Das alles war vor dem vergangenen Mittwoch geplant worden, und hätte man Emma heute gefragt, dann wäre sie allein ins Restaurant gegangen, an irgendeinem Tag nach Feierabend, hätte ein bisschen was probiert und gut. Kein ausgedehntes Essen, kein Gelaber mit Freundinnen, kein Club. Sie war eigentlich nicht der Typ Mensch, der sich von Kerlen die wertvollen Stunden des Lebens vermiesen ließ, aber irgendwann war das Fass auch bei ihr voll. Zuerst die Sache mit Tom, dann das mit Tristan. Wer da noch gute Laune hatte, war nicht von diesem Planeten.

»Ich will gar nicht wissen, wie viele Kalorien das alles hat«, seufzte Anne mit dem Blick in die Speisekarte. »Ich will nicht zu fett für mein Brautkleid werden.«

»Du heiratest Ende August!«, kam es genervt von Janis. »Seit Monaten futterst du Grünzeug wie ein Hase. Wenn du nicht anständig isst, wirst du zu dürr für dein Brautkleid. Außerdem …« Sie warf Anne einen Blick zu. »Ich glaube, die Kalorien hier sind überschaubar, oder hast du schon mal einen Stamm fetter Afrikaner gesehen?«

Anne überhörte Janis' Witz. »Am Sonntag geht es auch schon weiter ...«

Sie spielte auf das Essen bei Emma an. Neben dem Steinbeißerfilet hatte Emma drei weitere Rezepte ausgesucht, die sie kochen und ihren Freundinnen zum Testen servieren würde, um zwei als Monatsempfehlung in *KINGz* zu veröffentlichen.

Emma knirschte mit den Zähnen. »Das sind Low-Carb-Gerichte.«

Sie schluckte einen anderen Kommentar, erbost darüber, dass Anne darüber klagte, seit Jahren einmal im Monat a la Gourmet bekocht zu werden. Es wurde Zeit, dass die Frau unter die Haube kam, ihre Diät sein ließ und mit dem Appetit wieder bessere Laune bekam. Für eine schlecht gelaunte, nörgelnde baldige Braut hatte Emma heute überhaupt kein Verständnis.

»Vielleicht wird es ja das letzte Testessen sein«, sagte sie schließlich und ließ es gut sein.

Janis entschied sich zuerst für ein Gericht und legte die Karte beiseite. »Ich find's schade. Weißt du schon, wer deine Nachfolgerin wird?«

Emma tauschte einen Blick mit Muriel, als könne sie durch deren Augen die Pläne des Herausgebers von *KINGz* erfahren.

»Ich bin Leanders Lebensgefährtin, nicht seine Sekretärin.« Muriel zwinkerte. »Aber ein Vögelchen hat mir gezwitschert, dass er eine Stellenanzeige vorbereitet.«

»Hoffentlich nicht für einen Lifestyle-Redakteur«, brummelte Emma und konzentrierte sich wieder auf das Speiseangebot. Sie konnte sich nicht entscheiden. Ob nun Nandi Nkuku, Tsebhi Beghe oder Timtimo ... es war ihr herzlich egal. Man hätte ihr gerade auch gegrillte Zahnpasta vorsetzen können. Piepegal, das alles.

»Nein, für jemanden, der sich mit Ernährung und Lebensmitteln auskennt.«

»Ah ...« Glauben würde sie das erst, wenn sie ihrem Nachfolger die Hand schütteln und ihn oder sie mit den Aufgaben vertraut machen würde.

»Wann seid ihr in der letzten Location, Kennedy und du?«, fragte Janis und lehnte sich zurück, damit die Bedienung den Wein einschenken konnte. Sie hatten eine Flasche südafrikanischen Rotwein bestellt, der ihnen empfohlen worden war.

»Am Montag.« Gar nicht dran denken wollte sie. Sie entschied sich für ein Fischgericht mit unaussprechlichem Namen und klappte die Karte zu, wobei sie Muriels Argwohn bemerkte. Kurz musterte sie auch Janis und Anne, die von den Entwicklungen zwischen ihr und Tristan nichts wussten. Janis nicht, weil Emma sie bisher nicht wieder gesehen hatte, Anne nicht, weil sie komisch drauf war während ihrer Hochzeitsvorbereitungen, spießiger als je zuvor.

Muriel stand auf. »Ich muss mal aufs Klo«, sagte sie. »Kommt wer mit?« Weder Janis noch Anne sahen sie an, sondern nur Emma.

Die verkniff sich einen unwirschen Laut. Muriel war die letzte Frau auf Erden, die eine Freundin brauchte, um aufs Klo zu finden. Da sie verstanden hatte, stellte sie ihren Wein ab und stand ebenfalls auf. »Aber ja doch. Ich komme mit.«

Janis betrachtete sie beide mit gehobenen Brauen. An Anne ging das seltsame Ereignis vorüber, denn sie studierte die Karte noch immer und schimpfte, weil ihr keiner der angebotenen Salate gefiel.

»Ich dreh ihr den Hals um«, schimpfte Emma sobald sich die Toilettentür hinter ihr und Muriel geschlossen hatte.

Muriel setzte sich auf den Marmorsims, der die Waschbecken hielt. »Wem? Anne? Ach, das ist der Brautkoller oder wie man das nennt. Das geht vorüber. In zwei Monaten ist sie wieder die Alte.« Sie schwang die Beine abwechselnd vor und zurück. »Aber ich frag mich, wann deine Stimmung vorübergeht. Du bist geladen wie ein Kanonenrohr, und ich kann mir keinen

Reim drauf machen. Der faszinierende *TiWrites* hat sich als der noch viel faszinierendere Tristan Kennedy mit Gefühlen für dich geoutet, und eben habe ich dir durch die Blume gesteckt, dass wir wahrscheinlich bald gemeinsam die Lifestyle-Rubrik schmeißen, aber du ...«

»Tristan Kennedy ist Geschichte, okay?«, fiel ihr Emma ins Wort und erzählte, was geschehen war.

»Das ergibt keinen Sinn«, sagte Muriel, als Emma fertig war und sich grimmig neben sie auf den Sims hockte. Bis dahin hatte sie den Toilettenraum mit hastigen Schritten ausgemessen und so wild gestikuliert, dass sie jemanden hätte umhauen können.

»Klar ergibt das einen Sinn! Ihm ist egal, ob ich andere habe. Vielleicht geilt er sich sogar daran auf, mir zuzuschauen.«

»Was für ein Unsinn! Er hat dich nicht mal fotografiert, während des Aktes. Er hat es zum Schluss sogar unterbrochen. Er geilt sich nicht dran auf. Es gefällt ihm nicht.« Muriel dachte sich tiefer in die Problematik. »Als er herausgefunden hat, dass du *LebensLust* bist, da wollte er, dass du erfährst, wer er ist. Er hat dich sehen wollen und dir schon in der Mail Dinge gestanden, die viele Männer im Leben nicht über die Lippen bringen würden. Dieses Treffen hat er sich in seiner Geschichte erträumt ... und die Story schließlich umgesetzt. Ich bin nun nicht der geborene Romantiker, aber wenn das nicht echt ... na du weißt schon ... speziell ist.«

»Vielleicht war das bloß Show, Mittel zum Zweck.«

Muriel hopste vom Sims. Nun war sie es, die den Raum durchmaß. Sie fuhr sich durch die dunklen Locken und raufte sie, unzufrieden mit ihren keine Erklärung findenden Gedanken. »Bist du sicher, dass er es so gemeint hat?«

Emma wurde ungeduldig. Was nützte es, das alles zu bequatschen? »Ich würde die Wette verlieren, wenn ich den Plan nicht durchziehe! Da gibt es nichts falsch zu verstehen ... Was er mir gesagt hat, hätte ich gern nie gehört. Hierfür gibt es nicht einmal eine Entschuldigung, auf die ich hoffen könnte. Es waren seine Gedanken, die er ausgesprochen hat, und die besagen, dass es ihm egal ist, ob ich mit einem anderen Sex habe. Was prinzipiell bedeutet, dass ich ihm egal bin.«

»Vielleicht hat er gescherzt oder dich testen wollen?«

Emma dachte darüber nach und schüttelte den Kopf. »Glaub ich nicht. Du hättest seine Miene sehen sollen.« Sie stellte die Füße auf den Boden. »Musst du jetzt noch auf Klo oder können wir wieder an den Tisch gehen?«

Muriel ging zur Tür. »Seit wann geh ich zu zweit aufs Klo? Denk über Kennedy nach. Ich halte ihn zwar für einen seltsamen Typen, aber ich glaube, dass du dich irrst bei deiner aktuellen Einschätzung.«

Denk über Kennedy nach!, äffte Emma Muriel im Stillen nach und folgte ihr ins Restaurant. Sie tat seit Tagen nichts anderes. Das Gegenteil wollte sie: *Nicht* über Kennedy nachdenken, denn es tat ihr nicht gut, an ihn zu denken. Ein Heer kleiner Soldaten wollte sich um ihr Herz aufstellen … um ihr verräterisches, widerständiges Herz, das ihrem Verstand trotz allem nicht folgen wollte.

***

Nachdem die afrikanischen Menüs verspeist waren und der Tisch für neue Gäste geräumt werden musste, gingen die Frauen an die Bar. Muriel bestellte eine Runde Mai Tai, und Anne beschloss, dass es diesen Cocktail auch auf ihrer Hochzeit geben müsse. Janis erzählte, dass sie einem Brautpaar Eheringe um die Ringfinger tätowiert hatte – und schon war man wieder voll beim Thema Heiraten. Zum Glück war da Muriel, die von ihrer Juli-Kolumne erzählte, in der es um Dinge ging, die Frauen tatsächlich an Männern hassten und gegen die Barthaare im Waschbecken eine Lappalie waren. Emma empfahl Muriel, die Gleichgültigkeit mit aufzunehmen und leerte ihren Mai

Tai. Die nächste Runde ging auf sie. Anne protestierte zwar, weil sie ihren Cocktail gerade zur Hälfte geleert hatte, aber Emma stellte ihr das Glas hin, mit der Bitte, einfach öfter zu trinken und weniger zu reden.

Anne reagierte verwirrt. Sie war unschlüssig, ob sie Emmas Worte als Kritik auffassen sollte und entschied sich gerade für beleidigtes Schweigen, da entdeckte sie eine Bekannte und rief sie zu sich. Emma drehte sich zu Muriel und Janis und hörte nur Fetzen von dem, was Anne der Frau sagte, Floskeln wie »Ewigkeiten nicht gesehen!« und rhetorische Fragen wie »Wie geht es dir?« ... und natürlich den Satz, den Anne an jedem Tag bestimmt fünfzigmal runterbetete: »Ich heirate demnächst.«

»Ach ja? Und ich werde demnächst geschieden«, antwortete die Frau, und Emma musste sich auf die Lippe beißen, um nicht zu lachen. Andererseits tat Anne ihr ein bisschen leid, denn die Worte waren ziemlich giftig gewesen. Sie sah über die Schulter, um die Frau unter die Lupe zu nehmen. Anne bemerkte es, und ihr schien etwas einzufallen.

»Alissa, das ist Emma«, sagte sie.

Emma trat näher und schüttelte die ihr hingehaltene Hand. Das Lächeln der Frau wurde schmaler, als Anne weiterredete: »Emma schreibt für *KINGz*, und zurzeit arbeitet sie mit ...«

»Tristan«, fiel ihr die Frau ins Wort, und Emma wünschte sich, dass sie ihre Hand gehen ließ, doch sie hielt sie fest. »Ich weiß schon.« Sie zwang ihre Mundwinkel, oben zu bleiben. »Alissa Kennedy«, stellte sie sich selbst vor.

»Emma Roosevelt.« Endlich bekam Emma ihre Hand frei und machte sich bewusst, dass Tristans Frau vor ihr stand.

Sie war so attraktiv wie die Frauen, die er für gewöhnlich fotografierte, makellos ihr Gesicht, das kaum geschminkt war. Ihre blonden Haare fielen in sanften Wellen über ihre Schultern. Ihre Kleidung war unauffällig, aber teuer und betonte die schlanke, hochgewachsene Figur. Große, türkisfarbene

Schmucksteine funkelten an ihren Ohren und ihrem Finger.

Offenbar hatte Alissa Kennedy bereits von ihr gehört und war nicht sonderlich erfreut, sie jetzt zu treffen. Das Missfallen – bei Emma war es ein gewisses Unbehagen – beruhte auf Gegenseitigkeit.

Anne spürte die Anspannung und versuchte, sie wegzureden: »Alissa ist ebenfalls Fotografin. Wir haben uns vor ein paar Jahren auf einem Workshop kennengelernt. Wo war das doch gleich, in Detroit oder Ohio ...?«

»Detroit.« Alissa nahm ihren Cocktail vom Barkeeper entgegen, trank aber nicht. »Wie gefällt dir die Zusammenarbeit mit Tristan, Emma?«

Emma wählte die Antwort mit Vorsicht. »Die meiste Zeit kommen wir ganz gut miteinander klar.«

Die blonde Schönheit nickte. »Er hat mir von dir erzählt.« Abermals ließ sie den Blick über Emma wandern. »Gestern erst. Was für ein Zufall, dass wir uns heute begegnen. Ich bin überrascht, zugegeben. Ich hatte eine gänzlich andere Vorstellung von dir. Sein Geschmack scheint sich im Laufe der Zeit geändert zu haben.«

Annes Mund klappte auf und wieder zu. Emma wollte lieber nicht wissen, was die Freundin gerade dachte, und was Alissa Kennedy betraf ... der wollte sie gern die Haare von der Zunge rasieren. Sie würde sich nicht beleidigen lassen, allerdings auch keine Wortgiftpfeil-Schlacht riskieren. Sich das Traumata, das diese Frau erlebt hatte, in Erinnerung rufend, mahnte sie sich zur Vernunft.

»Schön, dich kennengelernt zu haben«, sagte sie entgegen ihrer Gedanken. »Dir alles Gute!« Das meinte sie.

Alissa zog die Brauen zusammen. »Ach, wollen wir nicht noch ein bisschen plauschen? Wir haben uns bestimmt noch eine Menge zu erzählen.«

Emma schüttelte den Kopf. Sie bedauerte die Frau aufrichtig, nur würde sie sich nicht zum Prellbock für ihre Verzweiflung machen lassen. »Sehe ich nicht so ...«

Nach einem entschuldigenden Blick an Anne drehte sie sich wieder zu Muriel und Janis, fand jedoch keinen Zugang zu deren Gespräch. Sie hörte, wie Anne das Wort ergriff und ihr Bedauern über die Trennung ausdrückte. Dann erkundigte sie sich nach Kindern. Emma hielt die Luft an, kniff die Augen zusammen und lauschte. Alissa blieb ein paar Sekunden still und sagte schließlich, dass es zum Glück keine gäbe. Nicht lange danach verabschiedete sie sich.

»Du hast was mit Tristan Kennedy?!«, fauchte Anne. »Himmel, hast du eine Ahnung, wie unangenehm mir die Situation gerade war?«

Emma zuckte die Schultern. »Hättest du dich in letzter Zeit hin und wieder für jemand anderen als dich und deine Hochzeit interessiert, wüsstest du davon.«

»Hey, ich wusste es auch nicht!«, klinkte sich Janis ein.

»Tut mir leid!« Emma wurde gerade alles zu viel. Die Begegnung mit Alissa Kennedy. Annes Unterstellung. Janis' Vorwurf ... Sie wollte nach Hause.

»Er ist verheiratet!«, fauchte Anne weiter.

Muriel, die noch zu verstehen versuchte, wie die Diskussion entstanden war, ergriff Partei für Emma. »Auf dem Papier. Er und seine Frau leben seit Jahren getrennt.«

»Das hat sie mir gerade gesagt.« Sichtlich aufgebracht setzte Anne sich auf einen Barhocker und schlug die Beine übereinander. »Aber bis dahin wäre ich vor Scham gern im Boden versunken.«

»Hör auf, ein Moralapostel zu sein!« Muriel nahm Annes noch nicht angerührten zweiten Mai Tai vom Tresen und drückte ihn ihr in die Hand. »Du hängst hinterher. Trink und predige nicht! Emma hat sich in Tristan verliebt, Tristan hat sich in sie verliebt ... «

»Muriel, bitte ...« Emma hockte sich neben Anne an die Bar und stützte den Kopf in die Hände. Das alles wurde immer furchtbarer.

»Was denn? Du hast nichts Falsches getan.«

»Sie hat's mir nicht gesagt«, grummelte Janis. »Das war das einzig Falsche!« Sie hob ihr Glas und prostete Emma zu. »Aber ich verzeihe dir, Schatz, und Kennedy ist heiß! Find ich toll, dass ich ihn nun öfter angucken kann.«

Weil Anne verächtlich prustete, wandte sich Janis an sie: »Und du hörst jetzt sofort damit auf. Im Prinzip wirfst du Emma nur vor, dich in eine prekäre Situation gebracht zu haben ... aber genau genommen hast du dich selbst hineinmanövriert. Nun ist es vorbei, also mach dich locker! Denk an was Schönes!« Janis grinste. »In einem Monat, dreiundzwanzig Tagen ...«

Anne musste lachen. »Ist ja schon gut ...«

Janis war zufrieden. »Prima.« Sie knuffte Emma in die Seite. »Bekommen Anne und ich jetzt Details zu hören?« Sie schickte Muriel einen Blick. »Miss Know-it-all scheint wie immer informiert zu sein.«

»Dann fragt Miss Know-it-all!« Ein Kloß steckte in Emmas Hals und ließ sich nicht hinunterwürgen. »Ich will kein Wort mehr zu Tristan Kennedy sagen ... und eigentlich will ich auch nichts mehr über ihn hören.« Verstohlen wischte sie eine Träne weg.

Janis verstand. Widerwillig ließ sich Emma von ihr in den Arm nehmen. Anne tätschelte ihr den Rücken und Muriel bestellte die dritte Runde Mai Tai.

»Wir brauchen einen Zwischentoast«, beschloss Muriel, während sie die Getränke verteilte. Einen Toast brachten sie traditionsmäßig ausschließlich zum Sonntagsbrunch aus, aber bis dahin waren es noch zwei Wochen. Zu viel Zeit für Muriels Empfinden. »Trinken wir auf uns!«

Emma, Janis und Anne stutzten, weil das ein ungewöhnlicher Toast war. Normalerweise tranken sie auf verrückte Dinge, nur wenn eine von ihnen in einer emotionalen Klemme steckte, ließen sie sich tiefsinnigere Toastsprüche einfallen.

»Seit wann so sentimental?«, amüsierte sich Janis, die schon ein wenig beschwipst war.

Muriel, auch nicht mehr nüchtern, grinste. »Naja, wenn wir es im Leben mal wieder mit einem Oberarsch zu tun bekommen, können wir uns damit trösten, dass wir immer noch uns haben.«

Das leuchtete allen ein. Sie lachten, und auch Emma musste schmunzeln. Sie ließ ihr Glas gegen Muriels klingen, stieß danach mit Janis und Anne an. Bevor sie trank, rief sie das Heer kleiner Soldaten in Position und befahl ihnen, ihr Herz so lange zu knebeln, bis Tristan Kennedy nur noch eine blasse Erinnerung war.

SECHZEHN

Das Sex Come True befand sich in einem Industriegebiet. Der Grund für diese Lage war einleuchtend: Es war abgeschieden und bot ausreichend Platz. Da man vom Inneren aus allerdings nicht auf die trostlosen, verfallenen Fabrikhallen und Fuhrparks schauen sollte, und natürlich zum Schutz vor neugierigen Blicken, war der Komplex von einer hohen Mauer umgeben.

Im Hauptgebäude gab es verschiedene Themenräume, die Rollenspiele vieler Art möglich machten, so zum Beispiel einen Klassenraum, eine Flugzeugkabine mit Flugsound, ein Arztsprechzimmer mit Untersuchungsmobiliar, ein polizeilicher Vernehmungsraum samt Gefängnis und eine Cocktail-Bar. Im Außenbereich lagen ein mit Parkuhren bestückter Parkplatz sowie ein Garten mit Teich und einem kleinen Waldstück. Wer seine Fantasien mit dem Partner verwirklichen mochte, konnte die Location ebenso buchen, wie jemand, der sich lieber auf einen oder mehrere Fremde einlassen wollte, denn das Etablissement hatte eigenes Personal, das auf Wunsch gebucht wurde.

Für Emmas Termin war Sex in der Cocktail-Bar mit einem gewissen Lorenzo als verführerischem Barkeeper vorgesehen gewesen. Auf ihren Anruf hin war der Plan storniert worden. Sie würde das Sex Come True nun lediglich besichtigen und dem Besitzer Fragen stellen – wie sie es ursprünglich vorgehabt hatte.

Als sie das Gebäude betrat, war sie furchtbar aufgeregt – viel aufgeregter, als sie es mit Aussicht auf Sex mit Lorenzo in der

Bar gewesen wäre. Tristans Lieferwagen parkte vorm Haus, und die Tatsache, dass er bereits da war, ließ Emma grübeln, wie sie ihm begegnen sollte. Sie wollte keine Diskussion mit ihm und ebenso wenig einen oberflächlichen Small Talk. Ein bescheiden unterlegenes Gefühl kursierte in ihr. Sie wünschte sich Tristans Gleichgültigkeit, um diesen letzten Termin professionell erledigen zu können und ihm auf Augenhöhe zu begegnen, allerdings gab ihr Herz einen Dreck auf ihre vom Verstand ausgesendeten Wünsche. Verletzt und gequetscht pumpte es vor sich hin.

***

Während des Interviews mit dem Eigentümer des Sex Come True, das im eigentlich entspannten Rahmen in der Lobby stattfand, fühlte sich Emma wie in Alarmbereitschaft. Manchmal unterbrach sie sich selbst in einer Frage, um zu lauschen, mal wurde ihr bewusst, dass sie nicht richtig zuhörte. Immerzu war sie darauf gefasst, dass Tristan auftauchte und einen lockeren Spruch losließ. Es wäre einer Erlösung gleichgekommen. Sie hätte es hinter sich und gut. Dass er sich nicht zeigte, schürte ihre Anspannung von Minute zu Minute. Auch der Wein, von dem sie gelegentlich nippte, änderte daran nichts. Um es easy nehmen zu können, hätte sie ihn sich hinter die Binde kippen sollen – und ein zweites Glas gleich hinterher.

Reiß dich zusammen!, sagte sich Emma im Stillen und konzentrierte sich auf den Eigentümer, ein wenig attraktiver, aber sympathischer Mittfünfziger, der gerade erzählte, dass das Sex Come True an sechs Wochentagen, den Sonntag ausgenommen, geöffnet hatte und immer gut besucht war. Wegen des Termins hatte es am heutigen Montagabend das erste Mal seit der Gründung außerplanmäßig geschlossen.

»Wie sind Sie überhaupt auf die Idee der Gründung gekommen?«, fragte Emma seine Antwort aufgreifend.

»Ein Artikel in irgendeinem Magazin hat mich drauf gebracht«, erinnerte er sich. »Die beliebtesten Rollenspiele wurden vorgestellt, wie man sie vorbereitet und schließlich durchführt. Ich dachte einfach, dass all das erst in der richtigen Umgebung perfekt sein kann.« Er lachte. »Mal Hand aufs Herz. Das Lehrer-Schüler-Rollenspiel zu Hause im Wohnzimmer? Richtig prickelnd wird es doch erst in einem Klassenraum.«

Weiter und weiter erzählte er, über die anderen Räume und die Schwierigkeiten, die er anfangs gehabt hatte, geeignete Mitarbeiter zu finden. An Interessenten hatte es mit dem Bekanntwerden nicht gemangelt, hingegen schon an zuverlässigem Personal, was beinahe zu einer Schließung geführt hatte.

Nachdem er Emma eine letzte Frage beantwortet hatte, bat sie ihn um eine Führung durch die Räume. Er entschuldigte sich allerdings, weil er Telefonate führen musste. Aufgrund der Schließung hatten Kunden Nachrichten auf dem Anrufbeantworter hinterlassen, um die er sich nun kümmern musste. Er ließ Emma wissen, wie sie in den Keller gelangte und forderte sie auf, sich gern schon einmal umzuschauen.

»Ein paar Besonderheiten habe ich Ihrem Kollegen bereits gezeigt«, schloss er und stand auf. »Wenn Sie mich suchen, mein Büro ist hier gleich nebenan.«

Emmas Sorgen waren auf den Punkt gebracht. »Wo ist er gerade, mein Kollege?«

»Der hat oben angefangen, bevor Sie kamen. Oben sind der Klassenraum, die Flugzeugkabine und das Sprechzimmer. Alle weiteren Räume finden Sie unten.«

Emma bedankte sich. Sie stand auf und ging zurück ins Foyer, von wo aus eine Treppe in den Keller führte. Zuerst betrat sie die Cocktailbar, in der leise Musik spielte. Hinter der Theke wartete das komplette Spirituosensortiment, davor standen Hocker in einer Reihe. Emma nahm auf einem Platz und ließ den Raum auf sich wirken. Ihr Blick flog über die wenigen kleinen Tische, die im Sexspiel sicher schon das eine oder andere Mal zweckentfremdet worden waren, indem man jemanden darauf gefesselt und durchgevögelt hatte. Auch der Hocker, auf dem sie saß, bot sich an. Bäuchlings konnte eine Frau darübergelegt werden, sodass ihr Hintern auf der richtigen Höhe für das Becken des Barkeepers war – oder mehrerer Barbesucher. Eine geile Sache, vorausgesetzt, man hatte die passende Einstellung.

Emma verließ die Bar und ging weiter zum Vernehmungsraum, der spartanisch mit einem Metalltisch und drei Stühlen ausgestattet war. Der daran anschließende Raum lag im Dunkeln. Emma tastete nach dem Lichtschalter, betätigte ihn und schauderte, als sich eine Glühbirne summend zum Dienst meldete und trübes Licht spendete. Ein neuer Schauder kroch über ihren Rücken, als sie sah, dass sie inmitten dunkler Wände vor Gitterstäben stand, die vom Boden bis zur Decke reichten. Die Tür stand offen. Das Schloss baumelte an einem Vorschieberiegel. Sie wollte sich einen Ruck geben und hineinschlendern, da ertönte Musik. Laut. Emma erstarrte.

»Whatever I feel for you, you only seem to care about you. Is there any chance you could see me too. 'Cause I love you«, sang Woodkid. Ausgerechnet Woodkid. Ausgerechnet dieses Lied. Das war kein Zufall.

Schon wollte Emma die Füße in die Hände nehmen und abhauen, da spürte sie eine Hand im Nacken. Sie wurde gegen die Gitter gedrückt und keuchte vor Schreck, schloss die Hände um zwei Streben.

»Hey, Roosevelt«, raunte Tristan in ihr Ohr. Sein warmer Atem strich über ihren Hals.

Emma konnte nicht antworten. Ihre Kehle war wie zugeschnürt. Das Herz schlug ihr bis zum Hals; nicht nur, weil sie so erschrocken war, sondern vor allem, weil die Aufregung sie endgültig im Griff hatte – hatte sich deren Natur auch schlagartig geändert. *TiWrites'* Story *Der Käfig* begann genau so.

»Hast du wirklich geglaubt, ich schaue noch ein einziges Mal zu, wie du Sex mit einem anderen hast?«, hörte sie Tristan fragen und schloss die Augen.

Sie hätte es sich denken sollen! Am Fluss hatte er nach ihrer Lieblingsstory gefragt – und offenbar schon da beschlossen, das Sex Come True für sie beide zu nutzen. Am Morgen in seinem Bett hätte sie selbst es ihm vorschlagen sollen, denn hier war er, der verdammte Käfig, aber stattdessen ...

»Ich bin nicht Tom.« Knurrig klang Tristans Stimme jetzt. »Also verwechsele mich nie wieder, und lass mich nicht das Misstrauen spüren, das *er* verdient.« Sein Griff wurde fester, wie es der des Story-Protagonisten an dieser Stelle geworden war, und Emmas Haut begann zu prickeln. »Verstanden, Roosevelt?«

»Klar und deutlich, Tristan«, flüsterte sie mit noch immer geschlossenen Augen. Die Gitterstreben waren kalt auf ihrer Wange, doch die Glut in ihrem Inneren heizte ihr bereits ein.

»Mit deinem Verhalten hast du mir jedenfalls die perfekte Vorlage geliefert.« Er legte seine Hände über ihre, schloss sie fester um die Gitter, und knabberte an ihrem Ohrläppchen, so lange, bis Emma ihren Hintern gegen sein Becken drückte. »Das weißt du hoffentlich?«

»Das wird mir gerade klar ...«

»Und kennst du die Konsequenz?«

Oh ja, die kannte sie, und das Bewusstsein, sie gleich zu erleben, ließ sie sich fester an ihn schmiegen. »Bestrafung?«

Während Woodkids Song in die zweite Runde ging, dirigierte Tristan Emma Stab für Stab zum Eingang des Käfigs.

»Einen genialen Soundtrack hast du ausgesucht«, murmelte sie.

Er lachte kratzig. »Ich hoffe, du hörst gut zu. Und ich hoffe, du siehst und erkennst mich dabei.«

»Ich habe dich längst erkannt.«

»Den Eindruck hatte ich am Mittwoch nicht ...«

»Vergiss Mittwoch!«

Wieder lachte er. »Später.« Der Eingang war erreicht, und er schob sie in den Käfig. Ehe Emma sich versah, klickte er eine Handschelle um ihr Handgelenk. Den anderen Teil schloss er über ihrem Kopf an einer Gitterstrebe. Wie die Story-Protagonistin, versuchte sie sich zu wehren, als er auch ihre andere Hand nach oben führte, doch sie war machtlos gegen seine Kraft, viel machtloser allerdings gegen den Wunsch, es erleben zu wollen.

Tristan strich an ihrem Körper herab und schob ihre Beine mit seinen Füßen auseinander. Weil ihr Rock nicht so viel zulassen wollte, wie es ihm passte, zog er ihn ein Stück nach oben. Hinter ihr ging er in die Hocke, streichelte über ihren Po, über ihre Schenkel und Waden. Während er ihre Kniekehlen küsste, fixierte er auch ihre Fußgelenke an zwei Stäben. Emma lehnte den Kopf gegen das Gitter, das nun eine willkommene Kühlung spendete. Sie war feucht zwischen den Beinen. Sie wollte, dass er sie dort berührte – und sie wusste, dass er das sobald nicht tun würde.

Er stand wieder auf, streichelte sie dabei, mal sanft und mal fester. Abermals wollte sich Emma an ihn schmiegen, doch er packte sie bei den Seiten und presste sie gegen das Gitter. »Du bewegst dich nicht! Keinen Millimeter!«

Sie murrte vor Lust, als seine Hände nach vorn griffen und ihre Bluse aufrissen. Die Knöpfe klackerten über die dunklen Fliesen. Als Nächstes schob er ihren BH nach oben, schloss ihre Brüste für einen Moment in seine Hände und zog dann an ihren Nippeln.

Emmas Mund öffnete sich, um einen Laut freizulassen, doch sie schluckte ihn, öffnete die Augen und wandte den Kopf zur Seite.

»Erwartest du, dass ich dich bitte, mir nicht wehzutun?«

»Du kannst mich um was auch immer bitten«, entgegnete

er, sein Mund wieder an ihrem Ohr. »Erwartest du, dass ich drauf höre?«

Zeit zu antworten gab er ihr nicht. »Weißt du noch, wie du mich am Mittwoch genannt hast?«

Emma hatte eine Ahnung, worauf er hinaus wollte. »Ja.«

»Wie hast du mich genannt?«

Emma wollte es nicht noch einmal sagen, also schwieg sie.

Tristan ließ von ihr ab. Seine Schritte hallten im Raum. Im Augenwinkel sah Emma, dass er einen Gegenstand vom Boden aufhob. Sie hatte ihn dort nicht liegen sehen, wusste allerdings, was es war. Wenig später schnalzten die ledernen Bänder der Peitsche – ein Geräusch, das ihr Herzklopfen antrieb.

»Wie hast du mich genannt?«

Emma biss sich auf die Lippe, und Tristan war binnen weniger Sekunden wieder bei ihr. Nahe. Er löste ihr Haar, griff hinein und zog ihren Kopf in den Nacken. »Sag es!«

Emma presste das Wort hervor. »Arschloch.«

Er ließ ihr Haar gehen und schob ihren Rock über ihren Po. Kurz liebkoste er ihn, dann riss er das Höschen weg. Einfach so. Ein protestierendes Ratschen und die Nähte hatten nachgegeben. Kühle Luft war es, die ihren blank gelegten Hintern streichelte, als er erneut zurücktrat.

»Wie viele Buchstaben hat das Wort?«

»... neun.«

»Wie oft hast du mich so genannt?«

»Zweimal.« Sie hielt es kaum noch aus. Ihre Lust rann ihr bereits die Schenkel hinunter. »Bitte ...«

Tristan blieb unbeeindruckt. »Zweimal neun?«

»Achtzehn ...«

Die Peitsche schnalzte über ihre rechte Pobacke. Emma zuckte und keuchte. Ehe sie Luft holen konnte, spürte sie die ledernen Riemen ein zweites Mal. Auf derselben Stelle. Diesmal zwiebelte es ordentlich und brachte sie dazu, den Atem anzuhalten und die Hände um die Gitterstäbe zu schließen. Fester umklammerte sie sie mit jedem Hieb. Jeder ihrer Muskeln war angespannt, und ihr Atem verließ ihren Mund mal als Stoß und mal als nicht länger aufhaltbaren lustvollen Schrei.

Tristan zählte mit. Seine Stimme bebte vor Anstrengung, die es ihn kostete, sich zurückzuhalten, nicht nachzugeben, nicht zu ihr zu gehen und seinen Schwanz in sie zu schieben. Nach der Hälfte der Schläge schickte er die Peitsche tiefer, sodass die Riemen ihre Schenkelinnenseiten quälten. Nun stöhnte Emma nur noch, und spannte die Beckenmuskeln an, um dem Ziehen in ihrem Unterleib irgendwie zu antworten. Die Kombination aus Schmerz und Gier machte ihren Geist schwummrig. Sie wollte mehr, sehnte zugleich aber das Ende und den Moment, in dem er sie wieder berührte, herbei. Der achtzehnte Hieb landete so dicht an ihrer Scham, dass sie sich wand und ihre Arme dann kraftlos in den Schellen hängen ließ.

»Komm zu mir«, bat sie ihn, als er sich nicht rührte und beobachtete aus dem Augenwinkel, wie er ihrer Bitte folgte – entgegen seines Plans, taub für all ihre Wünsche zu sein. Aber er ließ sich Zeit, zögerte jeden Schritt hinaus. Als er endlich bei ihr war, streichelte er ihre geschundene Haut.

Er senkte den Kopf, küsste ihren Nacken und murmelte. »Nennst du mich je wieder ein Arschloch?«

Emma schüttelte den Kopf und schmiegte die Wange gegen seine. »Nein, ich verspreche es. Und es tut mir leid, dass ich es getan habe.«

Tristan griff um sie herum, schlang einen Arm um sie und zog sie an sich. Nur ihren Oberkörper jedoch. »Gut so.« Seine freie Hand fuhr dann zwischen ihre Schenkel. Mit mehreren Fingern drang er in sie ein. Ließ er sie seine Lust auch nicht spüren, so verriet doch seine Stimme, wie es um ihn stand.

»Wie kommt es, dass du so nass bist, Roosevelt?«

Emma konterte mit einem Schmunzeln. »Wie kommt es,

dass dich das wundert, Kennedy?«

Er nahm einen weiteren Finger hinzu und fingerte sie in schnellerem Tempo. Abermals umklammerte Emma die Gitterstreben, ging sogar auf die Zehenspitzen, was die Fußfesseln immerhin erlaubten.

»Bist du so nass, weil du es nicht abwarten kannst, dass ich es dir auf diese Weise besorge?«

Emma versuchte, ihre Hände aus den Schellen zu befreien, doch sie lagen zu eng um ihre Gelenke. Zu gern wollte sie hinter sich greifen und den Schaft aus seiner Hose holen, ihn in die Hand nehmen und so unnachgiebig reiben, wie er seine Finger in sie schob.

»Ich bin so nass, weil ich es nicht abwarten kann, dass du es mir richtig besorgst.«

Tristan zog die Hand aus ihr, drängte sie gegen die Gitterstäbe und endlich spürte sie, was sie schon lange hatte spüren wollen. »Was meinst du mit richtig?«

»Deinen Schwanz. Ich brauch ihn jetzt echt tief.«

Wenige Handgriffe genügten, um dem Objekt der Begierde Freiheit zu schenken. Heiß und hart pochte seine Eichel gegen ihre Spalte, glitt durch ihre Nässe, neckte ihren Kitzler. Auf eine ungeduldige Bewegung von Emma schlang Tristan die Arme um sie, überkreuzte sie vor ihrer Brust und legte die Hände auf ihre Schultern. Mit einer Bewegung war er in ihr, so tief, wie sie es sich gewünscht hatte. Emma schrie und legte den Kopf zurück auf seine Schulter und genoss jeden folgenden Stoß. Der Kontrolle entsagend, vögelte er sie, keuchte und trieb seinen Schwanz besonders hart in sie, wenn sie laut schrie. Er hielt sich zurück, untersagte es sich zu kommen, bevor sie nicht soweit war, und als der Moment da war, als ihr Körper bebte, ihre Schreie mit ihrem Atem stockten, zog er sie fester an sich und tauchte ein letztes Mal tief in sie, um seinen Geist gemeinsam mit ihrem für kurze

Zeit ins Nirwana fliegen zu lassen.

Als sie zu sich kamen, wurden sie sich der Musik bewusst, die die Zelle noch immer beschallte, und mussten lachen.

»Jetzt hat er es wirklich oft genug gesagt«, schmunzelte Emma, während Tristan ihre Gelenke befreite. Die Hände zuerst, dann die Füße. Sie zog den BH über ihre Brüste, schob den Rock nach unten.

»Ja, deutlicher geht es nicht mehr.« Er schloss seine Hose, drehte sie zu sich herum, strich sich die Haare hinter die Ohren.

Emma erwiderte seinen Blick. Sie sah in seine Augen, deren Braun allmählich einen weicheren Ton annahm. Was auch immer sein Gesicht sonst ausmachte – seine Tattoos, Narben, Piercings, waren zwar faszinierend, aber nicht so sehr wie seine Augen.

»Echt nicht?«

Tristan zögerte. Er sagte nicht, was ihm zuerst eingefallen war, sondern: »Außer du brauchst es noch deutlicher.«

Weil Emma nur schief lächelte, gab er ihr einen Kuss, nahm ihr Gesicht dann in beide Hände. »Ich habe mich in dich verliebt, Roosevelt. Besteht die Chance, dass du mich siehst?«

Emma war so bewegt, dass sie sich zuerst nicht rühren konnte. Tristans Worte schienen aus einer Welt zu kommen, in der sie nicht gelebt hatte – lange, lange Zeit nicht. Den Soldaten, die ihr Herz bewacht hatten, befahl sie abzuziehen, dann spiegelte sie seine Geste, indem sie seine Wangen ebenfalls in ihre Hände bettete. »Ich habe mich in dich verliebt, Kennedy.«

Er küsste sie nochmals, länger diesmal, gab ihren Mund schließlich frei und schloss die Bluse. »Sorry wegen der Knöpfe ... ach ja, und auch wegen deiner Unterwäsche.« Sein Grinsen strafte ihn Lügen. »Ich kauf dir neue, aber sieh zu, dass du anständig angezogen bist, wenn du hier rausspazierst.«

Emma stopfte die Bluse in den Rock. »So anständig es eben möglich ist.«

Tristan ging zum Ausgang des Käfigs. »Ich hole meine Ausrüstung runter. Oben bin ich durch. Wenn wir hier fertig sind, sollten wir irgendwo einen Happen zu essen greifen. Ich habe den ganzen Tag nichts gegessen …«

Emma ebenfalls nicht. Keinen Bissen hatte sie hinunterbekommen. »Wieso nicht? Warst du so beschäftigt?«

»So was in der Art. Die Aufregung hat mich auf Trab gehalten …« Ein bisschen verunsichert sah er auf seine Stiefel und hob den Blick wieder. »Ich wusste nicht, wie du reagierst … nach deinem Abgang am Mittwoch.«

Emma ging zu ihm und zog ihn zu einem dritten Kuss heran. »Vergiss Mittwoch!«, murmelte sie an seine Lippen.

»Schon geschehen …« Behutsam löste er sich von ihr, um die noch vor ihnen liegende Arbeit hinter sich zu bringen.

Sie sah ihm nach. An die Gitterstäbe gelehnt, lauschte sie in sich und musste lächeln, weil in ihrem Bauch Schmetterlinge tanzten – geweckt von seinen Worten.

Mitten im Satz wurde Woodkid der Ton abgedreht und mit der abrupten Stille hatte die Zelle eine nüchterne, einsame Ausstrahlung. Schnell hob Emma ihr zerfetztes Höschen auf und hielt nach ihrer Handtasche Ausschau. Sie lag vor der Zelle. An den Zeitpunkt, an dem sie die Tasche dort fallengelassen hatte, konnte sie sich nicht erinnern. Mit einem noch breiteren Grinsen ging sie aus der Zelle, hob die Tasche auf, steckte das Stück Stoff hinein und machte sich auf zur Besichtigung der Räume im Obergeschoss.

SIEBZEHN

Leander hatte um eine prompte Abgabe des Textes über das Sex Come True gebeten. Sowohl die Texte als auch die Fotografien zu allen sechs Locations wollte er zur Redaktionssitzung am Donnertag vollständig vorliegen und die Letzten in Ruhe gesichtet haben. Um ihm die perfekte letzte Story zu liefern, hatte Emma am Dienstag bis spät am Abend in der Redaktion gesessen und ihm den Text schließlich gesendet. Sie war zufrieden mit ihrer Arbeit. Mehr als das. Und sie war sehr gespannt auf seine abschließende Reaktion.

Tristan sollte zur Redaktionssitzung anwesend sein, doch er hatte einen Fototermin. Seit Montagabend hatte Emma ihn weder gesehen noch von ihm gehört, aber sie war nicht besorgt, sondern von einer gewissen Ruhe erfasst. Die Reise, die sie und er zu den Locations unternommen hatten, war zu Ende. Sie wusste, dass eine neue beginnen würde – ohne sagen zu können oder zu wollen, wohin sie ging. Der Moment der Stille zwischen ihnen war die Zeit der Akzeptanz, die Zeit zum Nachdenken, die er offenbar so sehr benötigte, wie sie.

Leander war schon im Besprechungszimmer, als sich Emma, Muriel und die anderen *KINGz*-Redakteure einfanden. Er war damit beschäftigt, eine Präsentation auf dem Beamer zu testen. Emma erkannte Tristans Fotografien, die im Layout um ihre Texte platziert worden waren.

Leander wartete, bis alle saßen und stimmte einen ungewöhnlich feierlichen Ton an: »Wie ihr wisst, hatte Emma den Auftrag, Chicagos erotischste Locations zu finden und sie in den Juli- und August-Ausgaben vorzustellen. Unterstützt wurde sie von Tristan Kennedy, einem alles andere als unkomplizierten Partner. Das war mir durchaus bewusst, als ich ihn ihr zur Seite stellte.«

Er zwinkerte Emma zu, und einige Redakteure lachten leise. Emma bekam eine Gänsehaut. Die gute Laune des Herausgebers war schon sehr ungewöhnlich. Außerdem hatte er gerade ein Lob geäußert, durch die Blume zwar, aber er lobte eigentlich niemanden. Wenn er nicht meckerte, durfte man das als Anerkennung verstehen.

Er fuhr fort: »Emma hat die Texte nicht so verfasst, wie ich es erwartet habe. Sie hat keine erzählenden, beschreibenden, berichtenden Artikel geschrieben, sondern Geschichten – aus männlicher Sicht noch dazu.« Er schmunzelte. »Ganz schön weit aus dem Fenster gelehnt, liebe Emma! Anfangs war ich unsicher, ob ich das so will. Zwar tat es seine Wirkung, aber es entsprach eben nicht meinen Vorstellungen. Ich rang mich dazu durch, dich machen und es zu Ende bringen zu lassen.«

Emma sah zu Muriel, die verschwörerisch grinste. Es war anzunehmen, dass es Muriel gewesen war, die Leander dazu gebracht hatte, sich dazu durchzuringen.

»Wieso eigentlich nicht, dachte ich mir.« Leander setzte sich auf seinen Platz am Kopf des Tisches und schwang entspannt im Stuhl hin und her. »Und irgendwann gefiel es mir, dass Emma nicht nur über eine Location schrieb, sondern mich dorthin mitnahm, indem sie mich einlud, in die Perspektive des Entdeckers zu schlüpfen. Durch die Augen des Mannes ließ sie mich sehen, was es zu sehen gab, was für mich interessant war. Sie ließ mich Düfte wahrnehmen, die Besonderheiten von Farben, die Wirkung spezieller Musik ... die Hitze von Sex. So wie ich ihn, als Mann, am jeweiligen Ort wollen würde.«

Als Leander sich an Emma wandte, stand sein Stuhl still. »Eigentlich wollte ich die Resonanz abwarten, sehen wie unsere Leser auf die Artikel reagieren, aber das halte ich jetzt für unnötig. Deine Arbeit ist brillant und dein Engagement dafür …« Hier verkniff er sich ein Grinsen. Emma hob die Hand vor den Mund, um ihr eigenes Grinsen zu verstecken. »Nun ja, dein Engagement war wohl beispiellos. In diesem Umfang ist das nicht grundsätzlich erforderlich.«

Er pausierte, machte es spannend – mit Absicht, das Aas! Ein Aas war er auch, weil er das erwähnte. Emma spürte, wie Röte in ihre Wangen schoss. Die anderen Redakteure würden sie nun zu ihrem beispiellosen Engagement löchern wollen.

Über Emmas Scham nun doch amüsiert, brachte Leander seine Rede zu Ende: »Für Juli und August erwarte ich deine Texte in Sachen Kulinarisches. Im August bekommst du Unterstützung und gibst die Rubrik danach ab. Für September lieferst du mir bitte bis Ende Juli eine Idee zu einem Thema, über das du im Lifestyle schreiben möchtest.«

Den Rums des Steins, der von Emmas Herz fiel, musste man noch am anderen Ufer des Lake Michigan gehört haben. Mit der Freude floss Adrenalin durch ihre Venen, beschleunigte ihren Herzschlag und dröhnte in ihren Ohren. Die anderen Redakteure applaudierten, und Leander startete die Präsentation.

Jede Location erhielt eine Doppelseite. Je eines von Tristans Fotos wurde als Header über der linken Seite verwendet. Weitere Bilder umflossen Emmas Texte. Als ihr Blick auf das erste Layout fiel, wurde sie von Sentimentalität übermannt und hätte beinahe geheult. Das Hauptbild des LiveAct zeigte die verschwommenen Körper von Janis und Maja, die sich auf der Couch vor der Skyline von Chicago liebten und dabei fotografiert wurden. Die Fotografin und ihre Kamera, rechts am Bildrand, waren im Fokus. Wenige Minuten nach dem Entstehen dieses Bildes hatten sich Tristan und sie in die Haare bekommen – der Auslöser ihrer verrückten Wette war das gewesen. Der Header zum Euphoria war die Fotografie aus dem Poolzimmer mit der von der Kamera abgewendeten Emma im

Liegestuhl. Dieses Foto hatte Tristan geschossen, nachdem er sie für die Fickmaschine festgebunden und mit einem Stab zum Kommen gebracht hatte. Das für das Aquarium ausgewählte Bild zeigte eine Szene mit den Darstellern im Bondage-Zimmer, die zwischen den Männern in Seilen hängende Frau. Kurze Zeit später hatte Emma sich im Mirror Room selbst befriedigt, angeheizt von Tristans Worten, in dessen plötzlich gar nicht mehr so schreckliches Gesicht sie aus hundert Spiegeln sah. Unergründlich und düster war sein Blick gewesen, wie auch im Fucking Drama, als sie es auf einer Theaterbühne königlich vor Publikum getrieben hatte. Das Hauptfoto hierzu war am Anfang der Aufführung entstanden, kurz nachdem sie vor dem König auf dem Thron Platz genommen und als der zweite Darsteller noch in den Seilen gehangen hatte. Im Nachhinein war Tristans Zurückhaltung ein Hinweis auf das gewesen, was im Sin City geschehen war, für dessen Vorstellung die Aufnahme aus der Lounge mit ihr selbst an der Bar als Header verwendet wurde. So verwirrt war Emma gewesen, als er die Männer von ihr fortgezerrt und die Wette für beendet erklärt hatte. Danach sein Outing als *TiWrites*, zwei fantastische Liebesnächte und eine katastrophale Ernüchterung, an die ihr letzter Termin im Sex Come True anknüpfte. Emma wäre enttäuscht gewesen, wäre etwas anderes als der Käfig auf dem Titelbild gelandet. Mit einem Schmunzeln und einem Prickeln zwischen den Schenkeln erinnerte sie sich an das, was dort geschehen war, und bedauerte es, dass Tristan nicht da war. Die Retrospektive der vergangenen vier Wochen, die sie in der Betrachtung ihrer gemeinsamen Arbeit eben erlebt hatte, war ein Moment, den sie gern mit ihm geteilt hätte.

***

Am Abend hatte sie noch immer nichts von Tristan gehört. Sie war aufgewühlt vom Tag und rief ihn an, um ihm davon zu erzählen, doch sein Telefon war ausgeschaltet. Nun doch ein bisschen beunruhigt, rief sie ihr *LebensLust*-Postfach auf – die bisher einzige andere Möglichkeit, ihn zu kontaktieren, wenn sie denn nicht auf seiner Türschwelle stehen wollte. Es enthielt eine E-Mail von ihm alias *TiWrites*. Darin befand sich ein Link zu seinem Blog, dem Emma folgte. Sie hatte ihm bislang keine neuen Stichworte gesendet und er hatte nicht darum gebeten, weshalb sie umso neugieriger war. Eine Story fand sie nicht, sondern eine Art Erklärung, die den Tag perfekt machte. Anders als sonst, war die Kommentarfunktion für diesen Beitrag deaktiviert.

Kennt Ihr die *LebensLust*? Sicher kennt Ihr sie nicht. Nicht, wie ich sie kenne. Also will ich sie Euch vorstellen ... so, wie sie sich mir vorgestellt hat, als ich nichts mehr hatte, als irgendein Leben und eine Seele, die ich an jedem Tag ein bisschen mehr verstümmelte. ›Hallo, hier bin ich!‹, hat sie gesagt, die *LebensLust* – ganz ohne Hintergedanken, und ich wusste nicht, was ich mit ihr anfangen sollte. Ohne sich meiner Apathie bewusst zu sein, blieb sie in einer von Dunkelheit erfüllten Ecke meines Bewusstseins. Sie wartete nicht. Das tat sie so wenig, wie sie sich versteckte oder gar versuchte, ins Licht zu gelangen. Sie tat nicht mehr, als mir kleine Botschaften zu senden, während ich auf meine über der Tastatur gekrümmten Finger starrte. Nach einer Weile stellte ich eine Forderung, um herauszufinden, wer dort im Dunkel war. Sie antwortete mit drei Worten. Die überraschten mich, denn ich empfand sie als einen Hauch, der mich wärmte und der mich zu etwas brachte, das ich seit Monaten nicht getan hatte: Ich lächelte. Meine Finger entspannten sich und flogen über die Tastatur, bis alles geschrieben war, was mir zu ihren Worten in den Sinn gekommen war. Wieder in die alte Stimmung verfallend, vermisste ich, was ich gerade empfunden hatte, also forderte ich abermals und bekam, was ich gewollt hatte. Nicht mehr, nicht weniger. Ohne Gegenforderung, ohne Bedingung, denn sie fordert nicht, die *LebensLust*.

Mit jedem Tag, den sie bei mir war, fiel ein bisschen mehr Licht in die Ecke, in der sie sich aufhielt. Ich weiß nicht genau, ab wann diese Ecke hell erleuchtet war. Ich weiß nicht, ab wann es keine Ecke mehr gab. Irgendwann war sie um mich herum, sie war überall und doch nirgends. Nur ich hörte ihr Lachen, und nur ich sah ihre Schönheit, und weil ich mich so wohl in ihrer Gesellschaft fühlte, erlaubte ich ihr, noch näher zu kommen. Als ich sie in mich ließ, hörte ich auf, meine Seele zu verstümmeln. Ich sah das Leben, das mir geblieben war, und verspürte den Antrieb, es wieder auszufüllen – mit mir selbst.

Jetzt habe ich sie, ganz und gar, die *LebensLust*, mehr als Ihr Euch vorstellen könnt. Jetzt halte ich sie und liebe sie, wie sie es verdient, mein Leben lang, hoffe ich.

Emma heulte Rotz und Wasser. Sie las den Beitrag noch einmal und noch einmal und rief Muriel an, um ihn ihr vorzulesen. Weil Muriel aber vor lauter Geschniefe nur die Hälfte verstand, ließ sie sich die Adresse geben und las es selbst. Am Ende heulte sie auch. Es bedurfte Einiges, um Muriel zum Heulen zu bringen, und Emma bekam ein schlechtes Gewissen, doch Muriel tröstete sie und sagte ihr, dass es ein fröhliches Heulen war und sie sich nun in Leanders Arme stürzen würde. Emma empfahl sie, das bei Tristan zu tun.

Tristan hatte sein Telefon allerdings noch immer ausgeschaltet. Ihr Postfach verkündete eine neue E-Mail von ihm. Wie der Betreff vermuten ließ, forderte er drei neue Stichworte an.

Emma überlegte und saß dabei wie auf heißen Kohlen. Sie wollte zu ihm. Ihn sehen. Ihn in ihre Arme schließen. Ihn einatmen und schmecken und spüren.

Ein wunderbar schmutziger Gedanke kam ihr. Mit einem Grinsen auf den Lippen tippte sie ihre drei Stichworte ein: »Stand«, »Höhle« und »Jagd«. Mit Spannung blieb abzuwarten, was Tristan daraus machen würde.

Emma sendete die Mail ab und sprang auf, um aus der Wohnung zu spurten und in die nächste El nach Lincoln Park zu steigen.

Die Bahn sah sie nur von hinten. Ihre Rücklichter verblassten in der Dunkelheit. Atemlos stand Emma auf dem Bahnsteig, zu unruhig, um sich auf eine der Bänke zu setzen und auf die nächste Bahn zu warten. Zehn kostbare Minuten empfand sie als verschwendet und spazierte auf und ab.

Endlich rollte die nächste El an. Emma stieg ein und verfluchte jede Station, an der die Fahrt unterbrochen wurde. Nach quälenden zwanzig Minuten war Lincoln Park erreicht. Sie verließ die Bahn und spurtete zur Straße, in der Tristan wohnte. Der Hof lag still. Keine Musik war zu hören, doch es brannte Licht hinter den Fenstern seines Lofts. Emma nahm die paar Steinstufen, die vor dem Hauseingang lagen, klingelte und wartete. Nichts tat sich. Ungeduldig klingelte sie noch mal und ließ den Finger schließlich lange auf der Klingel, doch das Ergebnis blieb das gleiche: Tristan öffnete nicht. Sie rief ihn abermals an, und wieder wies sie die automatisierte Ansage darauf hin, dass er nicht erreichbar war. Also setzte sie sich vor die Tür und beschloss zu warten.

Vielleicht war er schnell zu einem Supermarkt gegangen, kaufte Wein oder Milch oder was auch immer ihm um diese Zeit – es war dreiundzwanzig Uhr – ausgegangen sein konnte. Emma fiel auf, dass sein Motorrad nicht neben den Stufen parkte und schloss daraus, dass er auf dem Bike unterwegs war ... zum Supermarkt. Oder um eine kleine Runde zu drehen und die Gedanken endgültig zu klären ... ganz sicher eines von beiden! Eine Party am Montagmorgen oder ein Shooting so spät am Abend schloss sie aus, insbesondere weil er ihr vor einer Stunde noch gemailt hatte.

Mit jeder Minute wurde sie unruhiger. So sehr sie dem Argwohn auch den Zutritt zu ihrem Geist verbot, er war hartnäckig und unterbreitete die wildesten Vorschläge: Vielleicht ist er zu seiner Frau gefahren! Vielleicht zu irgendeiner anderen!

Verärgert über sich selbst wischte Emma beide Gedanken beiseite. Beim Essen nach dem Sex Come True hatte Tristan erzählt, dass er Alissa um die Scheidung gebeten hatte – nicht ihretwegen, sondern weil er einen Strich ziehen wollte. Wenn er dort war, hatte er sicher einen Grund. Er und Alissa waren Freunde, beide Fotografen – sie würden immer irgendwie miteinander zu tun haben. Und was sollte er bei irgendeiner anderen? Nach dem Text, den er gerade auf seinem Blog veröffentlich hatte? Das war absurd! Tristan war nicht wie Tom. Er war es, der die Zweifel in ihr geweckt hatte, und mit seinem Verschwinden aus ihrem Leben sollten auch diese Zweifel wieder ruhen.

Emma sagte sich, dass sie bis Mitternacht warten würde. Das tat sie, doch Tristan kam nicht. Sie blieb weitere dreißig Minuten, lauschte auf das Brummen seines Motorrades, bekam

Herzklopfen, wenn sie ein solches Geräusch vernahm, und war enttäuscht, wenn es wieder still wurde.

Um null Uhr fünfzig stieg sie ziemlich deprimiert in die El, die sie zurück nach Buena Park brachte. Wie ein begossener Pudel trottete sie zu ihrer Straße, und hätte sie ihre Handtasche dabei gehabt, dann hätte sie die hinter sich hergeschleift. Als ihr Haus in Sicht kam, fiel all die Tristesse von ihr ab, denn sie entdeckte Tristans Motorrad. Emmas Herz machten einen Satz, und sie lief die letzten Meter, schoss in den Vorgarten und bremste abrupt, gerührt von dem Bild, das sich ihr bot: Tristan hockte auf den Stufen vorm Eingang, das Kinn in die Hände gestützt, düster vor sich hinstarrend. Als er sie sah, erhellte sich seine Miene.

»Unternimmst du gern Mitternachtsspaziergänge, Roosevelt?«, sagte er mit gespieltem Grummeln und stand auf. »Sag das nächste mal Bescheid, dann komme ich mit.«

Emma ging zu ihm, und kaum war sie in seiner Reichweite, da zog er sie an sich und küsste sie. Ohne den Kuss zu unterbrechen, fummelte Emma den Schlüssel aus der Tasche, dirigierte ihn irgendwie ins Schlüsselloch und öffnete. Nicht voneinander ablassend taumelten sie zur Tür hinein, die gegen die Wand rumste, und die hölzerne Treppe hinauf zur ersten Etage, in der Emmas Appartement lag. Wieder gab es ein Schlüsselloch zu bewältigen und wieder rumpelte eine Tür auf. Als sie ins Schloss fiel, ließen sie voneinander ab, atemlos, lächelnd und den Blick nicht voneinander abwenden könnend.

Tristan nahm Emmas Hand, verschaffte sich kurz einen Überblick und lotste sie dann zum Wohnzimmer.

»Mach Musik an«, bat er sie.

Emma lachte. »Wir brauchen Musik?«

Er kam hinter sie, umschloss sie, streichelte sie und schob sie dabei zur Stereoanlage. »Unbedingt!«

Sich an ihn schmiegend, angelte sich Emma die Fernbedienung und schaltete die Anlage an. »Was für Musik?«

»Hmmm«. Er knabberte an ihrem Nacken. »Joe Cocker vielleicht. Das Lied mit dem Hut.«

Emma hatte eine Ahnung, warum es dieser Song sein sollte. Über den Bildschirm navigierte sie durch die Datenbank, bis sie den Joe Cocker Song gefunden hatte.

»Wenn das hier noch weitergehen soll«, schnurrte sie, weil Tristans Hände ihre Brüste umschlossen und kneteten, »dann sollte ich nicht strippen! Du würdest dich kaputtlachen, sonst nichts.«

»Wer sagt, dass du strippen sollst?« Tristan nahm Emma die Fernbedienung ab und startete den Titel. Hinter ihr bleibend, schob er sie zur Couch und ließ sie dort Platz nehmen. Er ging ein paar Schritte zurück, und während Jo Cocker sang, dass die Jacke ganz langsam ausgezogen werden konnte, zog er seine Jacke aus, warf sie zu Boden und zerrte sich das T-Shirt über den Kopf. Mit einem Grinsen wirbelte er es im Takt der Musik ein paar Mal durch die Luft und ließ es lässig fallen.

Emma lehnte sich zurück, stützte sich auf die Hände und schlug die Beine übereinander. Was Tristan da tat, weckte das Prickeln in ihrem Bauch.

Tristan bückte sich schwungvoll, um die Schnüre seiner Stiefel zu lösen. Er richtete sich wieder auf, streifte sie von seinen bloßen Füßen und öffnete seinen Ledergürtel mit einer beeindruckend schneidigen Geste – er musste das geübt haben.

Emma, die gerade noch darüber gegrinst hatte, hielt einen gurrenden Laut zurück, als er die Knöpfe der schwarzen Hose öffnete und den Bund ergriff. Das Prickeln in ihr breitete sich aus, und es kribbelte auch in ihren Fingern, denn zu gern wollte sie Tristan dabei helfen, sich auszuziehen. Andererseits war es doch ein großer Genuss, ihm dabei zuzuschauen.

Bei der mehrmals wiederholten Zeile »You give me reason to live«, zog er seine Hose von den langen Beinen, kickte sie zur Seite und kam dann zu Emma. Er nahm ihre Hände und legte sie auf sein Becken. Sie hob den Kopf, sah zu ihm hoch. Seine hochgezogene Braue war eine unmissverständliche Aufforderung, also schob Emma die Finger unter den Bund seiner Shorts. Langsam zog sie das letzte Kleidungsstück von seinen Hüften. Ein Keuchen floh aus ihrem Mund, als sie seinen Schwanz freilegte, der noch nicht ganz zu seiner möglichen Größe angeschwollen war. Das empfand sie als ihre Aufgabe, als die ihres Mundes. Sie ließ die Shorts zu Boden fallen, legte die Hände auf Tristans Brust und streichelte über seine warme Haut. Zu seinem Bauch und noch tiefer wollten ihre Hände, doch er nahm sie, hob sie sanft aber bestimmt von sich. Verwegen war der Ausdruck in seiner von blonden Strähnen eingerahmten Miene und seine dunklen Augen funkelten. Er stemmte die Hände in die Seiten und drehte sich um. Emmas Blick wanderte über seinen Rücken zu seinem Hintern.

Entgeistert hob sie die Hand vor den Mund und starrte auf die linke Pobacke. Dann musste sie lachen, denn sie las ihren Namen.

Emma

stand da, in Pechschwarz, in Tristans Haut gestochen, in einer von Ranken umgebenen Schrift, die den Tattoos in seinem Gesicht ähnlich waren.

Er wandte sich wieder zu ihr um. Ganz ohne ihr Handanlegen hatte sein Schwanz jetzt die optimale Größe.

»Tristan ...«, murmelte Emma noch immer ziemlich perplex.

»Was denn?« Er kam über sie und schob sie auf der Couch zurück. »Ich habe meine Wettschuld eingelöst.«

Emma zog ihn zum Kuss herab.

EPILOG

Der November war ein Monat, vor dessen Wetter man an vielen Orten der Erde floh, um an wärmeren, sonnigeren Plätzen Energie für den bevorstehenden Winter zu tanken. Das traf auch auf Chicago zu. So schön die Metropole selbst im goldenen Herbst noch war, im November verschwand der Glanz im zwischen den Wolkenkratzern wabernden Nebel.

Seit zwei Monaten war Emma inzwischen Redakteurin der Lifestyle Rubrik. Im September hatte sie über Tristans Blog geschrieben, im Oktober über den Trend der Patchwork-Familien. Im November schrieb sie gar nichts. Nach über einem Jahr ohne Schreibpause endlich einmal. Sie machte Urlaub. Tristan und sie waren dem Nebel in Chicago entflohen und hatten drei Wochen auf einer Insel der Florida Keys verbracht. Am nächsten Tag ging der Rückflug, und Emma war noch wenig gewillt, den Urlaub hinter sich zu lassen.

Für den letzten Abend war sie mit Tristan an einem Strandabschnitt verabredet, der ein bisschen entlegen war. Eine halbe Stunde Fußmarsch lag hinter ihr, aber sie fragte sich nicht, warum er nicht wie üblich mit ihr ging, sondern sie dort treffen wollte, und die Vorfreude bescherte ihr eine überaus angenehme Aufregung. *Die Höhle* – das war die Story, die er ihr auf ihre Stichworte hin geschrieben hatte. Emma ahnte, dass sich zwischen den in Sicht kommenden kleinen Felsen eine Höhle befinden würde.

Zur verabredeten Zeit war sie am vereinbarten Platz und setzte sich in den Sand. Im Verlauf einer Stunde beobachtete sie, wie die Sonne am Horizont verschwand, weiter und weiter hinter der Linie des Wassers sank, wie sich der Himmel feuerrot färbte und allmählich das Schwarz der Nacht annahm. Die Luft flimmerte noch eine Weile in der Hitze, doch erfuhr eine Abkühlung, als der Wind auffrischte und die ersten Sterne aufblinkten. Höher und höher stieg der Vollmond, hing bald wie eine Laterne über ihr und tunkte alles ringsherum in silbriges Licht: In düsterer Kontinuität rauschten die Wellen des Atlantiks an den menschenleeren Strand.

Emma wusste, dass sie noch eine weitere halbe Stunde warten musste, denn das hatte auch die Protagonistin der Story getan. Sie entknotete die Tunika, die sie über dem Bikini trug, und ging eine Runde schwimmen. Als sie aus dem Wasser watete, nahm sie in der Ferne eine Bewegung wahr und erkannte die Silhouette des Mannes, der durch das seichte Wasser in ihre Richtung lief. Schnell schnappte sie sich die Tunika, schlüpfte hinein und machte sich in die entgegengesetzte Richtung auf, dorthin, wo die Felsen begannen. Dafür, dass er sie so ewig hatte warten lassen, würde er sie nun suchen müssen. Um Vorsprung zu gewinnen, rannte sie sogar und erreichte die Felsen ein wenig atemlos. Die Aufregung, die bisher wohlig in ihr geprickelt hatte, war zu einer Spannung angewachsen, die das Herz laut in ihrer Brust klopfen ließ.

Das Mondlicht war hell genug für einen Überblick, und Emma hielt nach einem guten Versteck Ausschau. Tatsächlich entdeckte sie einen Eingang, warf einen Blick zurück, sah Tristan nicht mehr und verschwand zwischen den Felsen. Die ersten Meter der Höhle waren noch gut erhellt, doch allzu weit hinein traute sie sich nicht, sondern versteckte sich in einem dunkleren Winkel, der sich nach hinten zu öffnen schien. Weil der Boden von Sand bedeckt war, konnte sie keine Schritte hören, auch das Rauschen der Wellen hätte sie übertönt. So sah sie plötzlich nur Tristans Schatten, der in die Höhle fiel. Sowohl ihre Aufregung als auch ihren Mut spornte das an.

Sie wollte es ihm schwerer machen, also ging sie weiter. Der Winkel, in dem sie sich versteckt hatte, verlief in einen Gang, dessen Wände sie ertastete. Auf jedem Schritt gewöhnten sich ihre Augen ein bisschen mehr an die Dunkelheit, machten einzelne Facetten aus. Hin und wieder späte Emma über die Schulter zurück und erkannte bald, dass Tristan ihr folgte.

Von einem Schub Adrenalin angetrieben, lief Emma los. Ihre Umgebung erkannte sie inzwischen recht gut und ging das Risiko ein, auf dem sandigen Boden zu stolpern. Sie hielt einen Laut zurück, als der Sand unter ihren Füßen nass wurde. Wenige Schritte später stand er unter Wasser, das ihr Füße umspielte. Emma rannte weiter. Nun hörte sie auch Tristans Schritte, die durch das Wasser patschten. Er hatte aufgeholt. Sie musste schneller werden.

In einiger Entfernung erkannte sie einen hellen Flecken, hoffte auf einen Ausgang zum Strand und sprintete darauf zu. Endstation war allerdings in einer geschlossenen Höhle. Emma blieb stehen, rang nach Luft, die ihr die Eile und die Aufregung genommen hatten. Durch mehrere schmale Deckenöffnungen fiel das Mondlicht und ließ das Wasser wie einen Spiegel wirken. So lange, bis ihre Schritte Bewegung hineinbrachten. Nicht wissend, wohin sie sollte, sah sie sich um, doch erkannte nur glatte Wände, die kein Versteck boten. Also ging sie rückwärts in den Raum und behielt den Gang im Auge. Das Platschen von Wasser, verursacht von Tristans Schritten, wurde lauter und kam näher. Dann stand er da. Als er sah, wo sie gelandet waren, ließ er jede Eile sein und näherte sich Emma in der Gewissheit, dass sie ihm sowieso nicht mehr entkam. Alle zwei Schritte verlor er ein Kleidungsstück – erst das T-Shirt, dann die Shorts – und war nackt, als er sie erreichte. Ehe sie sich versah, lag sie im flachen Wasser auf dem Rücken.

Er brachte ihre Hände über ihren Kopf und hielt sie dort fest, schob ihre Beine mit seiner Hüfte auseinander, zog das Bikinihöschen zur Seite und schob seinen Schaft in sie. Er wurde größer in ihr, wuchs die noch fehlenden Zentimeter, als er sie hart und tief fickte. Angetrieben von Emmas Schreien und Keuchen ließ er sein Becken immer hemmungsloser gegen ihres klatschen, sodass das Wasser ringsherum aufspritzte. Sobald er vorerst genug hatte, zog er sich zurück und öffnete Emmas Tunika, schob das Oberteil des Bikinis nach oben und nahm ihre Brustwarzen abwechselnd zwischen die Lippen. Zuerst leckte er sie, aber nach jedem Wechsel biss er etwas fester hinein, bis sie sich wand und wieder keuchte. Als beide Nippel so spitz waren, wie es ihm gefiel, wanderte sein Mund tiefer. Er zog ihr das Höschen von den Hüften und schob ihre Beine nach oben. Wie schon bei ihren Brüsten, nahm er keine Umwege, sondern platzierte seinen Mund gezielt auf ihrer Spalte und teilte sie mit seiner Zunge. Zuerst behutsam, bald immer drängender leckte er sie, doch wann immer das Vibrieren in Emmas Unterleib einsetzte, hörte er auf. Emma versuchte, sich ihm zu entziehen, doch er gab ihr keinen Zentimeter und leckte sie weiter, endlich so ausdauernd, dass es kein Zurück mehr gab. Emmas Stimme hallte durch die Höhle, als sie kam.

Sie war noch halb benommen, als sich Tristans Hand in ihren Nacken legte und er sie auf die Knie brachte. Vor ihr stehend presste er seine Eichel gegen ihre Lippen und schob sie dazwischen. Er griff in ihre Haare, hielt ihren Kopf fest, damit er seinen Schwanz nach eigenem Ermessen tiefer in ihren Mund schieben konnte, so weit es ging – und noch ein bisschen weiter, sodass Emma mit sich kämpfte und zurückwich. Er gab ihr ein paar Sekunden zum Erholen, und drang dann abermals tief in ihren Mund und ächzte vor Lust. Mit diesem Laut überließ er Emma das Zepter. Sie ließ ihre Zunge spielen, schloss die Lippen fest um seinen Schaft. Mit einem Schmatzen rutschte die Eichel aus ihrem Mund und wurde sogleich wieder eingezogen. Mal blies sie ihn sanfter, mal härter, sah immer wieder auf und in seine angespannte Miene. Er beobachtete, was sie tat und hielt sie nicht auf, als sich ihre Hand um seine Eier schloss. Sie zog daran und formte sie zu einer prallen Kugel. Tristan stöhnte, und sein Schwanz begann zu zucken. Schnell gab er Emmas Mund frei, drehte sie ebenso geschwind herum und drückte ihren Kopf nach unten, ihre Stirn ins Wasser. Die Tunika und das Bikini-Oberteil zerrte er von ihren Armen und band ihre Handgelenke mit Letzterem auf dem Rücken zusammen. Sobald Emmas Hände fixiert waren, brachte er ihren Po nach oben, streichelte entlang seiner Rundungen, packte ihre Hüften und drang in sie ein.

Sein Keuchen mischte sich mit ihrem. Wieder und wieder stieß er in sie, hielt sie fest und wartete darauf, dass das Beben in ihr ein zweites Mal einsetzte. Als es da war, blieb er tief in ihr und ließ ebenfalls los.

***

Tristan trug Emma auf seinem Rücken aus der Höhle. Sie hatte die Arme um ihn geschlungen. Ihr Kopf lag auf seiner Schulter.

»Du bist ja verrückt, so weit in die Höhle zu rennen«, sagte er.

»Ich wollte eben.« Sie schmunzelte. »Ich konnte mich nicht bremsen.«

»Lebensmüde ...«, brummte er.

»Nein«, korrigierte sie ihn. »*Lebenslust*ig!«

»Ach ja, stimmt ...« Seiner Stimme entnahm sie, dass er ebenfalls schmunzelte. »Da fällt mir ein, du warst etwas nachlässig mit der Lieferung der Stichworte ...«

»Na hör mal, ich war im Urlaub!«

Sie erreichten den Höhlenausgang. Tristan setzte Emma ab und nahm ihre Hand. Ein halbstündiger Fußmarsch bis zum Strandhaus lag vor ihnen. »Der Urlaub ist zu Ende.«

»Hmmm, lass mal überlegen ...« Rückwärts vor Tristan herlaufend, nahm Emma seine andere Hand und sah ihn an. »Wie wäre es mit Waldhütte, Schnee und Kamin?«

Er grinste, steckte sie damit an. »Klingt toll«, sagte er und blieb stehen, um sie zu küssen.

»SummerSex«

Die Internet-Story

Mit dem Gutschein-Code

MC3TBGDPQ

erhalten Sie auf

www.blue-panther-books.de

diese exklusive Zusatzgeschichte als PDF.
Registrieren Sie sich einfach online oder
schicken Sie uns die beiliegende
Postkarte ausgefüllt zurück!

Weitere erotische Geschichten:

Alexa McNight

SehnSucht - SehnSucht In The City

Über den Tod ihres Mannes tröstet sich Muriel mit SexAbenteuern. Mal allein, oft zu zweit, aber auch zu dritt.

Eine neue Beziehung lehnt sie kategorisch ab. Sie will nur noch Lust, nie wieder Liebe.

Bei einem ihrer OneNightStands »stolpert« sie jedoch über einen Mann, der ihr nicht mehr aus dem Sinn geht ...

Alexa McNight

NeuGier

Neugier ist das Verlangen, Neues zu erfahren und Verborgenes kennenzulernen.

Ein flüchtiges, zufälliges Telefonat und die NeuGier ist geweckt ...

Kate braucht Sex! Und Jackson will nur Sex!

Aus dem ersten Seitensprung mit verbundenen Augen wird eine leidenschaftliche Affäre mit ungewissem Ende ...